मेरे ...

प्रगाढ़ प्रेम के बाद हुए विवाह में, अवैध संबंध क्यों होना चाहिए थे?

राजेश चंद्रानी मदनलाल जैन

यह एक काल्पनिक कृति है। नाम, वर्ण, व्यवसाय, स्थान, और घटनायें या तो लेखक की कल्पना का उत्पाद है या एक कल्पित तरीके से इस्तेमाल की गई हैं। वास्तविक व्यक्तियों, जीवित या मृत, या वास्तविक घटनाओं के साथ कोई भी समानता विशुद्ध रूप से संयोग होगा।

प्रथम संस्करण: फ़रवरी 2023
भारत में मुद्रित

टाइप: लैला, कोकिला

ISBN: 978-93-90267-72-9

आवरण रचना: देवव्रत साहू

STORYMIRROR
Stories that reflect you

प्रकाशक : स्टोरीमिरर इंफोटेक प्राईवेट लिमिटेड,
7वीं मंजिल, एल तारा बिल्डिंग, डेल्फी बिल्डिंग के पीछे,
हीरानंदानी गार्डन, पवई, मुम्बई,
महाराष्ट्र - 400076, भारत

Web: storymirror.com
Facebook: @storymirror
Instagram: @storymirror
Twitter: @story_mirror
Contact Us: marketing@storymirror.com

समर्पण

यह पुस्तक सर्वप्रथम मैं अपने बाबू जी, स्मृति शेष मदनलाल जैन एवं मम्मी, स्मृति शेष चंद्रानी जैन को समर्पित करता हूँ। मेरे व्यक्तित्व में नैतिक और सामाजिक बोध मेरे बाबू जी एवं मम्मी जी की देन है।

यह पुस्तक मैं समर्पित करता हूँ, 'हिंदी भाषा' को जो मुझे प्रभावशाली अभिव्यक्ति के योग्य बनाती है।

यह पुस्तक मैं समर्पित करता हूँ, सभी भाषा के उत्कृष्ट साहित्य को जिनसे पीढ़ियों को आदर्श एवं मानवता के पथ पर चलने का मार्गदर्शन मिलता है।

यह पुस्तक मैं अपने गृहनगर वारासिवनी वासियों को समर्पित करता हूँ, जहाँ और जिनके बीच मैं जन्मा और किशोर हुआ था।

यह पुस्तक मैं अपने समस्त गुरुओं को समर्पित करता हूँ, जिन्होंने मुझे ज्ञान प्रदान किया एवं अभिव्यक्ति की क्षमता प्रदान की।

यह पुस्तक मैं पांढुर्णा, छिंदवाड़ा एवं जबलपुर के विद्युत मंडल अधिकारियों एवं कर्मचारियों को समर्पित करता हूँ, जिनसे मिले अपनत्व से, मैंने देश और समाज को अपना देखने की दृष्टि विकसित की है।

यह पुस्तक मैं समर्पित करता हूँ, राजापुष्पा एट्रिया हैदराबाद के निवासियों को जिनसे मिल रही प्रशंसा से प्रेरित होकर मैं अपने लेखन में उत्तरोत्तर सुधार कर पाया हूँ।

यह पुस्तक मैं अपने वारासिवनी के मित्र द्वय प्रभात जैन (चाचा) एवं सर्वाधिक भोले मित्र मनोज कोचर को समर्पित करता हूँ, जिनसे मिलना हर बार मुझे निश्छलता से साक्षात्कार का अनुभव कराता है।

यह पुस्तक मैं मेरे बचपन के मित्र मुकेश माडल को समर्पित करता हूँ, जिनके साथ बाल साहित्य पढ़ते हुए, बचपन से ही अच्छे साहित्य के प्रति मेरी रुचि उत्पन्न हुई थी।

यह पुस्तक मैं मेरे रूममेट रहे मित्र प्रकाश पारधी (से.नि. कार्यपालक निदेशक छत्तीसगढ़ विद्युत मंडल) को समर्पित करता हूँ, जिनके साथ मैंने इंजीनियरिंग उपाधि अर्जित की थी।

यह पुस्तक मैं राम गुप्ता को समर्पित करता हूँ, जो कॉलेज के समय में हमारे प्रतिभाशाली जूनियर थे। राम के अमेरिका जाने के बाद से मेरा संपर्क नहीं हुआ किंतु बीते काल की उनसे जुड़ी स्मृतियाँ मेरे साथ होती हैं।

यह पुस्तक मैं समर्पित करता हूँ, वारासिवनी के पत्रकार द्वय श्री बबन प्रसाद मिश्रा (संपादक रहे, विभिन्न समाचार पत्र समूह) एवं श्री आनंद ताम्रकार जी को जिन्होंने अपने उत्कृष्ट सेवा से वारासिवनी का नाम किया है। श्री बबन प्रसाद मिश्रा को मैं चाचा संबोधित करता था। रायपुर में पढ़ते समय वे मेरे लोकल गार्जियन रहे थे।

यह पुस्तक मैं मेरे मित्र रहे स्व. राकेश अग्रवाल, स्व. विमल झा, स्व. गणेश शर्मा एवं स्व. अशोक वर्मा को समर्पित करता हूँ। राकेश मेरे सहपाठी एवं हमारे स्कूल टॉपर थे। विमल मेरे मित्र के अनुज थे। विमल एवं अशोक के साथ मैं स्कूल/कॉलेज के दिनों में टेबल टेनिस खेला करता था। गणेश मेरे पड़ोसी तथा प्राथमिक शाला में सहपाठी थे।

आभार

मैं आभार मानता हूँ, आप सभी परिचित, अपरिचित मित्रों/पाठकों का जो अभी यह पुस्तक 'मेरे आशु' पढ़ रहे हैं।

मैं आभारी हूँ, सुश्री रीना धीमान जी, लुधियाना एवं राजश्री शुक्ला, बहराइच (उ.प्र.) का जिन्होंने मेरे लेखन की न केवल प्रशंसा की अपितु कुछ धारावाहिक कहानियाँ मेरे साथ सयुंक्त रूप से लिखीं हैं। इन्होंने ही मुझे पुस्तक प्रकाशित करने को प्रेरित किया है।

मैं आभारी हूँ, जबलपुर के मेरे विभागीय वरिष्ठ एवं कनिष्ठ साथियों सर्वश्री सुनील तिवारी सर (प्रबंध संचालक, ट्रांसमिशन कंपनी), शिशिर तिवारी सर (मुख्य वित्तीय अधिकारी), अरविन्द सक्सेना, विवेक चंद्रा (हेड आईटी), बसंत मिश्रा, बसंत बर्मन (छिंदवाड़ा), एवं एल पी तिवारी (दमोह) आदि का, जिन्होंने एक या एकाधिक बार मेरे लेखन की प्रशंसा करते हुए मेरा साहित्य सृजन हेतु मनोबल बढ़ाया है।

मैं आभारी हूँ, मेरे गृहनगर वारासिवनी के मेरे सहपाठी/मित्रों सर्वश्री सुरेश सिंघई, सुनील जी सी जैन (भोपाल), रवि झा, प्रदीप रूसिया (जबलपुर) प्रमोद खंडेलवाल, अरुण चौरसिया एवं प्रफुल्ल कुमार चित्रीव आदि का जिन्होंने मेरे लेखन प्रयासों की प्रशंसा की।

मैं गेटेड कम्युनिटी राजापुष्पा एट्रिया, हैदराबाद का आभार मानता हूँ। इस में रहते हुए मैंने यह कहानी लिखी है।

मैं आभारी हूँ, सभी एट्रिया निवासियों का एवं विशेष रूप से एट्रियंस श्रीमती/सुश्री वाणी सिंह वंदना जी, आशु होरा जी (फिटनेस कोच), शेफाली जायसवाल जी एवं स्नेहलता श्रीवास्तव जी तथा सर्व श्री दिनेश नौटियाल सर (रि. मेजर जनरल), ए वी आर सुदामा सर (तेलुगु कवि), प्रसाद राव सर, सरदार मदन सिंह सर एवं रजत अरोरा सर का जिन्होंने मेरे लेखन की प्रशंसा के माध्यम से मेरे नए स्थान हैदराबाद में, मुझे हिंदी भाषा के अच्छे लेखक का परिचय बनाने में सहायता की है।

मैं आभारी हूँ, सोशल प्लेटफार्म्स से मेरी परिचय में आईं, दिल्ली की सुश्री नेहा गोयल एवं सुश्री आरती भटारा जी का, जिन्होंने मेरे लेखन की प्रशंसा, मुझे कॉल करके की थी।

साथ ही मैं आभार उन सभी पाठकों का भी जताना चाहता हूँ, जिन्होंने फेसबुक, प्रतिलिपि एवं स्टोरीमिरर में मेरी प्रकाशित रचनाओं को पढ़ा और प्रशंसा एवं समालोचना के माध्यम से मेरे लेखन स्तर सुधारने में सहायता की है।

प्रस्तावना

'मेरे आशु' कहानी वास्तव में कथा नायिका सोनम और 'सोनम के आशु' (आशुतोष) के बारे में है।

बैडमिंटन कोर्ट में हुई प्रथम भेंट के बाद सोनम एवं आशु क्रमशः निकट आते जाते हैं। सोनम अच्छी बैडमिंटन प्लेयर है। वह मध्यमवर्गीय पृष्ठभूमि वाले परिवार से होती है जबकि आशुतोष उच्च वर्गीय परिवार का है। वह अत्यंत योग्य इंजीनियर है।

सोनम को इस प्रेम की परिणति विवाह हो सकती है, इसमें संदेह रहता है। अंततः पाँच वर्ष बाद दोनों का विवाह हो जाता है।

लेखक ने, इस कहानी को नायिका सोनम की लेखनी से लिखा जाता चित्रित किया है। सोनम अपनी कहानी, वेब सीरीज़ की शैली में आगे बढ़ाती है, इस कारण यह कहानी, समयबद्ध क्रम में नहीं चलती है। सोनम के स्मरण में आते विचार कभी वर्तमान एवं कभी अतीत को संयोजन करते चलते हैं। अतः विभिन्न एपिसोड में लिखी कहानी कई स्थानों पर दिनांक/माह/वर्ष के उपशीर्षक अंतर्गत लिखी गई है। इस लेखन शैली के कारण, कहानी पठन रोचक हो जाता है।

पाठक को कई स्थानों पर, यह उत्कृष्ट रोमांस की कहानी लग सकती है। भावुक पाठकों के लिए जब वे सोनम एवं आशु के प्रगाढ़ प्रेम में पर नारी/नर का आगमन देखते हैं यह कहानी वेदना दायी हो जाती है। ।

कहानी के इन दो नायक-नायिका के अतिरिक्त अन्य प्रमुख पात्र आशु की अनु दीदी, अनु की फ्रेंड रजनीत, सोनम के पापा-मम्मी, ऐश्वर्या एवं डिटेक्टिव पवित्रा आदि हैं।

यह कहानी भारतीय समाज में आ रहे बदलाव को चित्रित करती है। यह अधिकांश युवा पाठकों को सहज समाज बदलाव लग सकती है। जबकि प्रौढ़ पाठकों को यह जटिल सामाजिक समस्या लग सकती है। प्रबुद्ध पाठकों को यह कहानी अनेक विचारणीय प्रश्नों के उत्तर खोजती हुई लग सकती है।

मेरे आशु...

19 दिसंबर 2005

सोनम जिस चपलता से पूरे कोर्ट में भाग दौड़ करते हुए, शटल रिटर्न कर रही थी, उससे आशुतोष अपलक उसका खेल देख रहा था। वास्तव में सोनम की प्रतिद्वंद्वी, आशुतोष के कॉलेज की चैंपियन खिलाड़ी थी, जिसे टूर्नामेंट को जीतने की दावेदार माना जा रहा था। आशुतोष ही नहीं सभी की दृष्टि कोर्ट पर जमी हुई थी। अंतर बस एक था, जहाँ सब सोनम की प्रतिद्वंद्वी खिलाड़ी का उत्साहवर्धन कर रहे थे वहीं आशुतोष, सोनम की जीत देखना चाह रहा था।

स्पष्ट दिखाई दे रहा था, आशुतोष खेल पर ही नहीं, साँवली छरहरी सोनम पर भी मोहित हो गया था। आशुतोष सोनम को जीतता देखना चाहता था ताकि आगे के दिनों में भी वह टूर्नामेंट में खेलती दिखाई दे सके।

यह प्रथम चरण का वुमन्स सिंगल्स मैच था जो अंतर महाविद्यालय प्रतियोगिता में उसके कॉलेज के आतिथ्य में (Host by) खेला जा रहा था। इसमें अन्य कॉलेज की छात्रा सोनम भी भाग ले रही थी। दर्शक दीर्घा में आशुतोष के कॉलेज के विद्यार्थी अधिक थे। अतः अच्छा खेल रही होने के बाद भी, दर्शक की ओर से सोनम को हूट करने का प्रयास किया जा रहा था।

ऐसी हूटिंग से अप्रभावित रह कर सोनम तन्मयता से खेल रही थी। शुरुआत में बराबर की टक्कर दे रही प्रतिद्वंदी को, सोनम के द्वारा कोर्ट में चहुँ ओर लगाए गए स्मैश, ड्रॉप शॉट्स एवं प्लैसिंग ने थका दिया था। जिससे

पहला सेट कड़ी चुनौती देने पर हार जाने के बाद भी, सोनम आगे के दोनों सेट्स में उस पर हावी रही थी।

अंततः सोनम ने उसे हरा दिया था। अपने कॉलेज की चैंपियन खिलाड़ी के हार जाने से दर्शक दीर्घा में उदासी व्याप्त हो गई थी। तब मन ही मन हर्षित हो रहे आशुतोष ने अन्य सहपाठियों से अपनी प्रसन्नता छुपा ली थी। फिर तो वह सोनम पर लट्टू होकर, आगे के उसके सभी सिंगल्स एवं डबल्स मैच में दर्शक दीर्घा में प्रथम पंक्ति में बैठा हुआ होता था। उस वर्ष के टूर्नामेंट में सोनम, लड़कियों के दोनों वर्गों अर्थात् डबल्स एवं सिंगल्स में चैंपियन रही थी।

सोनम के डबल्स का फाइनल जीतने पर आशुतोष उसे बधाई देने जाना चाहता था मगर संकोच ने उसके पैरों को जड़ कर दिया था। इस कारण कुछ ही कदम की दूरी तय करके वह सोनम तक पहुँच नहीं पाया था।

उसी दिन तीन घंटे बाद खेले जा रहे सिंगल्स के फाइनल मैच में आशुतोष तय करके बैठा था कि अब कुछ भी हो जाए वह अवश्य ही मैच के बाद सोनम से बात करेगा। फाइनल मैच देखते हुए उसे इस बात का स्मरण था कि इस मैच के साथ ही टूर्नामेंट समाप्त हो जाएगा। यह अंतिम अवसर था, इसमें यदि उसने सोनम से बात नहीं की, सोनम और उसमें परस्पर परिचय नहीं हुआ तो आगे उसका सोनम से मिलना नहीं हो पाएगा।

वह कोर्ट में मैच देखते हुए बीच बीच में अपने विचारों में खो जाता था। वह संशय कर रहा होता कि पता नहीं, अभी की इन दिनों में मिली प्रसन्नता उसे कभी पहले मिली थी या नहीं। कोर्ट पर सोनम पूर्व के सभी मैच की भाँति अच्छा खेल रही थी।

अंततः सोनम जीत गई थी। वह प्रथम चरण के मैच की तुलना में फाइनल मैच आसानी से जीती थी। फाइनल मैच होने के कारण दर्शकों में सोनम के कॉलेज के विद्यार्थी भी बड़ी संख्या में उपस्थित थे। सोनम के जीतते ही उसके कॉलेज की लड़कियों ने, कोर्ट में उसे कंधों पर उठा लिया था।

आशुतोष भी दौड़कर सोनम के पास पहुँचा था मगर लड़कियों के बीच उसे सोनम को बधाई देने का अवसर नहीं मिल रहा था। वह निराश सा उनके पास ही खड़ा रहा था। उस समय आशुतोष को सुखद आश्चर्य हुआ, जब अपनी फ्रेंड्स के द्वारा कंधे से उतारे जाने के बाद, सोनम स्वयं आशुतोष के पास आई थी। सोनम ने ही उसके तरफ हाथ बढ़ाया था। हर्षातिरेक में आशुतोष को कुछ नहीं सूझ पाया था। वह मंत्रमुग्ध सा उसे देखता रह गया था। तब सोनम का स्वर उसके कानों में मिश्री घोलता हुआ अनुभव हुआ था। सोनम पूछ रही थी - आप लड़कियों से हाथ नहीं मिलाते हैं क्या?

यह कहते हुए सोनम मुस्कुरा रही थी। इस दृश्य से जिसमें सोनम उसे मुस्कुरा कर देख रही, आशुतोष का मन अपने भाग्य पर इतराने का हुआ था। आशुतोष ने अपना हाथ बढ़ा दिया था।

हाथ मिलाते हुए सोनम ने कहा था - आपको मैंने अपने सभी मैच में, प्रथम पंक्ति में बैठा हुआ पाया है। इसके लिए मैं आपका धन्यवाद करना चाहती हूँ।

अब तक आशुतोष ने अपनी भावनाओं पर नियंत्रण पा लिया था। उसने कहा था - जब आपने प्रथम चरण के मैच में हमारे कॉलेज की चैंपियन को हरा दिया था तब ही मुझे विश्वास हो गया था, आप ही इस वर्ष की चैंपियन होंगी। आपको हार्दिक बधाई।

सोनम के मुख पर आकर्षक मुस्कान आई थी उसने कहा - धन्यवाद, आपको।

अब सोनम, आशुतोष के द्वारा सख्ती से थाम रखे अपने हाथ को छुड़ाना चाहती थी। यह अनुभव करने पर आशुतोष को अपनी भूल का बोध हुआ था। उसने हाथ छोड़ते हुए कहा था - क्षमा कीजिएगा, मुझे पता नहीं कैसे मैं यह भूल कर गया हूँ।

सोनम लजाई थी। वह अपनी फ्रेंड्स की तरफ जाने को हुई थी। तब आशुतोष ने अपने हिप पॉकेट से पॉकेट डायरी निकाल कर उसके सामने की एवं कहा था - कृपया आप मुझे ऑटोग्राफ दीजिए।

सोनम की हामी पर उसे आशुतोष ने पेन दी थी। सोनम लिखने लगी थी। इसी समय आशुतोष ने उसे बताया था - मेरा नाम आशुतोष है।

जब सोनम डायरी लौटा रही थी तब आशुतोष ने कहा था - क्या आप इसमें अपना मोबाइल नंबर भी लिख देंगी।

सोनम ने तिरछी दृष्टि से उसे देखते हुए डायरी में फिर कुछ लिख दिया था। फिर डायरी बंद करके पेन सहित उसे लौटा दी थी।

सोनम की एक फ्रेंड जो अब तक सब ध्यान से उनके बीच हो रही बातें सुन रहीं थी अब नकल करते हुए कह रही थी - मेरा नाम आशुतोष है आप अपना मोबाइल नंबर दीजिए प्लीज!

इसके साथ वह एवं अन्य लड़कियाँ ठहाके लगा कर हँसने लगीं थीं। किए जा रहे उपहास में आशुतोष, सोनम की ओर देखने का साहस नहीं जुटा पाया था। वह बिना देखे वापस हुआ तो वहाँ उसके फ्रेंड भी उसकी खिंचाई करने के लिए प्रतीक्षा कर रहे थे। उनमें से एक ने उसके पॉकेट से डायरी निकाल ली थी और उसे खोलकर जो लिखा था उसे ऊँचे स्वर में पढ़ा था -

सोनम, 'मोबाइल नं. अभी नहीं'

आशुतोष झेंपते हुए अपने फ्रेंड सहित सोनम की ओर देखने लगा था। सोनम और उसकी फ्रेंड भी इन्हीं की ओर देखकर हँस रहीं थीं।

पुरस्कार वितरण कार्यक्रम में आशुतोष सोच रहा था, यह अच्छा ही हुआ। यदि सोनम ने अपना मोबाइल नंबर लिख दिया होता तो अभी वह सबको मिल जाता। आशुतोष पज़ेसिव होकर सोच रहा था। मुझे नहीं मिल

सका कोई बात नहीं, सोनम का मोबाइल नंबर सब लड़कों को पता नहीं चलना ही अच्छा था।

~~

कोई बात पुरानी होने के पहले कुछ दिन चर्चा में रहती है। ऐसे ही आशुतोष-सोनम की बातें कॉलेज में चर्चा में रहीं थीं। वास्तव में आशुतोष को इस घटना ने कॉलेज में अधिक चर्चित कर दिया था।

कॉलेज में लड़कियाँ मजाक करतीं, कोई कहती - आशुतोष का हृदय भी लड़की के प्यार में धड़कता है, ऐसा हमने अब जाना है। इसके पहले तो आशुतोष ने हमें बहन की तरह ही देखा था।

दूसरी कहती - क्या पता सोनम से भी, आशुतोष भ्राता भाव से ही मिला हो। मैं तो आशुतोष से अपने लिए प्यार की आशा नहीं छोड़ने वाली।

लड़कों ने उसे 'सोनम्स लवर' का टाइटल दे दिया था। उसके फ्रेंड में कोई कहता - देख भाई फाइनल ईयर है, वन साइडेड लव में करियर चौपट मत कर लेना।

दूसरा कहता - वन साइडेड कहाँ है। भाई तो वहाँ खड़ा ही था। हाथ तो सोनम ने ही बढ़ाया था।

ये सब बातें आशुतोष के आस पास ही, उसे सुनाने और कटाक्ष करने के लिए कही जातीं थीं। आशुतोष कभी झेंपता, कभी इन बातों को कहने वालों की ओर देख कर मुस्कुरा देता था। वास्तव में सोनम को लेकर मिलते ताने-उलाहने उसे अच्छे लगते थे।

टूर्नामेंट बीते एक माह हुआ तो ये सब बातें कम होने लगीं थीं। आशुतोष भी अपना ध्यान आगे होने वाली एग्जाम की तैयारी में लगाने लगा था। फिर भी रीडिंग टेबल पर या क्लास के बीच सोनम की छवि, जब तब उसके मानस पटल पर उपस्थित हो जाती थी।

आशुतोष के पास सोनम की थोड़ी ही जानकारी थी। एक यह कि वह विधि महाविद्यालय में पढ़ती है। दूसरी, वह बैडमिंटन की अच्छी खिलाड़ी है। आशुतोष अब तक किसी लड़की के प्यार में नहीं पड़ा था। वह किसी लड़की के आगे पीछे चक्कर लगाना नहीं जानता था। वह अपने परिवार की प्रतिष्ठा एवं पढ़ने में अच्छा होने के गौरव बोध के कारण, किसी के पीछे सिनेमा में दिखाए जाते हीरो की तरह जिद में पड़ने को, छिछोरापन मानता था। वह बिना किसी कारण के विधि महाविद्यालय के आसपास घूम कर, सोनम के सामने अपने को एक निकम्मा लड़का सिद्ध नहीं करना चाहता था। बैडमिंटन टूर्नामेंट के दर्शक की तरह पुनः सोनम से मिलना एक उपाय हो सकता था मगर वह भी रोज आयोजित होने वाली बात नहीं थी।

ऐसे में आशुतोष के मन में सोनम के विचार और छवि छाई रहती तो उसे लगता कि सोनम उसके हृदय आकाश में एक विमान की तरह आई थी, जो अब जा चुका है।

इन सब विचारों से आशुतोष का मस्तिष्क, सोनम के बारे में सोचने को समय व्यर्थ करना मानता था। फिर भी जब तब सोनम अनायास उसके विचारों में आ जाती थी। सोनम के ऑटोग्राफ वाली डायरी का प्रयोग बंद करके, आशुतोष ने उसे अपनी अलमारी में एक धर्म ग्रन्थ की तरह रख लिया था।

फिर एक माह और बीतते बीतते सोनम की छवि उसके मानस पटल पर धुंधली होने लगी थी। वह अपना ध्यान अब पूर्ववत अपनी पढ़ाई में एकाग्र करने लगा था। उसके अध्ययन एवं उपलब्धियों से ईर्ष्या रखने वाले सहपाठी, सोनम का प्रसंग जब तब छेड़ कर उसका ध्यान पढ़ने से भटकाने का प्रयास करते थे। अब आशुतोष उस पर झेंपने या हँसने के स्थान पर गंभीर होकर कहता - जिस बात का कोई भविष्य नहीं उस पर समय व्यर्थ करना अनुचित है।

26 फ़रवरी 2006

एक माह और बीता था। वह महा शिवरात्रि का अवकाश वाला दिन था। आशुतोष सोकर देर से उठा था। तब तक उसके डैडी-मॉम शिव मंदिर के दर्शन करके आ चुके थे। जब वह फ्रेश होने के बाद ब्रेकफास्ट कर रहा था तब मॉम ने उससे कहा - आशुतोष तुम जल्दी से नहा लो। आज महा शिवरात्रि है। शीघ्र तैयार होकर, अनु दीदी और तुम शिव मंदिर दर्शन के लिए चले जाना।

आशुतोष नाश्ते के बाद पढ़ने का विचार कर रहा था। अनमने होकर उसने पूछा - मॉम, क्या यह आवश्यक है?

इसका उत्तर अनु ने दिया था - आशु, मंदिर चलो ना! इस बहाने मुझे कार ड्राइव करने को भी मिल जाएगी।

आशु को यह आइडिया अच्छा लगा था। उसने कहा - दीदी, मंदिर जाते हुए आप चलाना, वापसी में कार मैं चलाऊँगा।

इस पर अनु ने हामी भर दी थी। अनु, आशुतोष से दो वर्ष बड़ी थी और वह एमबीए फाइनल की स्टूडेंट थी।

लगभग दो घंटे बाद, दोनों घर से छह किमी दूर वाले मंदिर पहुँचे थे। कार पार्क कर चुकने के बाद जब दोनों उतर रहे थे तब आशुतोष को मंदिर के प्रवेश द्वार पर भीतर जाती हुई सोनम दिखाई दी थी। यह दृश्य देखकर आशुतोष की बाँछे खिल गईं थीं।

ऐसा प्रतीत हो रहा था कि दर्शन करते हुए, सोनम ने आशुतोष को नहीं देखा था। अनु, सोनम को नहीं जानती थी। वह श्रद्धा से अपने सिर पर ओढ़नी डालकर शिवजी के दर्शन कर रही थी। उस समय आशुतोष का ध्यान सोनम पर अधिक रहा था। सोनम भी अनु की भाँति सिर पर ओढ़नी डाले शिवजी एवं शिवलिंग के दर्शन एवं परिक्रमा करने में व्यस्त थी। सोनम के साथ में जो अंकल-आंटी दिख रहे थे, वे उसके मम्मी-पापा प्रतीत हो रहे थे।

कहाँ तो पहले आशुतोष को घर लौटने की जल्दी थी और कहाँ अब, वह मंदिर से लौटना ही नहीं चाहता था। अब वह सोच रहा था मम्मी एवं दीदी के चाहने पर उसका मंदिर आने को तैयार होना, अच्छा संयोग सिद्ध हुआ था।

वह सोनम से कुछ पीछे रहकर धीरे धीरे दर्शन कर रहा था। अनु ने उसकी दृष्टि कहाँ है यह नोटिस तो नहीं किया मगर अचरज से कहा था - आशु, आज तो तुम बड़े ही धैर्य से दर्शन कर रहे हो। शिव जी से आज क्या कुछ विशेष माँग रहे हो।

आशुतोष को लगा जैसे उसके मन के चोर को दीदी ने पकड़ लिया है। उसने वाक-पटुता से उत्तर दिया - दीदी, आप जो चाहती हो, वह आप शांति से माँग सको इसलिए मैं शीघ्रता नहीं कर रहा हूँ।

दोनों ने एक दूसरे को देख कर मुस्कुराया था। कुछ देर बाद, आशुतोष को सोनम मंदिर से बाहर जाती दिखाई दी थी।

जब आशुतोष, दीदी सहित बाहर आया तो सोनम वहाँ की भीड़ में खो चुकी थी। मंदिर के बाहर बैठे भिक्षुओं के लिए लिए मम्मी ने मिठाई के पैकेट्स रख दिए थे। उन्हें वितरित करते हुए आशुतोष इसी बात से संतोष कर रहा था कि कदाचित् मंदिर आने के अप्रत्यक्ष पुण्य उसे अन्य भी मिलें हों मगर एक प्रत्यक्ष लाभ, सोनम के दर्शन हो जाने के रूप में मिला है।

आशुतोष सोच रहा था - काश! सोनम का ध्यान भी उस पर गया होता तो उसकी प्रतिक्रिया भी उसे देखने मिलती।

वापसी में दीदी उसके साइड वाली सीट पर बैठी थी। आशुतोष कार ड्राइव करने लगा था। कार सड़क पर आई तो वहाँ महा शिवरात्रि के कारण, दर्शन के लिए आई भक्तों की अधिक भीड़ से ट्रैफिक जैम लगा हुआ था। कार किनारे खड़ी करके आशुतोष, ट्रैफिक क्लियर होने की प्रतीक्षा करने लगा था। तब उसकी दृष्टि लगभग 100 मीटर दूर, बस स्टॉप पर गई थी। वहाँ उसे पुनः

सोनम की झलक दिखाई दी थी।

वह सोचने लगा था, सोनम का परिवार साधारण प्रतीत हो रहा है। ऐसे में क्या सोनम से संबंध बढ़ाने की दिशा में उसके कदम गलत तो नहीं कहलाएंगे। क्या मम्मी, पापा उसके सोनम से प्यार को स्वीकार करेंगे। वह बस स्टॉप पर दृष्टि रखकर विचारों में खोया हुआ था। यह देख कर अनु ने पूछा - आशु चुप क्यों हो?

आशुतोष ने कहा - दीदी, मुझे बस स्टॉप पर खड़ी वह लड़की सोनम प्रतीत हो रही है। उसने इस वर्ष अंतर महाविद्यालय टूर्नामेंट में वुमन्स सिंगल्स एवं डबल चैंपियनशिप जीती है।

अनु ने कहा - हाँ, मैंने सिटी न्यूज चैनल पर सोनम के बारे में सुना-देखा था। क्या तुम उसे जानते हो?

आशुतोष ने बताया और पूछा - हाँ दीदी टूर्नामेंट के समय में मेरा उससे संक्षिप्त परिचय हुआ था। क्या हमें उसको, उसके घर तक ड्रॉप करना चाहिए?

अनु ने कहा - क्यों नहीं आशु, मगर क्या वह यह पसंद करेगी?

आशु ने कहा - यह प्रतीत हो रहा है, सोनम के साथ उसके मम्मी-पापा भी हैं। हम पूछ कर देखते हैं। अगर वे सहमत हुए तो हम उन्हें जहाँ वे चाहेंगे ड्रॉप कर देंगे।

अनु ने भाई की ओर देखकर मुस्कुराया था। फिर वह सोचने लगी थी, शायद आशु ने इसके पहले कभी भी किसी लड़की में रुचि नहीं ली थी।

चार-पाँच मिनट में ट्रैफिक छँट गया तब आशुतोष ने कार बस स्टॉप के पहले, किनारे खड़ी कर दी थी। फिर कहा - दीदी, मैं जाकर सोनम से पूछ लेता हूँ।

यह कहते हुए वह सीट बेल्ट खोलकर, कार से उतरा था। वह पैदल चलकर सोनम तक पहुँचा था।

सोनम ने आशुतोष को पास आते देखा था। वह प्रसन्न हुई थी मगर पापा-मम्मी के साथ होने से सोनम ने अपनी पलकें झुका लीं थीं। उसने अपनी तरफ से कुछ नहीं कहा था।

~~

मार्च 2021

आज मैं (सोनम) लगभग 15 वर्ष पूर्व की आशुतोष की बताई ऊपर उल्लेखित इन बातों का स्मरण कर रही थी। मैं सोच रही थी कि यह आशुतोष ही तो थे जिन्होंने अपनी ओर से मेरे निकट आने की पहल की थी। मैं तब बैडमिंटन खेलने और पढ़ने के अतिरिक्त तीसरी कोई और बातों को महत्व नहीं देती थी। आशुतोष की पहल ने मेरे युवा मन में उम्र सुलभ प्रेम पुष्प प्रस्फुटित कर दिया था।

वास्तव में इस उम्र के लड़के-लड़कियों की मन रूपी भूमि में, प्रेम का पौधा सहज ही जड़ पकड़ लेता है। मैंने आशुतोष से प्रेम करके कोई भूल नहीं की थी। आशुतोष ऐसे ही लड़के थे। उनका प्रथम प्रेम मैं और मेरा पहला प्यार आशुतोष ही थे।

फिर जब हमारे एक बेटी, एक बेटा हो गए और विवाह को आठ वर्ष हुए (सन् 2019) थे तब आज से दो वर्ष पहले ऐसा क्या हुआ था कि आशु एवं मुझमें पूर्ववत प्रगाढ़ प्रेम होने पर भी आशुतोष अपने ऑफिस में अपनी सहकर्मी ऐश्वर्या से अवैध रिश्ते में पड़ गए थे। यह भी होता तो भी उतनी चिंताजनक बात नहीं थी किंतु बाद में मैंने स्वयं अपनी बैडमिंटन कोचिंग में आ रहे, अपने से आधी उम्र के लड़के देवांश से छुपकर संबंध बनाने की वैसी ही भूल कर दी थी।

स्पष्ट है अब मैं आशुतोष पर एकतरफा दोष नहीं लगा सकती थी। भूल पहले आशुतोष ने की थी। फिर भी आशु के प्रति मेरा प्रेम पहले से अधिक प्रगाढ़ होने पर भी मेरा किसी अन्य से संबंध हो जाना अनुचित था। आशु से विवाह करने के समय, मेरा प्रण जीवन भर एक आदर्श पत्नी बनी रहने का था। आशु के तरह की भूल नहीं करते हुए, मैं अपने प्यार और समर्पण से, आशुतोष पर ऐसा प्रभाव डाल सकती थी कि आशु फिर कभी काम-वासना की मरीचिका में, मृग की तरह नहीं भटकते।

मेरे जीवन को मुझसे बुद्धिमानी की अपेक्षा थी। आशुतोष, मुझ सहित हमारे बेटी-बेटे के जीवन पर, अवैध रिश्तों के बुरे प्रभाव को समझ सकते थे। मैं आशु से 'जस के साथ तस' करने का कोई विचार नहीं रखती थी। सन् 2019 के पूर्व तक मुझे, हम दोनों राम-सीता की जोड़ी प्रतीत होते थे। फिर भी मैंने भूल कर दी थी। मैंने अनायास ही आशुतोष को वह (कु)तर्क करने का अवसर दे दिया था, जिससे वे अवैध संबंध के मार्ग पर पुनः जाना अपना अधिकार मान सकते थे। यदि ऐसा फिर होता तो उनके अवैध रिश्ते पर आपत्ति करने का मुझे नैतिक अधिकार नहीं रह गया था।

मेरा स्व-विवेक कह रहा था 'जस के साथ तस' का खेल, कुछ सिने या ग्लैमर सेलिब्रिटीज की कुत्सित चाल होतीं हैं। वे अपनी कामुक वासना की पूर्ति में स्वयं डूबे रहते हैं और अपने प्रशंसकों को दुष्प्रेरित करते हुए यह कुरीति फैलाते हैं।

मुझे इस तथ्य का विचार होना चाहिए था कि अधिकांश व्यक्तियों का अति स्वच्छंद कामुक हो जाना, आगे आने वाली पीढ़ियों में कुसंस्कार का कारण हो सकता है।

नई पीढ़ी नए उदाहरण बनाती है मगर नया कुछ करने की बुनियाद तो पुरानी पीढ़ियाँ ही बनाती हैं, जिसे वे आगे बढ़ाती हैं। पिछली पीढ़ियाँ ने अगर आदर्श की विरासत दी हो तो नई पीढ़ियाँ, नए कीर्तिमान बनाती हैं। और अगर

पुरानी पीढ़ियों ने बुराई की परंपरा दी हो तो नई पीढ़ियाँ भोग वासनाओं के शीर्षक लिखतीं हैं।

मेरे मन में प्रश्न उठा था क्या सच्चा प्रेम, ढोंग तथा काम-वासना वास्तविकता होती है?

आशुतोष और मेरे परस्पर प्रगाढ़ प्रेम का समय के साथ ऐसा हश्र, मैं 15 वर्ष पहले सपने में भी नहीं सोच सकती थी।

मुझे पता है बैडमिंटन के माध्यम से हुआ हमारा परिचय जब प्रेम में परिवर्तित हुआ था तब हम मिलते और बात करते थे। हम विवाह के पहले लगभग 5 वर्ष तक अनेकों बार साथ होते थे। हम दोनों में उम्र सुलभ यौन अनुभूति होती थी। इससे हमारे मन में कामनाएँ भी जागृत होतीं थीं। तब मैंने और आशुतोष ने दैहिक संबंधों में जाने की कभी चेष्टा नहीं की थी। हम तन से तन के मिलन के इच्छुक भी होते मगर यह प्रेम ही था जो एक दूसरे के प्रति कर्तव्य पथ पर से, हम दोनों को च्युत नहीं होने देता था। हम आगे के जीवन की सशक्त बुनियाद रखने के अपने अपने कर्तव्यों के प्रति सजग रहे थे। विवाह पूर्व काम-वासना के खेल में लिप्त होकर हम इस बुनियाद को कमजोर नहीं करना चाहते थे।

स्पष्ट है यह हमारा आदर्श प्रेम था। हम अपनी अभिलाषाओं की पूर्ति के लिए प्रतीक्षा कर पाए थे। हम एक दूसरे को काम वासना के खेल की, समय पूर्व आदत से बचाना चाहते थे। विवाह पूर्व हम हर समय साथ नहीं रह सकते थे इसलिए हम चाहते थे कि जब हम साथ न हो तो एक दूसरे को उसके बिना व्याकुल न होना पड़े।

हमने बुनियाद मजबूत रखी थी मगर उस पर निर्मित हमारा 'प्रेम महल' कमजोर सिद्ध हुआ था। हम प्रेम विषय के निपुण इंजीनियर बने थे। फिर भी हम दोनों के प्यार में निर्मित हुआ 'प्रेम महल', समय पूर्व कमजोर होने लगा था।

आज मैं सोचती हूँ टीवी पर वेब सीरीज़ और धारावाहिक प्रस्तुतियों के अब के समय में हमारी कहानी पर अगर कोई टीवी शो या वेब सीरीज़ बनाए जाते तो उसके एपिसोड कुछ ऐसे बनते ....

एपिसोड 1

दिसंबर 2005

वह महा शिवरात्रि का दिन था। मैं अपने पापा-मम्मी के साथ शिव मंदिर में दर्शन कर रही थी। तब परिक्रमा करते हुए दर्शनार्थियों की भीड़ में कुछ दूर पर मुझे वह लड़का दिखाई दिया, जिसने बैडमिंटन टूर्नामेंट के दिनों में मेरे सभी मैच देखने के लिए प्रथम पंक्ति में एक सीट जैसे खरीद ही ली थी।

वैसे तो मैं अपना ध्यान खेल पर एकाग्र करती थी मगर कोर्ट चेंज करते हुए उस लड़के के मुखड़े को देखने की तब मुझे आदत हो गई थी। मैं यूँ तो अंधविश्वासी नहीं हूँ मगर टूर्नामेंट के दौरान मेरे मन में एक अंधविश्वास ने घर कर लिया था। मैच के लिए कोर्ट पर पहुँचते ही मैं अपनी दृष्टि, उस सीट पर डाला करती, जहाँ वह लड़का बैठता था। जब वह अपने यथा स्थान पर ऐसे बैठा दिखता जैसे, पिछले मैच से वह अब तक उसी सीट पर निरंतर विराजित है तो मुझे विश्वास हो जाता था कि मैं अपना यह मैच भी जीत लूँगी।

फिर जब वही लड़का मेरे चैंपियनशिप जीत लेने पर सकुचाता हुआ कोर्ट में आ गया था तब मैंने अपनी फ्रेंड्स के द्वारा कंधों से नीचे उतार देने पर, स्वयं ही पहल करते हुए उससे हाथ मिलाया था।

वह मुझे पढ़ाकू तरह का लड़का लगा था। वह 20-21 वर्ष का होने पर भी अब तक किसी लड़की के प्रेम में नहीं पड़ा प्रतीत हुआ था। मेरे हाथ बढ़ाने पर भी उसने मुझसे हाथ मिलाने में हिचकिचाहट दिखाई थी।

मैंने भी इसके पहले कभी किसी लड़के से हाथ नहीं मिलाया था। उस दिन दर्शकों की बड़ी संख्या के बीच में उससे पहल करके हाथ मिलाने को प्रेरित मेरी अंधविश्वासी सोच ने किया था। मैं उस लड़के को अपने लिए भाग्य सूचक मानने लगी थी। उस लड़के से हाथ मिलाकर मैं अनुभव करना चाहती थी जैसे, 'भाग्य ने मुझसे हाथ मिलाया हो'।

हाथ मिलाने में उसका सकुचाना मेरे मन को भा गया था। मैंने अभूतपूर्व आनंद अनुभूति सहित उसकी पॉकेट डायरी में, अपना नाम "सोनम" लिख दिया था।

जिस प्रकार शटल को कुछ बार प्रतिद्वंदी खिलाड़ी के कोर्ट में वापस करने पर आत्मविश्वास बढ़ जाता है उसी प्रकार तब उस लड़के का भी, जिसने अपना नाम आशुतोष बताया था, मेरे मुस्कुरा कर बात कर लेने से आत्मविश्वास बढ़ गया था।

ऐसे में उसने मुझसे मेरा मोबाइल नंबर लिखने कहा था।

मेरे पास मोबाइल होता तो उस लड़के को अपना नंबर देने में मुझे बड़ी प्रसन्नता होती। मेरे पापा की आर्थिक परिस्थिति बहुत अच्छी नहीं थी। साथ ही परिवार में बेटी के बारे में खुले विचार भी नहीं थे, जिससे 19 वर्षीया मुझ बेटी को मोबाइल नहीं दिलाया गया था। स्पष्ट है मैं अपना नंबर नहीं लिख सकती थी।

क्षण भर को इससे मुझे हीनता अनुभव हुई थी। हीनता वाले अपने विचार को त्वरित ही मेरे आत्मविश्वास ने मन से बाहर धकेल दिया था। मुझे तुरंत एक उपाय सूझ गया था। मैंने आशुतोष की डायरी में लिख दिया था

"मोबाइल नं. अभी नहीं"।

~~

11 मार्च 2021

लगभग 15 वर्ष पूर्व मेरे पास मोबाइल नहीं होने से पहली भेंट में, मैं आशुतोष को चाहते हुए भी नंबर नहीं दे सकी थी। आशुतोष का साथ मिलने से मैं विवाह के बाद समृद्ध-संपन्न हुई थी। छह माह पूर्व (सितंबर 2020) में मेरी संस्था में मुझसे बैडमिंटन की कोचिंग लेने आए, लड़के देवांश ने पहले दिन ही कोर्ट पर मुझसे मोबाइल नंबर माँगा तो मैंने अपना नियम स्वयं भंग करते हुए उसे नं. दे दिया था। जबकि मैंने कोचिंग ले रहे लड़के-लड़कियों के लिए संपर्क हेतु ऑफिस का नंबर देने का नियम बना रखा था।

यह ही मेरी बड़ी भूल सिद्ध हुई थी। इस भूल के कारण मेरे उससे अवैध संबंध हुए, जो जीवन भर के लिए मेरे पछतावे का कारण हो गया था। यद्यपि मेरे कदम भटक कर उस मार्ग पर बढ़ जाने के पीछे कारण आशु भी थे। अगर आशु भी ऐसे बातों में लिप्त नहीं हुए होते तो शायद मैं ऐसा कोई भूल भरा कदम कभी नहीं उठाती।

आज महा शिवरात्रि के दिन शिव मंदिर दर्शन करने जाते हुए, मैं पति देव एवं बच्चों के साथ कार में चुप बैठी हुई, सोच रही थी कि अपने कर्तव्य के प्रति सजग मेरी जैसी युवती क्या किसी तर्क से अपनी करनी को न्यायसंगत ठहरा सकती थी?

मुझे 15 वर्ष पूर्व का महा शिवरात्रि का वह दिन, मैं अपने मम्मी पापा के साथ शिव जी के दर्शन के लिए गई थी, याद आ गया था।

26 फ़रवरी 2006

दो माह पहले की भेंट के बाद, आशुतोष से मिलने का कोई संयोग नहीं हुआ था। बैडमिंटन कोर्ट में मुझसे ऑटोग्राफ लेने तथा मेरे मोबाइल नंबर जानने में रुचि दिखाने वाले आशुतोष, मुझे आशा थी कि मुझे खोजते हुए कभी मेरे कॉलेज या कहीं तो आकर मिलेंगे मगर वे ओछे लड़के नहीं थे।

आशुतोष बीते दो माहों में कहीं भी मेरे पीछे नहीं आए थे। ऐसे में मुझे लगने लगा था, आशुतोष का स्मरण मेरे लिए एक सुंदर सपने की तरह रह जाने वाला था।

यह दिन मेरे लिए शुभ सिद्ध हुआ था। मंदिर में मुझे आशुतोष दिखाई दिए थे। उनके साथ एक सुंदर लड़की भी थी। पिछले दो माह से जो मेरे हृदय में बसे हुए थे, वे आशुतोष जब मुझे मंदिर में उस लड़की के साथ दिखाई दिए तब मुझे लगा कि आशुतोष का मुझे नहीं खोजने का कारण, कदाचित् उनका इस लड़की से प्रेम तो नहीं!

मेरी उत्कंठा हुई थी, मैं आशुतोष से जाकर मिलकर यह सब पूछ ही क्यों न लूँ।

मैं चाहकर भी ऐसा कुछ नहीं कर पाई थी। एक तो यह शिव जी का मंदिर था जहाँ मेरा एक लैला जैसा व्यवहार उचित नहीं था। दूसरे, मैं अपनी मम्मी-पापा के साथ थी। अपने मम्मी-पापा की चहेती बेटी होने से, मैं पढ़ने एवं खेलने के अतिरिक्त किसी लड़के में रुचि लेते दिखने को उचित नहीं मानती थी। ऐसा करने से उनके द्वारा मुझ पर किए विश्वास को ठेस पहुँच सकती थी।

इन कारणों से दो माह बाद आशुतोष के दर्शन होने पर भी, मैं उनसे बिना मिले रह जाने को बाध्य हुई थी। मंदिर में दर्शन के लिए पुनः शिव जी के सामने भूमि पर सिर नवाते हुए, मेरे मन में यही विचार चल रहा था काश! आशुतोष के साथ दिख रही वह लड़की आशुतोष की गर्ल फ्रेंड न हो।

मंदिर से बाहर आते हुए मैंने चारों तरफ देखा था। मैं चाह रही थी, मुझे आशुतोष की बस एक झलक और दिखाई दे जाए। आशुतोष महा शिवरात्रि पर शिव दर्शन के लिए उमड़ी भक्तों की भीड़ में खो गए थे। मुझे वह कहीं दिखाई नहीं दिए थे। मैं घर लौटने के लिए मन मसोस कर, पापा-मम्मी के साथ बस स्टॉप पर आ खड़ी हुई थी।

बस के लिए 10-15 मिनट की प्रतीक्षा कोई असामान्य बात नहीं थी। आशुतोष को देख लेने के बाद उनसे न मिल पाने से मेरे मन में इतनी निराशा भर गई थी कि बस स्टॉप पर खड़े रह कर बस की प्रतीक्षा करने की शक्ति मेरे पैरों में नहीं रही प्रतीत हो रही थी।

तब बस तो आती दिखाई नहीं पड़ी थी, सुखद रूप से आशुतोष ही मेरी ओर देखते हुए, हमारी तरफ आते दिखाई दिए थे। यह वह दृश्य था जिसके लिए मेरी आँखें तरस रहीं थीं।

अब जब हार्दिक कामना पूर्ण होते दिखाई दे रही थी तब मेरा हृदय काँप रहा था। मुझे भय सा लग रहा था, आशुतोष आकर न जाने क्या कहेंगे। कहीं वे ऐसा कुछ तो नहीं कह/कर देंगे जो मेरे पापा-मम्मी को उचित नहीं लगेगा।

मैंने डर कर अपनी पलकें झुका लीं थीं। मैं भूमि की ओर देखते हुए अपनी बढ़ गई धड़कनों को नियंत्रित करने का प्रयास कर रही थी। अंततः मुझे आशुतोष के धड़ का निचला हिस्सा एवं आकर्षक जूतों में उनके पैर, अपने से पाँच फीट दूर दिखाई दिए थे। इसके साथ ही कानों में आशुतोष का स्वर सुनाई दिया था। वे पूछ रहे थे - हेलो सोनम, आपने मुझे पहचाना? मैं आशुतोष हूँ।

मुझे आशुतोष का यह प्रश्न करना अच्छा लगा था। मैं सोच रही थी मेरे पापा-मम्मी के लिए इससे यह समझना सरल होगा कि हमारी कोई बहुत पहचान नहीं है। अब जिससे मैं मिलने को तरस रही थी, उसको कठिनता से पहचानने का अभिनय करते हुए मैंने कहा था - अरे हाँ आप शायद वह हैं ना, जिसने मुझे चैंपियनशिप जीतने पर कोर्ट में आकर बधाई दी थी!

आशुतोष ने कहा - जी हाँ सोनम आपने ठीक पहचाना है।

यह कहने के बाद, उन्होंने मुख पर प्रश्न मुद्रा में मेरे पापा-मम्मी को देखते हुए हाथ जोड़कर नमस्ते कहा था। पापा-मम्मी ने भी इसी ढंग से प्रत्युत्तर दिया था।

मैंने तब उन्हें बताया था - आशुतोष ये मेरे पापा-मम्मी हैं।

आशुतोष ने कहा - अभी मैं कार में अपनी दीदी के साथ हूँ। हम शिव मंदिर दर्शन करने के पश्चात् घर लौट रहे हैं। आप सब शायद बस की प्रतीक्षा कर रहे हैं। अगर उचित समझें तो मैं आपको, आप के घर या आप जहाँ जा रहे हैं वहाँ पर छोड़ सकता हूँ।

पापा या मम्मी मना न करने लगें इस हेतु उतावली में मैंने कहा - हाँ हाँ आशुतोष इसमें मना करने जैसी कोई बात नहीं है। फिर भी हम तीन लोग हैं, क्या यह संभव होगा?

आशुतोष ने कहा था - जी क्यों नहीं, हमारी कार बड़ी है। आप सभी उसमें सुविधा से बैठ सकेंगे।

तब पहली बार पापा ने कहा था - वैसे बस भी आती ही होगी फिर भी आपको परेशानी न हो तो हमें विजयनगर तक छोड़ दीजिए।

आशुतोष ने प्रसन्न होते हुए बताया था - जी यह हमारे घर के रास्ते में ही है। आप आइये, देखिए वह सामने हमारी कार है।

हम साथ चलने लगे थे। आशुतोष पापा-मम्मी से औपचारिकता की बातें करते जा रहे थे। जबकि मैं सोच रही थी मंदिर में मेरे मन में जो चल रहा था, भोलेनाथ जी ने लगता है उसे मेरी मनौती जैसे समझ कर तुरंत ही वह सब मुझे दे दिया था।

मुझे आशुतोष से न मिल पाना अखर रहा था, भोले जी ने वह संभव कर दिया था। मुझे आशुतोष के साथ की लड़की, उनकी प्रेमिका तो नहीं यह भय सता रहा था। मेरा वह भय भी मिट गया था। आशुतोष के साथ की लड़की उनकी दीदी थी।

हम कार की ओर बढ़ रहे थे तभी हमारी 118 नंबर की बस, स्टॉप पर आ खड़ी हुई थी। यह देख पापा ने कहा - आशुतोष, हमारी बस भी आ गई

है, हम उससे जा सकते हैं।

यह मेरे मन अनुसार नहीं था। तब आशुतोष ने हँसकर कहा था - अंकल आप मुझे आप सभी की छोटी सी सेवा से मिलने वाले आनंद से क्यों वंचित करना चाहते हैं। मैं आपको बस से पहले और आप के घर के द्वार तक छोड़ूँगा।

मुझे आशुतोष के ये शब्द बहुत प्रिय लगे थे। मुझे लग रहा था, मुझसे प्यार जताने का यह अत्यंत ही परिष्कृत ढंग है। पापा ने आशुतोष की बात मान ली थी। हम कार तक पहुँचे तो आशुतोष की दीदी भी कार से बाहर आ गई थी। आशुतोष ने उनका नाम अनु दीदी बताते हुए हमें मिलाया था। साथ ही उन्हें बताया था - दीदी, ये सोनम और इनके पापा-मम्मी हैं।

अनु दीदी ने हँसते हुए मेरे पापा-मम्मी का हाथ जोड़कर अभिवादन किया था। फिर मेरी तरफ हाथ बढ़ाकर कहा - मुझे बैडमिंटन चैंपियन से हाथ मिलाते हुए गर्व होगा।

मैंने लजाते हुए उनका हाथ थामा था और कहा था - दीदी यह इतनी बड़ी बात भी नहीं है।

अनु ने मुस्कुराते हुए कहा था - मैं चैंपियन नहीं इसलिए मेरे लिए तो आपका चैंपियन होना बड़ी उपलब्धि है।

पापा को आशुतोष ने अपने साइड की सीट पर बैठाने के लिए गेट खोला था। जबकि अनु दीदी ने मेरे हाथ थाम रखे थे। उन्होंने पीछे का गेट खोलकर मुझे पहले बैठाया था। फिर दूसरे गेट से मम्मी को बैठने दिया था। तब वे स्वयं मेरे साइड में आकर बैठी थीं। सचमुच यह कार बड़ी थी। हम सुविधा से उसमें बैठ गए थे।

हमारी कार नहीं थी अतः पापा को आदत नहीं थी, आशुतोष ने उनसे सीट बेल्ट लगाने कहा तब उन्होंने सीट बेल्ट लगाया था। मैं सोच रही थी, मैं आशुतोष के साथ प्रेम पथ पर चलना चाहती हूँ। कहीं उसमें हमारी आर्थिक

दशा का अंतर, अड़चन तो नहीं खड़ी कर देगा।

अनु दीदी ने मुझे चुप देखा तो पूछा - सोनम आप चुप क्यों हो? आप बताओ बैडमिंटन आपने कब खेलना शुरू किया और किसने आपको चैंपियन खिलाड़ी बनाया है?

उधर कार चलना आरंभ हो गई तब पापा सहज होकर आशुतोष से उनकी पढ़ाई को लेकर तथा कुछ ऐसे ही प्रश्न कर रहे थे।

मेरी मम्मी ने अब तक बातों में हिस्सा नहीं लिया था, अनु दीदी के प्रश्न का उत्तर मैं कहती उसके पहले ही उन्होंने दिया था - सोनम के पापा भी बैडमिंटन अच्छा खेलते हैं। इन्होंने ही इसे जब यह पाँच-छह वर्ष की थी तब से बैडमिंटन सिखाना शुरू किया था।

अनु ने पूछा था - क्या सोनम को इसके अतिरिक्त किसी बड़ी प्रतियोगिता में भी भाग लेने का अवसर मिला है?

अब मैं सतर्क हुई थी मुझे भय लगा कि यहाँ मम्मी धन की कमी की बात नहीं कह दें। अतः मैंने प्रश्न को एक तरह से शटल पर लपकने जैसे लिया था। मैंने उत्तर का शॉट खेलते हुए उन्हें बताया था - दीदी, पापा मुझे बैडमिंटन खेलने को प्रोत्साहित तो करते हैं मगर पढ़ाई को उससे पहले रखने के लिए कहते हैं। अतएव मैं कॉलेज एवं शहर में हो रहे टूर्नामेंट में ही भाग लेती हूँ। इसी वर्ष पहली बार अंतर महाविद्यालय में खेलने के लिए मेरा चयन किया गया था।

अनु दीदी ने इसमें पॉजिटिव को मुख्य करते हुए प्रशंसा में कहा - सोनम यह तो बड़ी उपलब्धि है, पहले ही अवसर में आप इंटर कॉलेज चैंपियन हो गई हो।

फिर हम सभी सामान्य बात करने लगे थे। मेरी आशुतोष से बात करने की इच्छा तो पूरी नहीं हो पाई थी मगर मुझे यह संतोष हो गया था कि

आज इस तरह से परिचय हो जाने से आगे मेरी प्रेम अभिलाषाएँ भी पूरी हो सकेंगी।

आशुतोष ने कहा था, विजयनगर उन के रास्ते में ही है। वह एक अर्ध सत्य था। विजयनगर और आशुतोष के घर की दिशा तो एक थी मगर पहले आशुतोष की सोसाइटी आई थी। वहाँ उन्होंने कार रोक कर हमें यह बात बताई थी। विजयनगर हमारे घर तक हमें छोड़ने के लिए, उन्हें लगभग चार किमी आगे चलना था। जब वह हमें आगे हमारे घर तक छोड़ने के लिए चलने को हुए तब पापा ने कहा था - आशुतोष, हम यहाँ से स्वयं चले जाएंगे।

तब आशुतोष ने कहा था - नहीं अंकल, मैं आप सभी को बीच रास्ते में नहीं छोड़ सकता हूँ।

मुझे पुराने गीत के बोल स्मरण आए थे

'किसी राह में किसी मोड़ पर, तू चल ना देना छोड़कर, मेरे हमसफर'

तभी अनु दीदी ने भी कहा था - हाँ अंकल, हमें आप सभी को आपके घर तक छोड़ कर ही प्रसन्नता होगी।

ऐसे हमें आशुतोष ने हमारे घर के सामने उतारा था। फिर जब पापा ने दोनों से घर में आने के लिए आग्रह किया तब दीदी ने कहा था - घर में मॉम-डैडी हमारी प्रतीक्षा कर रहे हैं। हम किसी और दिन फिर आएंगे।

अंत में जब वे हमसे विदा ले रहे थे तब अनु दीदी ने कहा - सोनम आप मुझे अपना मोबाइल नंबर दोगी, प्लीज!

यह मेरे लिए पुनः एक कठिन परीक्षा हो गई थी। एक पल को मैं क्या कहूं इस असमंजस में पड़ गई थी।

एपिसोड 2

मैंने एक पल सोचा कि कोई अच्छा नाता, झूठ की बुनियाद पर नहीं बन सकता है। मैंने उत्तर दिया था - पापा अभी मुझे मोबाइल दिलाने का यह समय उचित नहीं मानते हैं। मैं आपको अपनी मम्मी का नंबर देती हूँ। मैं जब घर में होती हूँ तब इस मोबाइल पर अपनी फ्रेंड्स से आवश्यक बातें कर लेती हूँ।

अनु दीदी ने मुस्कुराते हुए कहा था - हाँ यह भी ठीक रहेगा।

मैंने उन्हें नंबर बताया था उन्होंने उसे अपने मोबाइल पर सेव करके एक रिंग मम्मी के नंबर पर कर दी थी।

आशुतोष और दीदी जब लौट रहे थे। मैं उदास हो गई थी। दो माह के बाद मिलने पर आशुतोष का व्यवहार उल्लासित करने वाला था। फिर भी मैं उदास इस बात से थी कि बीच के समय में वह एक बार भी मेरा पीछा करते नहीं आए थे। इससे मुझे शंका हो रही थी। अब जब उन्होंने मेरा घर और हमें अपनी सोसाइटी का पता भी दे दिया है, तब भी हमारी भेंट अब कब हो सकेगी, यह कुछ तय नहीं लग रहा था।

आज हुई हमारी भेंट में भी हम कोई बात नहीं कर पाए थे। यक्ष प्रश्न यह था कि मैं आशुतोष से बात करने के लिए जितनी उत्सुक थी क्या आशु मुझसे बात करने को उतने ही व्यग्र थे?

उस दिन पापा का भी अवकाश था। उनके पास समय था। मंदिर से आने

के बाद मम्मी, पापा सहित मैं साथ में लंच कर रहे थे। तब पापा ने कहा - आशुतोष एवं उसकी अनु दीदी बहुत अच्छे, प्यारे बच्चे हैं।

मुझे यह सुनना अच्छा लगा था। फिर भी मैंने इसमें कुछ जोड़ने का प्रयास नहीं किया था। मैं चुप रह कर खाती रही थी।

मम्मी ने पापा की बात पर सहमति देते हुए कहा - और देखो! आशुतोष हमें घर तक छोड़कर ही तो माना है।

पापा ने बताया - वह धनवान परिवार से तो है ही, टैलन्टड भी बहुत है। वह इंजीनियरिंग के फाइनल सेमेस्टर में पढ़ रहा है। उसका चयन माइक्रोस्कॉपिकसॉफ्ट में हो गया है। उसकी उपाधि पूर्ण होने पर चार माह बाद वह जब 22 का होगा तभी उसे जॉब के लिए हैदराबाद जाना होगा।

आखिरी वाक्य सुनने पर मुझे शॉक लगा था। इससे मेरे खाने का अंश श्वास नली में चला गया था, मुझे चार छींकें आई थीं। मम्मी ने मुझे गिलास से जल पीने को कहा था। मैं ठीक प्रतीत हुई तब पापा ने आगे कहा - हमें सोनम के लिए ऐसा योग्य और धनवान परिवार का लड़का मिल सके तो कितना अच्छा रहेगा।

मुझे यह अपने पापा का लालची होने जैसा लगा था। फिर भी मेरे ऐसे विचार को पापा का लालच कहने से अच्छा यह कहना होगा कि हर पिता, अपनी बेटी का भविष्य सुखद ही तो देखना चाहते हैं।

महा शिवरात्रि के दिन की, इन सब बातों से मेरे मन में विचार मंथन चलता रहा था।

मुझे इस बात से दुःख हुआ था कि आशुतोष कुछ ही माह में हैदराबाद चले जाएंगे पिछले दो माह में जैसा उन्होंने कभी मेरा पीछा नहीं किया था, उससे यही लग रहा था कि आगे के चार माह में भी आज हुए जैसे बिरले कुछ संयोग में ही मैं उनसे मिल पाऊँगी।

मेरी यह उदासी, मुझे बता रही थी कि निश्चित ही मैं मन ही मन आशुतोष से बहुत प्यार करने लगी थी। मुझे पता नहीं था कि आशुतोष भी मुझसे प्यार अनुभव करते हैं या नहीं। फिर भी मुझे इस बात की प्रसन्नता थी की दोनों बार आशुतोष से हुई भेंट में उन्होंने मेरे साथ अपनत्व का एवं आत्मीय परिजन के जैसा व्यवहार किया था। यद्यपि यह उनका, एक बैडमिंटन प्लेयर होने से सिर्फ मेरा प्रशंसक होना भी हो सकता था, फिर भी मुझे लग रहा था कि प्रशंसक एवं प्रेमी होने के भाव में बहुत अंतर नहीं होता है। ऐसे में आशुतोष के द्वारा मेरा पीछा नहीं करना, इस बात का द्योतक भी था कि वह कोई छिछोरे लड़के नहीं हैं।

~~

आशु पहले छिछोरे नहीं थे। तब मुझसे विवाह के आठ वर्ष बाद (फ़रवरी 2019) ऐसा क्या हुआ कि उन्होंने ऐश्वर्या से अवैध संबंध स्थापित कर लिए थे। जब मुझे आशु के संबंध पता चले, उसके पहले तक मैं, आशु एवं अपने बच्चों के बीच अपने आप को दुनिया की सबसे भाग्यशाली युवती और सबसे अधिक सौभाग्यवती पत्नी मानती थी। आशु के साथ मैं कहाँ से कहाँ पहुँच गई थी। आशु नहीं मिलते तो शायद मैं किसी साधारण लड़के से ब्याही जाती और नियमित लेक्चरर या संघर्षरत वकील होने की कोशिश कर रही होती।

आशु ने मेरी बैडमिंटन की दक्षता को देखते हुए विवाह के बाद, कॉलेज में मेरे एडहॉक लेक्चरर का जॉब छुड़वा कर, हैदराबाद में मेरा एक बैडमिंटन कोचिंग इंस्टिट्यूट बनवा दिया था। बड़ी लागत से आरंभ किए गए इंस्टिट्यूट के लिए मैं आशुतोष की आभारी अनुभव करती थी। अपनी इस संस्था में, मैं 8 से 18 वर्ष के बच्चों एवं किशोर-किशोरियों को अच्छा खिलाड़ी बनाने के लिए मेहनत करती थी।

निश्चित ही मुझे यह कार्य मेरे (तदर्थ) व्याख्याता होने की अपेक्षा अधिक संतोष प्रदान करता था। इससे मुझे अपने शहर के बाहर, यहाँ हैदराबाद में भी

एक अच्छी पहचान मिली थी।

मेरे बैडमिंटन कोचिंग करने के साथ साथ, हमारे दो प्यारे बच्चे हो गए थे। आशु हमेशा प्रेम एवं मृदुलता से व्यवहार करने वाले हज्बैंड थे। ऐसे व्यक्ति थे कि मैं शेष सारी दुनिया छोड़कर सिर्फ आशु का साथ चाहती और उसमें प्रसन्न रहती थी।

तब एक दिन ऐश्वर्या से आशुतोष के अवैध संबंध का संदेह मुझे अचानक, आशु की मोबाइल पर किसी से की जा रही बात सुन लेने से हुआ था।

उस समय आशु नहीं जानते थे कि मैं इंस्टिट्यूट से वापस घर लौट आई हूँ और मोबाइल पर हो रही बातें सुन रही हूँ।

आशु कह रहे थे - नहीं भाई! मेरा कोई चक्कर नहीं है। ऐश्वर्या ने स्वयं ही मेरी कार से लौटने की इच्छा की थी।

दूसरी ओर से क्या कहा गया था। मुझे सुनाई नहीं दिया था। फिर आशु ने कहा था - पेट्रोल पम्प पर मैंने बाँहों में नहीं लिया था। ऐश्वर्या नशे की हालत में स्वयं मेरी बाँहों में झूल रही थी।

दूसरी तरफ से फिर कुछ कहा गया था। उत्तर में आशु ने कहा था - ऐश्वर्या चलकर घर जाने की स्थिति में नहीं थी इसलिए मैं उसे घर छोड़ने गया था।

दूसरी ओर से फिर कुछ कहे जाने के बाद आशु ने कहा था - घर पर ऐश्वर्या ने ड्रिंक्स के लिए आग्रह किया था। इसलिए मुझे वहाँ दो घंटे लगे थे।

दूसरी ओर से की गई फिर किसी बात का उत्तर आशु ने दिया था - ब्रो, क्या तुम मेरी जासूसी कर रहे थे? इस बारे में तुम जो भी जानते हो प्लीज़ वह अन्य किसी से कभी नहीं कहना। तुम्हारा कुछ कहना, व्यर्थ ही मेरे लिए परेशानी का कारण हो जाएगा।

अंत में आशु ने हँसकर कहा था - हाँ ब्रो यह हुई ने एक फ्रेंड जैसी बात!

मैं दबे पाँव वापस अपार्टमेंट गेट तक लौटी थी। मैंने लैच में चाबी घुमाकर दरवाजा खोलने जैसी आवाज की थी। ताकि आशु को यह लगे, मैं अभी ही घर में प्रविष्ट हुई हूँ।

मुझे आया देखकर आशु ने आत्मीयता से कहा था - सोनम, आप फ्रेश हो लो तब तक मैं कॉफी बनाता हूँ।

मुझे विश्वास नहीं हो रहा था, मुझे इतना प्रेम करने वाले आशु मेरे अतिरिक्त किसी और से दैहिक संबंध में लिप्त हो सकते हैं।

आशु पर मैं कैसे अविश्वास कर सकती थी। आशु ने अपने परिवार में विरोध होते हुए भी मुझसे विवाह किया था। बड़ी लागत का कोचिंग इंस्टिट्यूट मेरे लिए आरंभ करवाया था। हमारे दो प्यारे बच्चे हुए थे। आशु के प्यार में वही उत्साह (Enthusiasm) अब भी था जो मैं विवाह के समय से अनुभव कर रही थी।

मैं सपने में भी नहीं सोच सकती थी, मेरे आशु किसी और युवती से कभी दैहिक संबंध बना सकते हैं। कुछ दिनों तक इस आधी-अधूरी जानकारी के बाद मैं आशु से इसकी सत्यता के बारे में पूछने का साहस नहीं कर पाई थी। मुझे लगता रहा था कि यदि यह बात झूठ है तो मेरे अविश्वास करने का प्रभाव, आशु पर और इस कारण हमारे वैवाहिक संबंध पर बुरा पड़ सकता था।

उन दिनों मुझे अनुभव हुआ था कि मन में कोई संदेह आ जाए तो वह किसी भी व्यक्ति को व्याकुल कर देता है।

इसी आकुल-व्याकुल दशा में एक रात मैं स्वयं को रोक नहीं पाई थी। जब आशु ने मुझे अपने बाहुपाश में लिया तब मैंने उनकी बाँहों से अपने को मुक्त किया था।

आशुतोष ने प्यार भरे स्वर में प्रश्न किया था - सोनम आप क्या आज यह नहीं चाहती हो?

दिन में आशु से मैंने जो पूछना तय किया था, मैं वह सीधा नहीं पूछ पाई थी। मैंने कहा था - आशु, मुझे एक अफवाह ने कुछ दिनों से परेशान कर रखा है।

आशु ने पूछा था - मुझे स्पष्ट बताओ, वह किस बारे में है?

मैं आगे कुछ कह नहीं पाई थी। मेरी आँखों में आँसू झिलमिलाने लगे थे। प्रकट में मैंने कहा था - चलो छोड़ दो इसे! ऐसी अफवाहों के कई बार कोई सिर पैर नहीं होते हैं। अगर यह सच भी है तो कुछ दिनों में यह सच्चाई स्वयं सबके सामने आ जाएगी।

मैं इसके आगे कुछ कह नहीं पाई थी। आशु ने आत्मीय भाव में अपने रुमाल से मेरे आँसू पोंछे थे। मुझसे अधिक पूछने की कोशिश नहीं करते हुए आशुतोष ने समझाने के स्वर में कहा था - सोनम पता नहीं आपने क्या सुनकर अपने को ऐसे व्यथित कर रखा है। र्-यूमर्स बहुत उड़ती रहती हैं। उन पर हमें ध्यान नहीं देना चाहिए। हम सुखी परिवार हैं। आपको किसी तरह की चिंता या व्यथा में नहीं पड़ना चाहिए।

उस रात जिन आशु से मैं शिकायत करना चाहती थी, उन्हीं से ही लिपट कर सो रही थी। नींद आने के पूर्व तक मैं आशु के प्रेममय व्यवहार के बारे में सोच रही थी और मुझे सुनी हुई बात व्यर्थ की शंका लग रही थी। मैं यह चाह रही थी यह बात वास्तविकता नहीं एक शंका ही सिद्ध हो।

एपिसोड 3

अगले दिन मैं 13 वर्ष पूर्व की बातें याद कर रही थी -

मम्मी के मोबाइल पर कभी कभी अनु दीदी से मेरी बात होने लगी थी। मेरे कोई बहन या भाई नहीं थे। अनु दीदी मुझसे चार वर्ष बड़ी थीं। जब भी हम आपस में बात करतीं, उनसे मुझे बड़ी बहन सा स्नेह मिलता था। चार माह फिर कोई संयोग नहीं हुआ था। मैं आशु या अनु दीदी से नहीं मिल पाई थी।

जुलाई 2006

एक दिन मुझे अनु दीदी ने बताया था - सोनम अगले शनिवार आशु जॉब जॉइन करने हैदराबाद जा रहा है।

यह बात मुझे महा शिवरात्रि वाले दिन पापा से पता हुई थी। फिर भी मेरे लिए यह मानसिक आघात पहुँचाने वाला समाचार था। आशुतोष के शहर में ही रहते हुए भी हमारी भेंट नहीं हो पाती थी। फिर भी मेरे मन में एक संतोष यह रहता था कि आशुतोष शहर में ही हैं। कहीं न कहीं उनसे मेरे मिलने के संयोग बन ही सकते हैं। उनके हैदराबाद चले जाने की कल्पना से मुझे वह क्षीण संभावना भी खत्म होती अनुभव हुई थी।

उस दिन मैंने अनु दीदी को तो यही प्रदर्शित होने दिया था कि मैंने इसे एक सामान्य बात जैसे सुन लिया है किंतु मैं बहुत उदास हो गई थी। आशुतोष से अनुभव हो रहे प्यार में, पहली बार मैं उस रात को अकेले में हिचकियाँ ले

लेकर रोई थी। मेरा मन मेरे वश में नहीं रहा था।

अगले दिन मैंने मम्मी से कहा था - मम्मी, मेरा अनु दीदी से मिलने को बहुत मन कर रहा है। क्या मैं उनसे मिलने इस रविवार उनके घर जाऊँ?

मम्मी ने कहा - हाँ क्यों नहीं, मैं पापा से पूछ लेती हूँ। अगर उस दिन उनको कहीं नहीं जाना हो तो तुम अनु के घर चली जाना।

वास्तव में हमारे घर में तब एक हौंडा एक्टिवा ही थी, जिससे पापा ऑफिस, बाजार या कहीं भी जाना-आना करते थे। अवकाश के दिनों में मुझे भी, कभी कभी वही एक्टिवा, मेरी फ्रेंड्स से मिलने जाने आने के लिए मिल जाया करती थी।

मम्मी ने पापा से पूछ लिया था। तब पापा ने मुझे इस हेतु प्रसन्नता से अनुमति देते हुए कहा था - रविवार के दिन तीन बजे तक मैं घर पर ही रहूँगा। तुम जब जाना चाहो अनु से मिलने जा सकती हो।

मैं पापा की प्रसन्नता से समझ रही थी। वे मेरे, अनु दीदी या सच कहें तो आशुतोष से घनिष्ठता को प्रोत्साहित कर रहे थे। इस बात का संकेत मुझे उस दिन ही मिल गया था, जब उन्होंने मम्मी से कहा था, 'हमें सोनम के लिए ऐसा योग्य और धनवान परिवार का लड़का मिल सके तो कितना अच्छा रहेगा'

पापा से अनुमति मिलने के बाद मैंने अनु दीदी को कॉल करके कहा था - दीदी, मेरा मन आपसे मिलने को कर रहा है। क्या मैं इस रविवार आपसे मिलने आ सकती हूँ?

अनु दीदी ने कहा था - हाँ हाँ सोनम, मुझे प्रसन्नता होगी अगर उस दिन लंच भी आप मेरे साथ करो।

तब मैंने पूछा था - फिर दीदी क्या यह ठीक रहेगा यदि मैं 11.30 से 2.45 बजे तक आपके साथ रहूँ?

अनु दीदी ने उत्तर देते हुए पूछा था - हाँ सोनम बिलकुल! क्या तब मैं कार से आपको लेने के लिए आऊँ?

मैंने कहा था - नहीं दीदी मैं एक्टिवा से आ जाऊँगी।

मेरी बात जब उनसे चल रही थी तब मम्मी मेरे पास ही बैठी थीं। उन्हें मेरे प्रोग्राम के संबंध में पता चल गया था।

अनु दीदी और आशुतोष के साथ लंच करने की कल्पना से मेरा मन मयूर नाच रहा था। मैं रविवार सुबह तक इस बारे में, अपनी तरह तरह की कल्पनाओं से रोमांचित होती रही थी।

तब मुझे एवं आशुतोष को लेकर, पापा की भावना की पुनः पुष्टि हुई थी। पापा ने सुबह ही मार्किट जाकर ताजे फूलों का एक सुंदर बुके ला दिया और मुझसे कहा - सोनम, तुम यह बुके मेरी ओर से शुभ कामनाओं सहित आशुतोष को दे देना। वह कुछ दिन में जॉब के लिए हैदराबाद जाने वाला होगा।

तब मैं आशुतोष को बुके देने की कल्पना करने लगी थी। मेरे मन में रोमांच, अधिकतम स्तर पर पहुँच गया था। अपने मुख पर प्रसन्नता के भाव नहीं दिखें, इस हेतु मैंने अपने पर नियंत्रण करते हुए कहा था - जी पापा!

तब अपने पहुँचने की पूर्व सूचना देते हुए, मैंने अनु दीदी से उनके अपार्टमेंट का नंबर पूछा था। उन्होंने कहा था - सोनम, मैं स्वयं ही सोसाइटी गेट पर आपको लेने आ जाऊँगी।

अनु दीदी गेट पर मुझे वेलकम करने आएंगी, यह कल्पना मुझे वीआईपी अनुभव करा रही थी। मेरे मन में रोमांच शिखर पर पहुँच गया था। मुझे तभी पहली बार यह दुविधा भी अनुभव हुई थी कि आज मुझे आशुतोष के पापा-मम्मी से भी मिलना होगा। पता नहीं वे अनु दीदी और आशुतोष की तरह ही अच्छे व्यक्ति हैं या नहीं। मैंने अपने को यह समझा कर आश्वस्त किया था

जिनके बेटी-बेटा अच्छे हैं वे लोग भी अच्छे ही होंगे।

मैं 11.15 बजे, अपने सबसे अच्छे जींस और टॉप को पहनकर घर से निकली थी। मैं उमंग से भरी थी। ऐसी दशा में 11.25 बजे आशुतोष की सोसाइटी गेट पर पहुँच गई थी।

वहाँ गेट पर अनु दीदी नहीं आईं थीं। मेरे पास मोबाइल भी नहीं था। मैं उदास हुई थी। सोसाइटी गेट पर ही मुझे पता चला था कि यहाँ रेजिडेंट के अप्रूवल बिना मैं सोसाइटी में नहीं जा सकती थी। वहाँ की ऐसी सुरक्षा मेरे लिए कल्पनातीत थी। मैं विचारों में खोई स्तब्ध सी वहाँ खड़ी थी। तभी अनु दीदी आते दिखाई पड़ी थीं। त्वरित ही मेरे मुख पर भाव परिवर्तन हुआ था। मेरे मुख पर उदित हुए सूर्य की जैसी रक्तिम आभा आ गई थी।

अनु दीदी ने मुस्कुराते हुए हाथ बढ़ाया और पूछा था - सोनम मैंने आपको अधिक प्रतीक्षा तो नहीं कराई है?

मैंने उनसे हाथ मिलाया और अपनी आने की व्यग्रता छुपाते हुए कहा था - नहीं दीदी, मैंने अभी ही एक्टिवा वहाँ साइड में खड़ी की है।

उन्होंने पूछा था - आपके हाथ में इस कैरी बेग में क्या है? मुझे आप फॉर्मेलिटी में पड़ गई लगती हो।

मैं इस प्रश्न के लिए तैयार नहीं थी। मेरे मुँह से निकल गया - इसमें बुके है। आशु के लिए मेरे पापा ने भिजवाए हैं। उन्होंने कहा है 'आशुतोष, अभी हैदराबाद जाने वाले हैं मेरी शुभ कामनाओं सहित यह उन्हें दे देना'।

मेरे उत्तर में सच्चाई तो थी मगर आशुतोष को आशु कहने की भूल हुई पता पड़ते ही मैं लजा गई थी।

शायद मेरे 'आशु' कहने ने दीदी को भी चौंकाया था। उन्होंने मुस्कुरा कर कहा - सोनम आप लजाती हुई बड़ी सुंदर लग रही हो। चलो मैं आपकी एक्टिवा चलाकर देखती हूँ कि मैं अब भी टू व्हीलर चला सकती हूँ या नहीं।

इसका अर्थ यह था कि दीदी, कार ही चलाती हैं। मैंने सहमति दी तब दीदी, एक्टिवा में मुझे बैठा कर सोसाइटी की गेस्ट व्हीकल पार्किंग में आई थीं। वहाँ एक्टिवा खड़ी की थी। वे मुझे साथ लेकर अपने घर की ओर चल रहीं थीं। इतनी स्वच्छ सुंदर सोसाइटी मैंने पहली बार देखी थी।

लिफ्ट से निकल कर जब उन्होंने सामने के फ्लैट के दरवाजे के लॉक को खोला तो अंदर का दृश्य देखकर अचंभे में मेरी आँखें खुली रह गई थीं।

सामने हॉल की भव्यता किसी फाइव स्टार होटल जैसी थी। यद्यपि मैंने कभी कोई फाइव स्टार होटल भी अंदर से नहीं देखी थी। सच कहूँ तो यह सब मेरे लिए एक स्वप्न लोक जैसा था।

वहाँ हॉल में सामने कीमती सोफे पर एक सुंदर युवती, जिनकी उम्र 35 की प्रतीत होती थी, विराजित थीं। मैं सोच रही थी कि ये कौन हो सकती हैं। तब अनु दीदी ने कहा था - मॉम! ये मेरी नई फ्रेंड सोनम है। सोनम इस वर्ष अन्तर महाविद्यालय सिंगल्स एवं डबल्स दोनों की चैंपियन है। यही आज मेरे साथ लंच करने वाली है।

मुझे अचरज हुआ था। ये अनु और आशुतोष की मॉम हैं तो इनकी उम्र 45 से कम की तो नहीं होनी चाहिए।

यहाँ मुझे समझ आया था, अति धनवान लोगों पर प्रौढ़ता देर से दिखाई देती है। आश्चर्य मिश्रित प्रसन्नता के भाव में, मैंने दोनों हाथों से चरण छूकर उन्हें प्रणाम किया था।

उन्होंने, 'सदा प्रसन्न रहो' कहते हुए मुझे आशीष दिया था। उन्होंने मुझमें कोई रुचि प्रदर्शित नहीं करते हुए अनु दीदी से कहा था - अनु, पापा अभी ही शॉप के लिए निकले हैं और मैं भी पाँच मिनट में सोढ़ी आंटी के घर किटी पार्टी के लिए निकलने वाली हूँ। आप अपनी फ्रेंड के साथ लंच कर लेना और आशु चाहे तो उसका भी परिचय, फिर (मस्तिष्क पर जोर डालते हुए) क्या

नाम बताया आपने, हाँ सोनम से करवा देना।

तब मुझे अहसास हुआ था कि धनवान परिवारों में जो सभी से समान संबंधित नहीं हो, के विषय में बातें नहीं की जाती हैं। आंटी उठीं थीं और इस बड़े घर में, भीतर किसी रूम में चली गईं थीं। अनु दीदी ने मुझे हाथ पकड़ कर उस भव्य सोफे पर बैठाया था जिसे देख कर मुझे संशय हो रहा था, क्या मैं इस पर बैठ सकने योग्य हूँ भी या नहीं! यद्यपि मैं शहर में बैडमिंटन की ख्याति प्राप्त खिलाड़ी थी मगर अपनी कच्ची उम्र (Girlhood) में इन धनाढ्य लोगों के घर में मुझे हीनता अनुभव हुई थी।

मेरे संकोच से सोफे पर बैठ जाने पर अनु दीदी ने टीवी पर स्पोर्ट्स चैनल लगा दी थी। फिर कहा था - सोनम, मैं दो मिनट में किचन से होकर आती हूँ आप कृपया आराम से टीवी देखो।

दीदी जा चुकी तब मैंने देखा, यह इम्पोर्टेड एलईडी टीवी था। इसके बारे में मैं जानती तो थी मगर इसके पहले मैंने इस में कहीं कुछ देखा नहीं था। इसमें चल रहे प्रोग्राम जैसी क्लैरिटी (Resolution) मैंने पहले कभी नहीं देखी थी।

आर्थिक स्थिति में आशुतोष के एवं मेरे परिवार में बड़ी विषमता को रिएलाइज करते हुए तब मुझे रोना आ गया था। मेरी आँखों में अश्रु झिलमिलाने लगे थे। टीवी स्क्रीन पर क्लैरिटी होते हुए भी, उस पर चल रहा क्रिकेट मुझे धुंधला दिखाई दे रहा था। मैं सोच रही थी, मुझे आशु के साथ की कल्पना से अपनी प्रथम प्रेम की अनुभूति हुई थी। उनसे और उनके परिवार से, मेरा तथा मेरे परिवार का कोई मेल नहीं था। क्या मेरा यह पहला प्यार अधूरा रह जाने वाला सिद्ध होगा? अपने मन में चल रहे इस प्रश्न से मैं इस भव्य हॉल में अकेली बैठी रो रही थी।

मैंने अपने आँसू पोंछने का प्रयास नहीं किया था। मैंने आँसू सोफे पर टपक जाने दिए थे। मैं शिव जी का स्मरण करते हुए अपना आत्मविश्वास बढ़ाने का

प्रयास कर रही थी। सोच रही थी, शिव जी ने मंदिर में हमारे पुनर्मिलन का संयोग बनाया था। इस मिलन में सब शुभ ही होना चाहिए। यह सोचते हुए मेरे आँसू कुछ थमे थे।

मैं सोच रही थी, अब आशु मुझे कब दर्शन देंगे?

एपिसोड 4

फ़रवरी 2019

आशुतोष ने सोनम को आश्वस्त करने का प्रयास तो किया था मगर उसे समझ आ गया था कि सोनम को कहीं से ऐश्वर्या तथा उसके संबंधों की ही बात पता चली है। सोनम उस पर पूर्ण विश्वास करती है इसलिए उसे यह बात झूठी लग रही है। उस रात इसी विश्वास के कारण, आशुतोष सोनम की शंका को थोड़े प्रयास में दूर कर पाया था।

आशुतोष को सोनम एवं अपने दोनों बच्चे, अपने प्राणों से भी अधिक प्रिय थे। उस रात के बाद से वह इस चिंता में था कि कैसे वह ऐश्वर्या से संबंध को यहीं खत्म करे। ऐश्वर्या उसके ही ऑफिस में थी। वह अच्छी कुलीन लड़की थी मगर पता नहीं क्यों आशुतोष का विवाहित होना जानते हुए भी वह बावली हुई थी!

आशुतोष को स्मरण आ रहा था कि उस दिन टीम आउटिंग में वे सभी हैदराबाद से 70 किमी दूर एक रिसोर्ट में पिकनिक हेतु गए थे। जाते हुए आशुतोष का जो फ्रेंड ऐश्वर्या को अपनी कार में साथ ले गया था, उसे रात की फ्लाइट से बैंगलोर जाना था। इस कारण वह रिसोर्ट से 2 घंटे पूर्व ही वापस लौट गया था।

बाद में जब सभी लौट रहे थे तब ऐश्वर्या के पास विकल्प तो कई थे मगर वह आशुतोष के पास आई और उसने पूछा था - बॉस क्या मैं आपके साथ

चल सकती हूँ? मेरा फ्लैट शायद आपके घर के रास्ते में है, अतः आपको मुझे ड्रॉप करने में किसी दूसरे से कम परेशानी होगी।

ऐश्वर्या एक वर्ष पूर्व ही माइक्रोस्कॉपिकसॉफ्ट में आई थी। यहाँ आशुतोष ऐश्वर्या का बॉस था और ऑफिस में उसके काम से प्रभावित था। उसे कंपनी मिल रही थी, उसे इसमें कोई बुराई नहीं लगी थी। उसने कहा था - हाँ ऐश्वर्या, मैं आपको आपके फ्लैट तक छोड़ दूँगा।

इस तरह ऐश्वर्या उसकी कार में आ गई थी। ऐश्वर्या ने अधिक ड्रिंक कर रखी थी। कार में साइड की सीट में बैठते ही वह सो गई थी। आशुतोष को कार ड्राइव करना था, अतः उसने लिमिटेड मात्रा में ही बियर ली थी।

हाईवे पर कुछ देर तक टीम मेंबर्स की सभी 20 कारें आगे पीछे चल रहीं थीं। फिर ट्रैफिक के कारण उनमें परस्पर दूरी बन गई थी। रिसोर्ट से चलने के लगभग चालीस मिनट बाद ऐश्वर्या जागी थी। उसने कहा था - बॉस मुझे वॉशरूम जाना है पास में कहीं उचित स्थान पर आप कार रोकिए ना!

गूगल मैप में आशुतोष को तीन किमी दूर एक पेट्रोल पंप दिखाई दिया था। उसने ऐश्वर्या से कहा था - आप 5 मिनट रोक लीजिए। हम एक पेट्रोल पंप पर पहुँचने वाले हैं।

पेट्रोल पम्प में कार से उतरते हुए नशे की अधिकता में, ऐश्वर्या लड़खड़ाई थी तब आशुतोष उसे सहारा देकर वॉशरूम तक ले गया था। वहाँ से वापसी में ऐश्वर्या नशे की अधिकता में या जानबूझकर ही आशुतोष की बाँहों में झूल गई थी। कठिनाई से आशुतोष उसे कार की सीट पर व्यवस्थित बैठा पाया था।

इस प्रयास में अनायास ही आशुतोष को, ऐश्वर्या के युवा शरीर का नरम गुदगुदा-पन अनुभव हुआ था। इसने कुछ क्षणों के लिए, आशुतोष को यह भूलने को विवश कर दिया था कि वह दो बच्चों का पापा एवं प्राणप्रिया पत्नी सोनम का पति है।

ऐश्वर्या तो पुनः कार की सीट पर बैठ कर ऐसे सो गई थी जैसे कुछ हुआ ही नहीं है मगर आशुतोष को कार में पेट्रोल भराते हुए अपनी साँस नियंत्रित करने के लिए प्रयास करने पड़े थे। उसने कार में बैठने के बाद सभी तरफ दृष्टि दौड़ा कर यह समझने का प्रयास किया था कि कोई टीम मेट इस दृश्य का साक्षी तो नहीं हुआ है।

रात के समय हेड लाइट्स के कारण सभी कार एक जैसी ही दिखाई देती हैं। उसे यही समझ आया था कि पेट्रोल पम्प कर्मियों और वहाँ दो तीन गाड़ी वालों ने उन्हें वॉशरूम जाते आते हुए देखा था। शायद उन सभी ने दोनों के लिपटने चिपटने को, यह सोच कर अनदेखा किया था कि ये पति-पत्नी के बीच की बात है।

लगभग 45 मिनट और चलने पर जब आशुतोष ऐश्वर्या की सोसाइटी में पहुँचा तब 9.40 बज रहे थे। उसने सो रही ऐश्वर्या को जगाया था। ऐश्वर्या ने तब कहा था - बॉस, मुझे नशा कुछ अधिक हो गया है। प्लीज़ आप मुझे मेरे फ्लैट तक छोड़ दीजिए।

अपने पर ही विश्वास न रख पाने के कारण आशुतोष यह करने से बचना चाहता था मगर सहायता माँगती ऐश्वर्या को मना करना, उससे नहीं हो पाया था।

आशुतोष ने उसे सहारा दिया तो वह आशुतोष के सीने से लग कर झूल गई थी। फ्लैट तक मादकता में ऐश्वर्या इसी प्रकार चली थी। लॉक होल में की डालते हुए वह डगमगा रही थी। तब उसे पकड़े हुए ही आशुतोष ने लॉक ओपन किया था। फिर बाँहों में उठाकर वह ऐश्वर्या को उसके बेड तक ले गया था। आशुतोष ऐश्वर्या को बेड पर लिटा रहा था तब कुछ विचित्र प्रकार से झटका खाकर, स्वयं भी ऐश्वर्या के ऊपर गिर गया था। उसी समय ऐश्वर्या ने आशुतोष के गले में गलबहियाँ डालकर उसके मुख पर चुंबनों की बौछार कर दी थी। मादक ऐश्वर्या के सान्निध्य में आशुतोष के लिए अपने पर नियंत्रण रख

पाना कठिन हो गया था।

फिर भी उसने ने कहा था - ऐश्वर्या यह ठीक नहीं मैं विवाहित पुरुष हूँ।

ऐश्वर्या ने खनकते स्वर में कहा - जी बॉस, मैं जानती हूँ कि आप 33 वर्ष की उम्र में भी बैडमिंटन खेलने के कारण 20 वर्ष की लगती सोनम जी के पति हैं।

यह कहते हुए ऐश्वर्या आशुतोष के शरीर से अधिक चिपट गई थी। उसके हाथ आशुतोष के अंगों से खेलने लगे थे।

आशुतोष ने मरे स्वर में प्रतिरोध करते हुए बोला था - जब आप यह जानती हो तो फिर क्यों यह सब कर रही हो?

ऐश्वर्या ने कहा - बॉस, मैं 24 वर्ष की होने पर भी अब तक वर्जिन हूँ। मैं अपनी वर्जिनिटी आपके साथ खोना चाहती हूँ। मैं चाहती हूँ मेरा गर्लहुड आप जैसा अच्छा पुरुष भंग (Break) करे।

आशुतोष ने बताया था - ऐश्वर्या, मुझे छोड़ो मेरे पास सेफ्टी सामग्री नहीं है।

ऐश्वर्या ने जोर से हँसते हुए कहा था - बॉस आप बड़े क्यूट हो। आप उसे सामग्री कह रहे हो। एक वर्जिन लड़की के साथ संबंध में आपको सेफ्टी के बारे में निश्चिन्त रहना चाहिए। ऐसा कहते हुए उसने आशुतोष के अधरों पर अपने आकर्षक ओंठ रख दिए थे।

आशुतोष पर बियर का कुछ नशा था और कुछ नशा ऐश्वर्या के युवा शरीर ने भी चढ़ा दिया था। उस समय वह भूल गया था, वह सोनम एवं अपने बच्चों का अपराधी होने जा रहा है।

ऐश्वर्या वास्तव में वर्जिन लड़की थी। ऐश्वर्या के चाहे अनुसार उसकी वर्जिनिटी ब्रेक करने के बाद, वह रात 12.30 बजे घर पहुँचा था। तब उसका

सिर सोनम के अपराधी होने की ग्लानि से झुका हुआ था।

लॉक ओपन करके वह भीतर आया तो देखा, सोनम बच्चों के कमरे में उनके साथ सो रही थी। आशुतोष, सोनम का सामना करने का साहस नहीं जुटा पाया था। उसने सोनम को उठाने का प्रयत्न नहीं किया था। वह दबे पाँव अपने शयनकक्ष में आया था। उसने शॉवर लेकर अपने को हल्का किया और फिर नाईट सूट पहन कर बेड पर आकर लेट गया था।

ऐश्वर्या के साथ किए की ग्लानि अनुभव करते हुए उसे नींद आ गई थी। 2-3 घंटे में नींद हल्की होने पर उसने अनुभव किया कि पता नहीं कब इस बीच सोनम आकर उससे लिपटकर सो गई थी। नींद में आशुतोष भी उससे लिपटा हुआ था और उसका एक हाथ सोनम के वक्ष पर था।

अर्ध निद्रा की अवस्था में भी उसे विचार आया था, उसके अपवित्र हाथ क्या सोनम को छू पाने योग्य रहे हैं?

~~

आशु की बात पर मेरा मन विश्वास करना चाह रहा था। मगर संदेह एक बार मन में आ जाए तो वह कठिनाई से जा पाता है। अगले दिन मैं कोचिंग में मन नहीं लगा पा रही थी। बच्चों को बैडमिंटन टेक्निक्स बताते हुए मेरा मन बार बार कुशंकाओं में घिर जाता कि मैंने जो सुना है अगर वह सच है तो मेरा क्या होगा।

मैं जानती थी कि अब से 10 वर्ष पहले तक मैं मध्यमवर्गीय परिवार की जीवन शैली की अभ्यस्त रही लड़की थी। मैं उसमें ही सुख भी अनुभव करती थी। फिर जब से मेरा विवाह आशु से हुआ, मैं उच्च वर्गीय जीवन की लक्ज़री से परिचित एवं उसकी आदी हो गई थी। अब अगर कोई मुझसे कहे कि मैं अपने ऐसे जीवन में सुविधा त्याग करके, वापस एक मध्यम वर्गीय की तरह से रहूँ तो यह कल्पना मेरे लिए अत्यंत कठिन प्रतीत हो रही थी। ऐसी कल्पना करते हुए, मैं इतनी अधिक विचलित हुई कि मैंने अपने असिस्टेंट अतुल से

कहा - मेरे सिर में दर्द हो रहा है। गर्ल्स-बॉयज को आप गाइड करो। मैं ऑफिस में बैठकर कुछ देर आराम करना चाहती हूँ।

अतुल आश्चर्य से मुझे देखने लगा था। शायद वह सोच रहा था कि यह पहला अवसर था जब मैं उसे फिट नहीं दिखाई दी थी।

मैंने ऑफिस में एसी ऑन किया था और अपनी हाई बैक रिवॉल्विंग चेयर पर सिर टिका कर पसर कर बैठ गई थी। मैं रो रही थी। मैं विश्वास करना चाह रही थी कि अगर आशु अवैध संबंध में पड़ गए हैं तो भी वे दोनों बच्चों और मुझसे प्यार कम नहीं कर पाएंगे। वे निश्चित ही मुझे नहीं छोड़ पाएंगे। इससे मुझे थोड़ी राहत अनुभव हुई थी। तभी एक यक्ष प्रश्न मेरे सामने उपस्थित हुआ था।

मैं स्वयं से पूछ रही थी - सोनम, क्या सुख सुविधा के मोह में, तुम आशुतोष के अवैध संबंध को सहन करते रहोगी? या तुम्हें आशुतोष को रोकने के उपाय करना होगा?

मैं स्वयं ही अपने मन से, अपने मन के प्रश्न का उत्तर ले रही थी और तय कर रही थी कि अपने बच्चों के भविष्य के वास्ते मैं आशु को छोड़ तो कभी नहीं पाऊँगी मगर मुझे दृढ़ता से उसे रोकने के उपाय करने होंगे।

मैं स्वयं से यह भी कह रही थी - सोनम, ऐसी निराश बैठने से काम नहीं चलेगा। तुम्हें जीवन रूपी कोर्ट में, अपनी बैडमिंटन खेलने की दक्षता और दृढ़ता अनुरूप ही प्रदर्शन करना होगा।

फिर मैं यह संकल्प लेकर उठी थी कि बिना प्रमाण के आशु पर शंका उचित नहीं है। मैंने वॉशरूम में अपनी आँखों पर पानी की छींटे मारे थे। फिर मुँह पोंछते हुए अपना रैकेट उठाकर वापस कोर्ट पर पहुँच गई थी।

एपिसोड 5

9 जुलाई 2006

जब मुझे अनु दीदी के वापस आने की आहट मिली तब मैंने अपने को सम्हाला था। अपने गालों और आँखों को तुरंत पोंछ लिया था। जहाँ सोफे पर मेरे अश्रु बूंदें गिरी थीं, वहाँ मैं इस तरह बैठ गई थी कि सोफे पर गीलापन अनु दीदी के ध्यान में न आए।

अनु दीदी मुस्कुराते हुए आकर मेरे पार्श्व में बैठ गईं थीं। उन्होंने कहा - सोनम मैं भी आपसे मिलना चाहती थी पर मुझे समझ नहीं आ रहा था, कैसे यह संभव होगा। आपने कॉल किया तो यह संभव हुआ है। आपको अपने घर में पाकर मैं कृतकृत्य अनुभव कर रही हूँ।

तभी किचन से एक सेविका एक ट्रे में फ्रूट जूस के गिलास लेकर आई थी। शायद दीदी किचन में गईं ही इसलिए थीं। मैंने गिलास उठाया था, तभी आंटी रूम से आईं थीं।

मैं उन्हें देख कर खड़ी हुई तो उन्होंने कहा - सोनम, आप आराम से बैठो। (फिर अनु दीदी को संबोधित करते हुए) - अनु मुझे लौटते हुए पाँच बज जाएंगे। आनंद से आशु सहित आप तीनों लंच करना और जो इच्छा हो वह खेल लेना या टीवी देख लेना।

फिर मुझे खड़ी ही देखकर बोलीं थी - अरे सोनम आप बैठ जाओ ना,

प्लीज! बाय बाय हम किसी दिन फिर मिलेंगे।

कहते हुए आंटी चलीं गईं थीं। जो मैंने सुना उस अनुसार वे मेरे लौटने तक वापस नहीं आ रहीं थीं। इसका अर्थ यह था, अगले तीन घंटे हम तीनों का साथ रहने वाला था मगर मुझे समझ नहीं आ रहा था कि आशुतोष कहाँ थे। वह अभी घर में थे भी या नहीं?

अनु दीदी ने मुझे जूस पीने के लिए कहा और स्वयं जूस पीने लगीं थीं। वह पाइन एप्पल जूस था। फिर मुझे चुप देख कर उन्होंने कहा - क्या सोच रही हो सोनम?

मैंने कहा मैं सोच रही हूँ कि - आपकी मॉम दिखने में इतनी छोटी उम्र की लगतीं हैं कि मुझसे उनके लिए आंटी कहना नहीं हो सकेगा।

दीदी ने हँसकर पूछा - मैं उनके लिए इसे आपका कॉम्प्लिमेंट्स कहूँ या कुछ और?

मैंने हँसकर ही उत्तर दिया - कोई कैसे स्वयं को इतना मैंटैन रखता है। अगर मुझे उनसे निकटता मिल सकी तो मैं उन्हें इसके लिए अपनी गुरु बनाऊँगी।

अनु दीदी ने कहा - आपको उनके निकट आने का अवसर अवश्य मिलेगा।

अनु दीदी ने यह किस आशय से कहा, मुझे ज्ञात नहीं मगर मैं सोचने लगी थी, यह संभव तभी होगा जब आशुतोष मेरे अधिक क्लोज़ होंगे।

तभी डोर के लैच में चाबी घुमाने की आहट मिली थी। दीदी ने कहा - आशु आ गया लगता है।

दरवाजा खुला था और आशु अंदर आए थे। मुझे वहाँ देखकर उन्होंने हर्षित होकर कहा था - आप अत्यंत ही समयनिष्ठ (Punctual) लड़की हैं। महीनों बाद आज आपके दर्शन कर पाना मेरा भाग्य है।

मैंने अपने स्थान पर खड़े होकर, कैरी बेग से निकाल कर आशु को बुके दिए थे।

तब आशु ने पूछा - आपको मेरे बर्थडे का पता कैसे चला?

मैंने आश्चर्य से पूछा - आज आपका बर्थडे है क्या? ये बुके पापा ने आपके हैदराबाद जॉब जॉइन करने की बधाई और शुभ कामनाएँ व्यक्त करने के लिए पहुँचाए हैं।

आशु ने हँसकर कहा - थैंक्स टू हिम एंड यू।

तब दीदी ने बताया - आशु का जन्मदिन दो दिन पहले 7 जुलाई को था।

यह सुनकर मुझे लगा कि ये दोनों भाई बहन, सामने तो मुझसे इतना अपनत्व प्रदर्शित करते हैं मगर वास्तव में मुझे उतना अपना मानते नहीं हैं। अन्यथा आशु, मुझे अपने बर्थडे सेलिब्रेशन के समय आमंत्रित अवश्य करते।

इस बीच आशु भी सोफे पर बैठ गए थे। उन्होंने अपने कंधे पर लटकाए हुए बेग से एक गिफ्ट पैक निकालकर अनु दीदी को दिया था। अनु दीदी ने वह उपहार मेरी तरफ बढ़ाते हुए कहा था - सोनम आपके पहली बार हमारे घर पदार्पण पर स्मृति चिन्ह के रूप में हमारी ओर से यह उपहार आपके लिए है।

मैं मन ही मन प्रसन्न हुई थी कि इन्होंने मुझे इतना महत्व दिया है। फिर भी प्रकट में कहा था - इसकी क्या आवश्यकता थी। मैं आपके साथ लंच करने वाली हूँ, अपने आप में यह ही मेरे लिए एक अच्छी स्मृति रहने वाली है।

दीदी ने कहा - हाँ यह भी ठीक कहती हो मगर इसे आवश्यकता ऐसी ही समझो जैसे आप बुके लेकर आईं, वैसे ही आशु आपके लिए उपहार ले आया है। यह एक छोटी ही भेंट है।

मैंने कहा - धन्यवाद दीदी और आशु, मैं इसे बहुत संजो कर अपने पास रखूंगी। यह है क्या?

आशु ने कहा - इसे आप अपने घर पहुँच कर ही देखिएगा।

मैं सोचने लगी थी, पहली बार इनके साथ इस भव्य घर में किए जाने वाला लंच ही, अपने आप में मेरे लिए एक सुखद स्मरण होने वाला था। तिस पर यह उपहार निश्चित ही सोने में सुहागा था। इसने कुछ मिनट पहले ही मेरे मन में आई इस शिकायत को कि ये लोग मुझे अपना नहीं मानते, मिटा दिया था।

तब आशु मुझे माइक्रोस्कॉपिकसॉफ्ट कंपनी एवं हैदराबाद के बारे में बताने लगे थे। उस चर्चा में उन्होंने बताया था, सोनम अगर आप हैदराबाद में होतीं तो आपके बैडमिंटन में अपने खेल को अधिक निखारने और नेशनल इंटरनेशनल लेवल पर अपनी पहचान बनाने के अवसर अधिक उज्जवल होते।

आशु ने यह भी बताया था कि कंपनी में उन्हें दस लाख रुपए के पैकेज में हायर किया गया है।

मैं जानती थी मुझसे पाँच वर्ष छोटी, साइना नेहवाल हैदराबाद से ही उभरते हुए, विश्व में अपना नाम बना रही है। अतः उनकी बात में सच्चाई थी। मुझे आश्चर्य आशु के दस लाख के पैकेज का सुनकर हुआ था। इतनी बड़ी राशि किसी भी फ्रेशर्स के लिए एक बड़ी उपलब्धि थी।

मैंने कहा था - आशु, आपके अच्छे जॉब एवं अच्छे हैदराबाद शहर में रहने के लिए मेरी बधाई। आपकी यह उपलब्धि मेरे लिए प्रसन्नता का कारण है।

यह कहते हुए मुझे इस कटु सच्चाई का बोध हुआ था कि आशु 5 दिन बाद हैदराबाद चले जाएंगे। मैं उदास हुई थी।

मेरे मुख के ये भाव अनु दीदी ने पढ़ लिए थे। उन्होंने कहा - सोनम आपके शब्द तो प्रसन्न होने की बात कह रहे हैं मगर आपके सलोने मुख पर की उदासी, शब्दों से मेल नहीं कर रही है।

मेरे भाव को पढ़ लिए जाने से मैं झेंप गई थी। अपनी झेंप मिटाने के लिए मैंने कहा था - हाँ दीदी, मैं इस विचार से उदास हो रही हूँ कि अब भविष्य में खेले जाने वाले मेरे मैचेज़ में मेरे मनोबल बढ़ाने के लिए दर्शकों में आशु उपस्थित नहीं होंगे।

आशु ने हँसते हुए कहा - कोई नहीं, मैं यह सुनिश्चित करूँगा कि आप हैदराबाद में मैच खेलें।

अनु दीदी ने भी आशु के स्वर में अपना स्वर मिलाते हुए कहा - और यहाँ होने वाले मैचेज़ में मैं आशु की प्रतिनिधि की तरह दर्शकों में आपको मिला करुँगी।

इन बातों ने मेरी उदासी कुछ सीमा तक कम कर दी थी।

तब सेविका आई थी उसने बताया - दीदी जी, लंच टेबल पर लग गया है।

अनु दीदी ने घड़ी देखते हुए कहा - 1.40 हो गए हैं। हमें लंच ले लेना चाहिए।

मैं सोच रही थी, आज समय कितनी तेज चल रहा है। मुझे स्मरण आया था मुझे 2.45 को यहाँ से निकलना भी है। मैंने कहा था - जी यह ठीक रहेगा।

हमने लंच किया था। दोनों ने स्नेह एवं आग्रह सहित मुझे भोजन करवाया था। भोजन ग्रहण कर चुकने के बाद मन को प्रिय लगने वाली कुछ और बातें हम तीनों में होती रहीं थीं।

मेरा मन तो यहाँ से जाने का नहीं हो रहा था। मन से तो मैं यह भी नहीं चाहती थी कि आशु हैदराबाद जाएं। किसी के मन अनुसार जीवन में हर बात होती कहाँ हैं! यह भी नहीं होनी थी।

मुझे सोसाइटी गेट तक छोड़ने, आशु साथ आए थे।

घर से पार्किंग तक आते हुए मैं लिफ्ट में अकेले आशु के साथ थी। मेरा मन कर रहा था आशु इस अकेलेपन का लाभ उठाकर, मुझे एक बार तो अपने सीने से लगा लें। फिर मैं सोच रही थी कि आशु ऐसा नहीं कर रहे थे तो मैं ही यह क्यों नहीं कर सकती।

मुझे लगा हम इक्कीसवीं शताब्दी के युवा नहीं हैं। हम पिछली सदी की संस्कृति निभाने वाले लड़की-लड़के हैं। जिनके मन में कामनाएँ तो मर्यादा तोड़ने की होती है मगर वे सब समाज मर्यादा निभाते हुए सीमाओं में रहते हैं।

विदा होते हुए मैं आशु के सामने पलकें नीची करके खड़ी थी। मैं नहीं चाहती थी कि आशु मेरी आँखों में आ गई नमी को देखें।

तब आशु ने पूछ लिया था - सोनम, क्या आप मुझे विशेष दृष्टि से देखने लगी हो? आपकी पलकों की कोर में क्या ये अश्रु इसलिए आ गए हैं?

मुझे कोई उत्तर देते नहीं बना था। मैंने आशु की ओर देखे बिना एक्टिवा आगे बढ़ा ली थी।

पीछे मुझे आशु का स्वर सुनाई दिया था - सेम हियर, सोनम।

मैं घर की ओर बढ़ती हुए सोच रही थी ये इंजीनियर के प्रेम प्रकट करने का ढंग भी इंजीनियरिंग स्टाइल में होता है।

एपिसोड 6

अक्टूबर 2020

आशु और मुझ में प्रेम हमारे बच्चे हो जाने पर और गहरा गया था। हमें जोड़ने वाला बांड पहले सिंगल था। हमारे दो बच्चे होने से अब हम ट्रिपल बॉन्ड से जुड़ गए थे।

हम में सिंगल बॉन्डिंग का आरंभ धीमी गति से हुआ था। इसकी बुनियाद बैडमिंटन कोर्ट में रखी गई थी। उस दिन से छह माह तक आशु से मेरा सिर्फ दो बार मिलना हुआ था। तब भी हमारे मन में प्रेम बढ़ता ही गया था। छह माह एवं तीन ही भेंट में इतना हमें परस्पर स्पष्ट हो गया था कि आशु एवं मेरे हृदय में एक दूसरे के लिए विशेष स्थान है।

तीसरी भेंट में आशु के घर से विदा लेते समय इसकी पुष्टि आशु को मेरे अश्रुओं से हुई थी। आशु इंजीनियर थे। लिटमस पेपर का रंग, लाल से नीला होने पर जिस प्रकार किसी द्रव के क्षारीय होने की पुष्टि होती है, वैसे ही इंजीनियर नवयुवक आशु को मेरे साथ अकेले में होने के समय में, मेरी आँखों में छलकते अश्रुओं से प्यार की पुष्टि हुई थी। उन्होंने निष्कर्ष पर पहुँचने में देर नहीं की थी। उन्होंने समझ लिया था, हम दोनों के बीच जो चल रहा है वह प्रेम ही है। तब उनके हृदय प्रयोगशाला में मिले परिणाम को उन्होंने हम में प्रेम कन्फर्म होना माना था। तभी उनके मुख से प्रेम को शब्द मिले थे। हम में प्रेम तब मूक नहीं रहकर मुखर हो गया था।

मैं कह सकती हूँ कि हमारे प्रेम का वृक्ष, पहले छह मास तक भूमि के नीचे अपनी जड़ें गहरी और मजबूत करता रहा था। तत्पश्चात् भूमि के ऊपर नित दिन बढ़ता हुआ दिखने लगा था।

आज मैं सोच रही थी इतनी मजबूत बुनियाद होने पर भी हमारे प्रेम रूपी वृक्ष में ऐश्वर्या या देवांश रूपी दीमक कैसे लग गए थे। ऐश्वर्या एवं आशु के बीच अवैध संबंध आशु की भूल थी। फिर भी जिस आशु पर मैं मर मिट जाने को तैयार थी, उनके पत्नी निष्ठ नहीं रहने की प्रतिक्रिया में, मैं भी पति निष्ठ न रह जाऊँ, इसका अर्थ सरल सा था। वह यह कि हमारे बच्चे बड़े होकर जब समझने योग्य हो जाएंगे, तब उन्हें यही लगेगा कि हमारे पापा धोखेबाज पति तो हैं ही, हमारी मम्मी भी दूध की धुली नहीं हैं।

हमारे बच्चों पर क्या प्रभाव पड़ेगा, क्या हमें ऐसे आचरण के पहले यह विचार नहीं करना चाहिए था? अगर इससे हमारे बच्चों में संस्कार बिगड़ते हैं तब कल बड़े होने पर हमारे बेटे अयान का पत्नी के अतिरिक्त, किसी अन्य युवती से संबंध करना या हमारी बेटी आयुषी का अपने पति के साथ साथ किसी और से संबंध हुए तो क्या हमें ये संबंध पसंद आएंगे?

आशु का तो मैं नहीं जानती मगर अपनी जानते हुए ऐसी कल्पना से मेरे शरीर में सिहरन एवं मन में पीड़ा अनुभव हुई थी।

~~

फरवरी/मार्च 2019

मैंने शंका मिटाने के लिए एक प्राइवेट डिटेक्टिव (पवित्रा) हायर की थी। तीन माह तक लगातार आशु एवं ऐश्वर्या के पीछे लगे रहने के उपरांत उसने निष्कर्ष मुझे बताया था कि उनमें संबंध की संभावना 90% की है। फिर भी मुझे यह सच कम संदेह अधिक लग रहा है।

पवित्रा को अवैध संबंध के प्रमाण में, उनके आपसी कोई संदेश या किसी भी सार्वजनिक स्थान में उनके अंतरंग संबंधों के कोई साक्ष्य नहीं मिले हैं।

आशु, ऐश्वर्या के बॉस थे। ऑफिस में जितना उनके बीच होता, वह एक सामान्य कार्यालयीन चर्या से अधिक कुछ नहीं था। इन तीन माह में आशु एवं ऐश्वर्या सिर्फ एक बार एक मॉल में अचानक मिलते देखे गए थे। मॉल से लौटते हुए आशु ने अपनी कार में ऐश्वर्या को उसके फ्लैट तक छोड़ने के बाद दिन में उसके साथ दो घंटे का समय बिताया था।

ऑफिस के बाहर उनकी अगली भेंट उनकी कम्पनी के आयोजित एक वर्कशॉप में हिस्सा लेने के समय में हुई थी। उन सहित दो और सहकर्मी, साथ में दो दिन-रात के लिए पुणे गए थे। वहाँ तीन पुरुष एवं ऐश्वर्या अकेली युवती थी। अन्य दो पुरुष सहकर्मियों ने होटल में एक सूट शेयर किया था। जबकि बॉस होने से आशु एवं अकेली युवती होने से ऐश्वर्या अलग अलग सूट में रहे थे। वहाँ यह सिर्फ संदेह किया जा सकता था कि वे देर रात कुछ समय के लिए एक ही कक्ष में रहे हों।

पवित्रा की रिपोर्ट क्लियर नहीं थी। यद्यपि वह अवैध संबंध की संभावना 90% की बता रही थी मगर मुझे यह होने की संभावना सिर्फ 50-50 की लग रही थी। मुझे विचार आया था, अगर इतने पर ही कोई युगल परस्पर संदेह करने लगें तो मेरी जैसी कोई युवती बैडमिंटन कोचिंग नहीं चला पाएगी और ना ही कोई आशु जैसा युवक किसी ऑफिस में काम कर पाएगा।

तब मैंने पवित्रा की सर्विस लेना बंद किया था। मैंने तय किया था कि मैं ही किसी उचित अवसर पर पुनः एक बार आशु से पूछताछ करूँगी।

~~

सोनम के पूछने से आशुतोष हतप्रभ रह गया था। आधुनिका ऐश्वर्या ने स्वेच्छा एवं प्रसन्नता से अपना कौमार्य आशु के साथ में खोया था। उसके बाद

वह तीन दिनों की छुट्टी लेकर अपने गृहनगर चली गई थी। आशुतोष सोच रहा था सिर्फ एक रात की बात, जो अत्यंत गोपनीय रूप से हुई थी। कुछ ही दिनों में सोनम को कैसे पता हो सकती थी।

सोनम को आश्वस्त करने की प्रयास के बाद उसने तय किया था, वह ऐश्वर्या से आगे कोई संबंध नहीं रखेगा। वह अपनी हुई चूक से आगे के समय में ऐश्वर्या को तनिक भी कोई लाभ नहीं लेने देगा। वह ऑफिस में ऐश्वर्या से सिर्फ आवश्यक काम जितनी बातें और संदेशों का आदान प्रदान किया करेगा। आशु सोचना भी नहीं चाहता था कि किसी लड़की से संबंध के कारण, उसका प्रतिकूल प्रभाव उसकी पत्नी सोनम एवं बच्चों पर क्या पड़ सकता है।

ऐश्वर्या काम पर लौटी थी। आशु ने जिस सावधानी से व्यवहार करने का निश्चय किया था, उस सावधानी की आवश्यकता प्रतीत नहीं हुई थी। ऐश्वर्या उस रात के पहले तक जैसा व्यवहार और जैसी बातें आशु से करती थी, उसने वही क्रम आगे के दिनों में रखा था। ऐश्वर्या के इस तरह सामान्य रहने ने आशु को संदेह में डाल दिया था। आशु चकित हुआ सा सोचा करता था कि जो उनमें घटित हुआ लगता है, वह यथार्थ था भी या सिर्फ एक सपना था।

आशुतोष के लिए यह अच्छी बात थी। अब वह सामान्य रहने लगा था। सोनम से बस एक बार झूठ बोल लेने से उसे अपने सुखी परिवार पर अब कोई आशंका दिखाई नहीं दे रही थी। लगभग माह भर का समय ऐसे ही निकला था।

तब वीकेंड होने पर भी, सोनम अपने कोचिंग इंस्टिट्यूट में बिजी होने के कारण आशु के साथ नहीं आ पाई थी। दो घंटे तक आशुतोष ने मॉल में अकेले शॉपिंग की थी। वह लिफ्ट में आया था। वहाँ और कुछ लोगों के बीच ऐश्वर्या भी थी। ऐश्वर्या ने उसे विश किया था। ऐश्वर्या के दोनों हाथों में आशुतोष की तरह ही सामानों से भरे हुए केरी बैग्स थे। लिफ्ट ग्राउंड फ्लोर पर आई थी तब ऐश्वर्या अन्य कुछ लोगों सहित लिफ्ट से जाने लगी थी। तभी आशुतोष के मुँह

से अनायास निकल गया था - ऐश्वर्या यदि घर ही लौट रही हो तो मैं आपको ड्रॉप कर सकता हूँ।

सुनते ही ऐश्वर्या लिफ्ट में ही रुक गई थी। हँसकर कहा था - बॉस, इतने सामान से लदी मैं घर के अतिरिक्त कहीं और कैसे जा सकती हूँ।

आशुतोष झेंपते हुए मुस्कुराया था। दोनों बेसमेंट पार्किंग में कार तक आए थे। ऐश्वर्या के घर के रास्ते में दोनों के बीच चुप्पी रही थी। आशुतोष सोच रहा था, यह ऐश्वर्या के लिए कैसा आकर्षण था जो सोनम एवं बच्चों के प्यार के प्रभाव पर भारी पड़ रहा था। वह मन ही मन तय कर रहा था कि वह ऐश्वर्या को उसकी सोसाइटी गेट पर ही छोड़ेगा।

वहाँ पहुँचने पर आशुतोष, गेट के साइड में कार किनारे में खड़ी कर रहा था। यह देखकर ऐश्वर्या ने स्वयं को याचक की तरह दीन दिखाते हुए कहा - बॉस, मुझ पर आपको दया नहीं आ रही है! इतना सामान लेकर मैं लिफ्ट तक कैसे जा पाऊँगी।

तब ना चाहते हुए आशुतोष ने कार सोसाइटी गेस्ट पार्किंग की तरफ घुमा दी थी। फिर वह जब ऐश्वर्या के फ्लैट के दरवाजे से लौटने को मुड़ा तो ऐश्वर्या ने कहा - बॉस मैं आपका धन्यवाद शब्दों के माध्यम से कहना नहीं चाहती हूँ। मैं अपने को आभारी दिखाना चाहती हूँ। प्लीज़ आप कॉफी के लिए मेरा साथ दीजिए।

आशुतोष के मस्तिष्क और मन में भिन्न भिन्न विचार थे। उसका मन, मस्तिष्क पर हावी हुआ था। घर में भीतर पहुँचते ही उसने ऐश्वर्या को बाँहों में जकड़ लिया था। इस बार प्रत्यक्षतः उसे ऐश्वर्या ने नहीं उकसाया था। पिछली बार ड्रिंक्स के प्रभाव में जो हुआ था। वह इस बार पूरी चेतना में हुआ था। पीना उन्हें कॉफी था। दोनों ने जी भरकर परस्पर रूप मदिरा का पान किया था।

दो घंटे बाद वह तृप्ति अनुभव कर रहा था मगर आत्मग्लानि उसके हृदय को कचोट रही थी। कपड़े पहनने के बाद वह जब सिर झुकाए निकल रहा था तब ऐश्वर्या बेड पर पड़े हुए ही उसे देख रही थी।

सोनम अपनी कोचिंग से सायंकाल वापस घर आई तो उसने आशु को बच्चों साथ मस्ती करते देखा था। अवैध यौन संबंध ने अच्छे इंजीनियर को अच्छा अभिनेता बना दिया था। हुआ बहुत अनुचित था, आशु दिखा रहा था जैसे कुछ हुआ ही नहीं है।

इधर ऐश्वर्या ने आशुतोष का आत्मग्लानि में होना, अनुभव कर लिया था। दूसरे दिन ऑफिस में अवसर मिलने पर उसने कहा था - बॉस, सॉरी।

आशुतोष ने दृष्टि नीची रखे हुए कहा था - नहीं गलती मैंने की है। आई एम सॉरी फॉर दैट।

एपिसोड 7

मार्च 2019

मैं बेडरूम में गई तो देखा वहाँ आशु का मॉल से बहुत सा लाया सामान रखा हुआ था। मैंने जिस जिस सामान की आवश्यकता बता रखी थी, वह सब उसमें थे। और तो और आशु ने मेरे अनकहे ही, मेरे अधोवस्त्र तक अपनी पसंद अनुसार ला दिए थे। आशु इंजीनियर थे, मेरे साइज की जानकारी मुझसे अधिक आशु को रहती थी। मैंने चेक किया तो सब पर्फेक्ट और आकर्षक थे।

इससे प्रसन्न होकर मैं बच्चों के रूम में आई थी। दोनों बच्चे अब भी अपने पापा के सीने पर चढ़ कर खेल रहे थे। मैंने कहा - आशु, आप का चयन इतना अच्छा होता है, मेरा मन कर रहा है कि अपनी शॉपिंग भी मैं आपसे ही करवाया करूँ।

आशु ने प्यार से देखते हुए कहा - बिलकुल सोनम! आप भी तो मेरा ही चयन हो। आपके लिए मैं शॉपिंग भी कर सकता हूँ मगर इसके बदले में आपको भी मेरे लिए कुछ करना होगा।

मैंने इतराते हुए कहा था - मैं सब कुछ आपके लिए ही तो करती हूँ। आप और क्या चाहते हैं मुझसे?

आशु ने उत्तर दिया - हाँ यह तो है। बस एक और काम मेरे लिए करना आरंभ कर दीजिए। वह यह कि मेरे लिए शॉपिंग आप कर दिया कीजिए।

मैंने कहा - आप चाहेंगे तो मैं वह भी कर दिया करूँगी। अभी आप बताइए, क्या खाना-पीना चाहेंगे?

आशु ने कहा - सोनम अभी आप और बच्चे ही स्नैक्स/मिल्क आदि ले लीजिए। मॉल से लौटते हुए मुझे ऐश्वर्या मिल गई थी। उसे उसके घर तक ड्रॉप किया तो उसने मुझे छोले भटूरे खिलवा दिए हैं। मैंने ओवर ईटिंग कर ली है।

ऐश्वर्या के नाम से मेरा माथा ठनका था। फिर भी प्रकट में मैं संयत बनी रही, मैंने कहा था - जी हाँ छोले भटूरे मिलते हैं तो आप ओवर ईटिंग कर ही लेते हैं। मुझे बताइए आखिर यह ऐश्वर्या है कौन?

आशु ने बताया - वह हमारे ऑफिस में मेरी टीम में नई आई एक लड़की है। वह अपने वर्क में डिवोटी एवं पर्फेक्ट है।

मैं सोचने लगी थी, यही 'ऐश्वर्या' नाम ही तो मैंने सुना था। अगर उस बात में सच्चाई होती तो आशु यूँ यह सब बता देने के स्थान पर, मुझसे यह बात छुपा सकते थे।

फिर जब मैं और बच्चे स्नैक्स आदि लेने लगे तब आशु ने फ्रिज से डार्क चॉकलेट निकाल ली थी। वे हमारे साथ बैठकर चॉकलेट खाने लगे थे। मैंने कहा - जब आप ओवर ईटिंग कर चुके हैं तो यह क्यों?

आशु ने कहा था - पता नहीं क्यों मुझे चॉकलेट खाने की तीव्र इच्छा (Craving) हो रही है।

तब मैंने देखा था, आशु ने चॉकलेट सामान्य से अधिक मात्रा में खाई थी। बाद में डिनर पर भी मैं अचंभित हुई थी। मुझे लग रहा था आशु थोड़ा ही कुछ लेंगे मगर वह भी उन्होंने सामान्य मात्रा में ही लिया था।

उस रात आशु को मैंने प्यार करने में कुछ अधिक ही उत्साहित अनुभव किया था। आशु मुझे सुख और तृप्ति की पराकाष्ठा तक ले गए थे। तदुपरांत

आशु शीघ्र ही निद्रा मग्न हुए और हल्के खर्राटे लेने लगे थे। मैं तब जग रही थी। आशु से लिपटकर लेटे हुए मुझे लग रहा था, जो मैंने सुना था वह सब झूठ ही होगा। बच्चों और मुझसे इतना प्यार करने वाले आशु, मुझसे झूठ नहीं बोल सकते हैं। निश्चित ही वे किसी और लड़की से रिश्ता नहीं रख सकते हैं।

मुझे अपने मन में आए एक विचित्र विचार पर हँसी भी आई थी। मैं सोच रही थी अगर ऐश्वर्या के घर के छोले भटूरे खाने के बाद, आशु मुझे इतना सुख प्रदान करते हैं तो वे छोले भटूरे रोज खाया करें।

अगले दिन पवित्रा ने मुझे सूचना दी थी कि कल आशु मॉल से ऐश्वर्या के साथ उसके घर तक गए थे। ऐश्वर्या के घर में दोनों दो घंटे साथ रहे थे। मुझे यह पुष्टि हुई कि पवित्रा काम कर रही है। अन्यथा जब वह कोई सूचना नहीं दे रही थी तो मुझे संशय होता था कि मैं फीस में दी जा रही राशि व्यर्थ कर रही हूँ। अब मुझे लग रहा था कि इसके पहले पवित्रा को बताने योग्य कुछ मिला ही नहीं था।

मैंने उसे आभास नहीं होने दिया था कि मैं यह जानती हूँ। मैंने पूछा था - क्या आपने, दोनों में ऐसा कुछ होते देखा था जो सामान्य परिचित व्यक्तियों के बीच होने वाली बातों से अलग हो?

उसने बताया था - नहीं, बल्कि दोनों मॉल की लिफ्ट में अचानक मिल गए थे और ऐश्वर्या ने कैब के स्थान पर आशुतोष की कार में घर लौटना प्रिफर किया था। कार में भी दोनों मर्यादा में रहे थे।

मैंने पूछा - ऐश्वर्या के घर में रहने के समय में दोनों ने क्या किया था, आपको इसके बारे में कुछ पता है?

उसने बताया था - नहीं, यह एक वीडियो है जो घर में प्रवेश करते हुए दोनों के साथ का है।

मैंने देखा था, दोनों के हाथ में एन्वलोप्स थे जो ऐश्वर्या की शॉपिंग की गई सामग्रियों से भरे थे।

मैंने कहा - इसमें तो असामान्य कुछ नहीं है।

तब डिटेक्टिव पवित्रा ने हँसकर कहा था - मैम, क्या यह अच्छी बात नहीं है कि दोनों में असामान्य कुछ नहीं है?

मैंने भी हँसते हुए ही कहा था - हाँ यह तो अच्छी बात है। थैंक यू!

पवित्रा के जाने के बाद मैं लगभग 11 वर्ष पूर्व के दिनों के स्मरण में खो गई थी।

अक्टूबर 2010

हमारी सगाई हो चुकी थी। हमारे विवाह होने में चार माह थे। मैं आशु के कहने पर हैदराबाद के एक बैडमिंटन टूर्नामेंट में खेलने वहाँ गई थी। आशु चाहते थे, मैं होटल में स्टे करूँ। मैंने आशु का आशय समझा था मैंने पूछा था - आशु क्या हमें अपनी अपनी नियंत्रण क्षमता पर भरोसा नहीं होना चाहिए?

आशु ने हँसते हुए कहा था - अभी तक यह टेस्ट तो नहीं किया है। हो सकता है हम में यह हो भी मगर मैं अपने परिवार एवं सगे संबंधियों को व्यर्थ बातों का कोई अवसर नहीं देना चाहता हूँ।

मैंने हँसते हुए कहा था - आशु आप उन्हें बातें करने का अवसर दीजिए ना! कुछ तो हो उनके पास बातें करने को। (फिर गंभीर होकर) आपके घर में रुकने से मेरी कितनी बचत हो जाएगी आप यह तो सोचिए।

आशु ने कहा था - इसे आपका घर नहीं, अपना घर कहो। आप मेरी जीवन संगिनी होने जा रही हो। आपके होटल के चार्जेस मैं पे करूँगा।

मैंने हंसते हुए कहा था - फिर तो अपने घर में मेरे ठहरने से यह मेरी नहीं, अपनी बचत कहलाएगी।

मेरी जिद पर आखिरकार आशु सहमत हुए थे। मैं तब विवाह पूर्व पाँच दिन तक आशु के साथ रही थी। टूर्नामेंट के सिंगल्स में मैं क्वार्टर फाइनल में हार गई थी। जबकि प्रतियोगियों में से वहीं मिली डबल्स पार्टनर से समन्वय नहीं बन पाने से, मैं डबल्स के दूसरे राउंड में हार गई थी।

फिर भी यह मेरी आशा से अधिक अच्छा परिणाम था। मेरे लिए टूर्नामेंट में जीतना कठिन है, यह आशु और मैं पहले ही जानते थे। फिर भी उस हैदराबाद ट्रिप में मुझे, आशु के साथ पहली बार पाँच दिन रहने का अवसर मिलना अधिक महत्वपूर्ण था।

उन दिनों में हम घर में होने पर बहुत तरह की बातें करते थे। हँसी मजाक करते हुए हम हँसते हँसते दोहरे हो जाते थे। कभी अपने आगामी जीवन के सपने सजाने लगते थे, जिनमें मेरा अपना बैडमिंटन कोचिंग इंस्टिट्यूट होना, हमारे दो बच्चे होना और हम में परस्पर समर्पित प्रेम का होना भी सम्मिलित होता था।

मैं कभी हँसते हँसते एवं कभी भावुक होकर आशु के करीब जाती और आलिंगन भी कर लेती थी। तब आशु प्रेमयुक्त कोमलता से मुझे अपने से दूर कर देते थे। सच कहूँ तब कभी कभी मैं मन से चाहने लगी थी कि आशु मर्यादाओं की सीमा लाँघकर मेरे साथ वह सब कर लें जो पति-पत्नी में होता है। आशु ने अपने पर अद्भुत नियंत्रण का परिचय दिया था।

मेरे हैदराबाद से लौटने का समय आया था। अगली सुबह मुझे वापिस जाना था। उस रात मैंने संकोच त्याग कर आशु से कहा था - आशु अब शीघ्र ही हम पति-पत्नी होने जा रहे हैं। क्यों ना हम आज यह भूल जाएं कि अभी हमारा विवाह नहीं हुआ है।

आशु ने तब अपनी ओर से, पहली बार मुझे आलिंगन में लिया था। उन्होंने मेरे शरीर को उस तरह से नहीं भींचा था जिस तरह की उनके स्पर्श

के प्यासे मेरे अंग-प्रत्यंग की कामना थी। आशु ने मेरे मन पर पूरी तरह सवार होकर हल्के स्पर्श का सुख देते हुए बड़ी ही मधुर वाणी में कहा था - सोनम, अभी जब मैं बिना कुछ किए हुए, आपको अपने आलिंगन से दूर करूँगा तो यह स्वयं मेरे मन को निराश करना होगा। जब भी हम मिलते हैं तब आपके साथ बिना सब कुछ किए, आपको अपने से दूर करना/भेज देना, मेरे लिए बड़ा ही दुष्कर कार्य हो जाता है। फिर भी सोनम! आप सोचिए एक निष्ठ पति के विवाह के पहले और विवाह के बाद के दो अलग अलग प्रकार के दायित्व होते हैं। आप सोचिए, अभी मैं वह सब कुछ कर लूँ, जिसकी तीव्र कामना मेरे मन पर हावी हुई है तो क्या हमारे लिए अगले चार माह जुदा रहना कठिन नहीं हो जाएगा।

आशु के इतने कर्तव्य निष्ठ होकर विचार करने पर, मैं आशु की अनुगामी हो गई थी। आशु ने मुझे बड़ी कोमलता से अपने से अलग किया था।

आज मैं सोचती हूँ जो आशु अपने दायित्वों के प्रति इतने सजग एवं विचारवान हैं उन पर संदेह करके क्या मैं बुरा नहीं कर रही हूँ?

एपिसोड 8

9 जुलाई 2006

मैं मिश्रित मनःस्थिति में आशुतोष के घर से अपने घर लौट रही थी। मैं मन में चलते विचारों में इतनी खोई थी कि मेरा सड़क एवं ट्रैफिक पर बिलकुल भी ध्यान नहीं था।

वह स्मरण मुझे पुलकित कर रहा था कि आशुतोष ने 'सेम हियर, सोनम' कहते हुए मुझसे अपनी 'प्रेम भावना' शब्दों में अभिव्यक्त कर दी थी। इतना ही नहीं आशुतोष ने, मुझे एक उपहार भी दिया था। मैं सोच रही थी कि आशु मुझसे प्रेम करते हैं तो उनकी उपहार में दी वस्तु भी कुछ विशेष ही होगी। मेरा मन किया था कि मैं एक्टिवा किनारे खड़ी करके गिफ्ट पैक खोलकर अभी ही यह देखूँ कि आखिर इसमें है, क्या!

मुझे स्मरण आया था, अभी पापा को एक्टिवा चाहिए होगी। वे मेरे लौट आने की प्रतीक्षा कर रहे होंगे। मैंने उपहार में क्या है, यह जानने की अपनी उत्कंठा पर नियंत्रण किया था। तभी मेरे मन को पीड़ा देनें वाला विचार आया था, आने वाले शनिवार को आशुतोष हैदराबाद चले जाएंगे। उनके जाने से मेरे हृदय तल में जो रिक्तता आ जाएगी उसकी भरपाई क्या यह उपहार में मिली निर्जीव वस्तु कर पाएगी। यह गिफ्ट जो शायद महँगा भी होगा, से क्या यह अच्छा नहीं होता कि आशुतोष मुझे चार पन्नों का एक प्रेम पत्र ही लिख कर दे देते!

सच में मेरी स्थिति ऐसी भ्रम एवं दुविधा की हुई थी कि मैं समझ नहीं पा रही थी इसमें मैं हँसू या रोऊँ। मैं आनंद मानूं या दुःख करूं। मैं शिकायती होकर सोचने लगी थी कि आशु ने प्रेम व्यक्त करने में इतना विलंब क्यों किया। अगर वह पहले ही यह करते तो हम कुछ बार, कहीं मिल लेते। हम कहीं बातें करते और एक दूसरे के लिए अपने प्यार की अभिव्यक्त करने वाली अपनी अपनी भावनाओं को शब्द देते। वे शब्द होते तो निराकार ही मगर हमारे आगामी जीवन को आकार देने की बुनियाद बनते। अब यह सब कहाँ संभव था, पाँच दिन में ही आशुतोष को यहाँ से दूर हैदराबाद चले जाना था।

अपनी विषम मनःस्थिति में मेरा सड़क पर ध्यान नहीं रहा था। मैं अपने सामने दो कुत्तों के बीच चल रही लड़ाई नहीं देख पाई थी। जब एक कुत्ता दूसरे पर भारी पड़ा तो दूसरा पूँछ दबा कर भागा था। वह एकाएक मेरी एक्टिवा के सामने आ गया था। मैं अचानक हुई इस बात के लिए पूरी तरह सतर्क नहीं थी। मैंने हड़बड़ी में ब्रेक लगा कर एक्टिवा को रोकने का प्रयास किया था। इससे कुत्ता तो बच गया था मगर असंतुलित होकर मैं एक्टिवा समेत धराशायी हो गई थी।

कुछ पलों में जब मैं पुनः समझने की स्थिति में आई तो मैंने पाया कि मेरा हेलमेट टूट गया था। मुझे शरीर में और कहीं तो नहीं मगर पीठ में दर्द अनुभव हुआ था। मार पीठ में लगी प्रतीत हुई थी, मैं पीठ के बल गिरी थी। मैं सोच रही थी यह अच्छा है कि दुर्घटना में भी मैं सुरक्षित थी। मैं सड़क पर उठ के बैठी थी। फिर स्वतः खड़े होने का प्रयास कर रही थी। तभी दो लोग दौड़कर मेरे पास पहुँच गए थे।

एक एक्टिवा उठाने लगा था और दूसरा मुझे उठाने को तत्पर हुआ था। मैं उसे रोकना चाह रही थी। मैं स्वयं उठ जाने की स्थिति में थी। मैं उसे मना करती इससे पहले ही उसने मेरी सहायता के बहाने मुझे पकड़ लिया था। मैंने खड़े होते होते पाया कि उसका एक हाथ अनावश्यक रूप से मेरे वक्ष को दबा रहा था।

मैं सजग हुई, तुरंत ही मुझे विचार आया था, 'मेरे तन मन' पर सिर्फ मेरे आशुतोष का अधिकार है। इस विचार के आते ही, मेरी अभूतपूर्व प्रतिक्रिया हुई थी। मेरा दाहिना हाथ उठा एवं उस आदमी के गाल पर तेज तमाचे जैसा पड़ा था। वह सकपका गया था। वह मुझे छोड़कर अपने गाल को सहलाने लगा था। तब तक कुछ और कौतुक दर्शी लोग, तमाशाई भीड़ की तरह वहाँ इकट्ठे हो गए थे।

मैं दुर्घटना के साथ साथ छेड़छाड़ की भी शिकार हुई थी। इस कारण लोगों की संवेदना मेरे साथ हो गई थी। उन्होंने उस युवक की जमकर पिटाई कर दी थी। अपने आसपास हो रहा यह तमाशा मुझे परेशान कर रहा था। तब वह युवक, उन लोगों से छूटने में सफल हुआ था। वह मुझसे कह रहा था -

"तू बड़ी बैडमिंटन चैंपियन है ना! मैंने तेरे अहंकार को देख लिया है। मैं तुझे तेरे इस तमाचे का बदला अवश्य देकर रहूंगा। मैं सहायता करने आया था और तूने मेरा यह अपमान किया और करवाया है। इसे ना मैं भूलूंगा और ना तुझे भूलने दूँगा"

वह तेज कदम बढ़ाता हुआ दूर चला गया था। मैंने इस धमकी को एक खिसियाई प्रतिक्रिया जैसे लिया था। सिर झटकते हुए मैंने वहाँ जमा हुए लोगों के समक्ष हाथ जोड़े और कहा था - आप सभी को धन्यवाद! मैं अब ठीक हूँ।

मैंने एक्टिवा को देखा, वह भी ठीक ही थी। कुछ स्क्रैचेस उस पर नए दिखाई दे रहे थे। सड़क पर गिरने से उसमें से कुछ पेट्रोल बह गया था। मेरा विचार अपने पर्स पर गया था। मैंने डिक्की में उसे यथा स्थान पाया था। मैंने तसल्ली के लिए उसे खोल कर देखा था। उसमें रखे गिफ्ट पैक को यथा प्रकार देख कर मुझे संतोष हुआ था।

मैंने एक्टिवा में इग्निशन की घुमाई तो वह स्टार्ट हो गई थी। मैंने टूटा हुआ हेलमेट उठाकर अपने पैरों के बीच रखा था। लोग वहाँ से कई तरह की बातें करते हुए छँटने लगे थे। मैं अपने घर की ओर चल पड़ी थी।

मुझे अब संशय हो रहा था, उस लड़के ने वह छेड़छाड़ के इरादे से किया था या सचमुच सहायता की कोशिश में उससे अनायास यह हुआ था। मैं आशुतोष के लिए प्यार में इतनी बावली हुई थी। मुझे अपने शरीर पर किसी भी अन्य पुरुष का स्पर्श असहनीय हुआ था। मैं इसे आशुतोष को ही समर्पित करने के लिए दृढ़प्रतिज्ञ अनुभव कर रही थी।

मुझे उस आदमी की धमकी का स्मरण आ गया था। किसी फिल्मी खलनायक के तरह उसकी दी गई धमकी, मुझे मात्र गीदड़ भभकी प्रतीत हो रही थी। यह उसके द्वारा अपने को निर्दोष बताने का प्रयास था। मैं सोचना नहीं चाहती थी कि वह बदला लेने के बारे में गंभीर था। मैं मन में चलते इन उधेड़बुन में एक्टिवा चला रही थी।

3.10 बजे जब मैं घर पहुँची थी। मेरे पापा कहीं जाने के लिए एक्टिवा की प्रतीक्षा कर रहे थे। वे यह सब देखकर स्तब्ध (Shocked) रह गए थे। यूँ लग रहा था जैसे उनका कलेजा मुँह को आया हो। मेरे मुख पर उड़ती हवाइयाँ, सड़क पर गिरने से मैले हुए मेरे वस्त्र एवं मेरे हाथ में टूटे हेलमेट ने बहुत कुछ मेरे अनकहे ही कह दिया था।

कुछ पलों के अंतराल में गहन चिंता से उबरते हुए उन्होंने पूछा - सोनम यह क्या हुआ तुम्हें? कोई एक्सीडेंट हो गया क्या? कैसी हो तुम? तुम्हें अधिक चोट तो नहीं लगी है?

पापा चिंतित थे इसलिए उन्होंने एक साथ ये प्रश्न किए थे। मैं कुछ बोल नहीं पाई थी। मुझे चोट तो अधिक नहीं आई थी मगर उस लड़के की हरकत, फिर उसकी धमकी और हेलमेट टूटने से हुई क्षति के स्मरण ने, मेरे नयनों को अश्रुपूरित कर दिया था।

पापा ने मुझे गले लगाया था। फिर स्नेह से सोफे पर बैठाते हुए मेरी पीट एवं सिर पर थपकियाँ लगाने लगे थे। इससे पीट पर मुझे पीड़ा अनुभव हुई थी।

मेरे मुँह से सिसकारी निकल गई थी।

अब तक मम्मी जो शायद वॉशरूम में थीं, वे भी आ गई थीं। मेरी हालत देख कर उनका भी कलेजा मुँह को आया प्रतीत हुआ था। क्यों नहीं होता मैं दोनों की इकलौती और प्राणों से अधिक प्यारी संतान जो थी।

पापा ने कहा - देखो तो अंजलि, यह कुछ कह नहीं पा रही है। मुझे लगता है इसकी पीट में चोट आई है।

यह सुनते ही मम्मी ने तत्क्षण ही मेरा टॉप पीछे की तरफ से उघाड़ दिया था। फिर उन्होंने वहाँ कुछ देखकर, मेरी ब्रा के हुक भी खोल दिए थे। पापा सामने थे। मेरे मुँह से प्रतिकार के शब्द निकले थे - मम्मी आप ये क्या कर रही हो?

दोनों ने मेरे प्रतिरोध पर ध्यान नहीं दिया था। पापा ने हल्के हाथ से मेरी पीट को सहलाते हुए पूछा था - सोनम, यहाँ पीड़ा अधिक तो नहीं हो रही है। ऊपर से तो त्वचा छिल गई दिखाई दे रही है।

मैंने पापा का हाथ दूर हटाते हुए, अपना टॉप नीचे खींच लिया था। फिर कहा था - पापा, अधिक पीड़ा नहीं हो रही है। ऐसी चोटें तो बैडमिंटन कोर्ट में गिर जाने के कारण अनेक बार मुझे लगीं हैं, फिर भी मैंने अपने मैचेज़ पूरे खेले हैं।

अब पापा ने मुझसे प्रश्न किए बिना मम्मी को निर्देशित करते हुए कहा था - अंजलि, तुम इसे वॉशरूम ले जाकर देखो कि इसे और कोई चोट तो नहीं लगी है। मैं पानी गर्म करने रखता हूँ। गर्म पानी से नहाएगी तो सोनम को आराम लगेगा।

मम्मी मुझे वॉशरूम ले जा रहीं थीं तब मैंने उनसे लड़ने के स्वर में कहा - मम्मी, क्या आप को समझ नहीं आ रहा था कि पापा सामने हैं। उनके सामने ही आपने मेरे ब्रा के हुक खोल दिए थे।

मम्मी ने कहा - हाँ सोनम, घबड़ाहट में मैं कुछ समझ नहीं पा रही थी। फिर भी तुम क्यों परेशान हो रही हो, उनकी बेटी ही तो हो तुम!

मम्मी ने वॉशरूम में, बारी बारी से मेरे पूरे कपड़े उतारे थे। ऐसा करने को रोकते, मेरे हाथों को उन्होंने बलपूर्वक हटा दिया था। यह मुझे स्मरण नहीं कि कितने वर्ष से मैं मम्मी के सामने ऐसे निर्वस्त्र नहीं हुई थी। ममता से उन्होंने मेरे पूरे शरीर का निरीक्षण किया था। फिर मुझसे कहा था - ईश्वर को धन्यवाद, तुम्हें पीट पर छिल जाने के अतिरिक्त कोई चोट नहीं आई है।

तब मैं नीचे टब में पड़ी अपनी ब्रेज़ीअर को देख रही थी। उसके हुक के स्थान पर खून लगा दिखाई दे रहा था। मुझे समझ आया था कि मम्मी ने ऐसा क्यों किया था।

फिर हमें वॉशरूम के बाहर से पापा की आवाज सुनाई दी थी। पापा कह रहे थे - अंजलि ये सोनम के कपड़े ले लो। मैं गर्म पानी लाकर दे रहा हूँ।

मम्मी ने थोड़ा दरवाजा खोलकर मेरे कपड़े लिए थे। दरवाजा बंद करते हुए उन्होंने मेरे कपड़े दीवार में लगे हुक में टाँग दिए थे। मैंने देखा था पापा ने मेरे अंडर गारमेंट्स सहित सभी कपड़े लाए थे। मैं सोचने लगी थी - कभी कह कर न बताने पर भी पापा जानते थे कि मैं बड़ी हो गई थी।

मैंने कहा था - मम्मी अब आप जाओ, मैं स्नान कर लेने के बाद, बाहर आकर सब बताती हूँ।

हाँ तुम स्नान करके आ जाओ। तब मैं तुम्हारी पीठ पर बोरोप्लस लगा दूंगी, मम्मी यह कहते हुए बाहर चली गईं थीं।

जब तक पापा ने गर्म पानी लाकर दिया, मैंने अपना शरीर स्वयं निहारा था। मैं उस युवक की धमकी भूलकर स्वयं पर मोहित हो रही थी।

एपिसोड ९

मनुष्य शरीर में आत्मा होती है, आत्मा का लगाव अनेक मनुष्य /प्राणियों से हो सकता है। अर्थात् किसी भी मनुष्य को आत्मिक प्रेम अनेकों से हो सकता है। विशेषकर भारतीय समाज में बात जब शरीर की होती है तब किसी के शरीर को स्पर्श करने एवं देखने की दृष्टि के लिए, अनेक मर्यादाएँ हैं। हर व्यक्ति से मर्यादा में रहने की अपेक्षा होती है।

दुर्घटना में सहायता के बहाने एक आदमी के बुरे स्पर्श (Bad touch) को अनुभव करते ही मेरी तीव्र प्रतिक्रिया हुई थी। मैंने उसके मुँह पर तड़ाक, एक तमाचा जड़ दिया था। उसी दिन जब में घर लौटी थी तो मेरी पीठ वाला भाग जब मम्मी ने, मेरे पापा के सामने निर्वस्त्र कर दिया था तब मैंने इसका प्रतिकार किया था। जबकि वे मेरे जनक थे। उनसे ही मेरे जीवन का निमित्त हुआ था। उन्हीं की गोदी में मैं बालपन से खेलती हुई बड़ी हुई थी। मेरे पापा वही थे मगर मेरी किशोर वय आने पर, मैं उनके सामने भी अपने संकोच में सिमटी सी रहने लगी थी। हमारी संस्कृति में समाज मर्यादाएँ इसी प्रकार थीं। बचपन से इस संस्कृति में रहने से युवा होते हुए, लड़की एवं लड़के के मन में इन मर्यादाओं में रहने की भावना स्वतः ही आ जाती है।

फिर जब मुझे आशुतोष से प्यार हुआ। मेरे इसी मन में उनके निकट जाने की तीव्र उत्कंठा रहने लगी थी। मेरा मन करता कि आशु मुझे छुएं, वह जितना अधिक से अधिक मुझे अपने समीप कर सकते हैं करें। अर्थात् एक पुरुष,

आशु मेरे जीवन में ऐसे थे जिन्हें मेरा मन, मेरे शरीर पर उनकी कामनामय दृष्टि की अनुमति देता था। जिसे किसी अन्य के द्वारा स्पर्श करने को मैं बुरा मान कर व्यथित होती, वैसा ही स्पर्श अगर आशु करते तो मुझे अच्छा (Pleasing) लगता।

21 फ़रवरी 2011

इस दिन मेरा आशुतोष से विवाह हुआ था। मुझे आज भी उस दिन हुई हर बात का स्पष्ट स्मरण था। विवाह के पहले से ही मेरा मन चाहने लगा था, आशु मेरे अंग अंग का स्पर्श करें।

इसके पूर्व तक मेरे जीवन में कई बातें एवं उपलब्धियाँ ऐसी थीं, जिन ने मुझे आनंदित किया था। मैं बैडमिंटन की अनेक प्रतियोगिताएँ जीतती रही थी। फिर भी राष्ट्रीय/अंतर्राष्ट्रीय स्तर के किसी टूर्नामेंट में हिस्सा लेने की मेरी कामना अधूरी रही थी। मैंने विधि/कानून की पढ़ाई की कामना की और क्रिमिनल लॉ में बैचलर ऑफ लॉ की उपाधि अर्जित की थी। फिर भी मेरे मन में जज बनने की महत्वाकांक्षा अधूरी रहती दिखाई पड़ती थी। मैं कंफ्यूज रही थी जज बनूँ या बैडमिंटन में अपना भविष्य देखूं।

बैडमिंटन एवं पढ़ाई के साथ साथ मेरे हृदय में आशु से प्रेम की साध (अभिलाषा) बस गई थी। मेरी यह साधना आशु के साथ विवाह होने पर सिद्ध हुई थी। मेरी जज बनने की कामना अधूरी रही थी, मुझे बैडमिंटन से जितना चाहिए था उतना नहीं मिला था मगर आशु के साथ विवाह होने से मुझे जितना प्राप्त हुआ उससे मेरे अधूरे रह गए सभी छोटे बड़े सपने के अवसाद मिट गए थे।

महिला संगीत के कार्यक्रम में मैंने आशु के साथ ऐसा नृत्य किया था कि सिने अभिनेत्रियों के नृत्य भी उसके सामने फीके थे। अभिनेत्रियाँ अभिनय हेतु नृत्य करतीं हैं। मैं वास्तव में आशु प्रेम के आनंद रस में सराबोर हुई थी। मेरे हृदय में रही आशु के प्रति मेरी भावनाएँ, नृत्य के बहाने मेरे सर्वांग से

अभिव्यक्त हुईं थीं। ईश्वर ने मुझमें ऐसी प्रतिभा दी थी, मैं जो भी करना चाहती थी, उसे थोड़ी कोशिशों में ही सर्वोत्तम ढंग में कर लेती थी। ऐसी प्रतिभावान मैं, विवाह की मांगलिक रस्मों के साथ, समर्पण एवं अपनी संपूर्ण कामनाओं सहित आशु की हुई थी।

हमारी मधु-यामिनी की बहु प्रतीक्षित घड़ी आ गई थी। हमारे शय्या और शयनकक्ष आकर्षक सुगंधित पुष्पों से सुसज्जित थे। एकांत में आशु और मेरे बीच मर्यादा की कोई रोक टोक नहीं रह गई थी।

आशु ने कहा था - हमारे जीवन में यह रात्रि सबसे विशेष है। हमें इसके एक एक पल को जीवंत रूप से बिताना चाहिए।

मैंने कहा था - हाँ आज रात्रि हमें एक पल को भी सोना नहीं चाहिए और किसी भी बात के लिए हम में किसी प्रकार की अधीरता नहीं होना चाहिए।

आशु ने कहा था - हम आज और आगे कई वर्षों के लिए, संसार के सब से अधिक भाग्यशाली युगलों में से एक हैं। हमारा प्रेम, परिणय की परिणति तक पहुँचा है। हम और हमारा प्यार अभी वर्षों तक भरपूर युवा रहने वाले हैं। हमारे पास मनचाहा जीवन जीने के लिए अनेकों वर्ष हैं। हमारी मुट्ठी में उज्जवल संसार तथा समस्त जीवन आनंद लूट सकने की समस्त संभावनाएँ हैं।

मैंने हँसकर पूछा था - आशु यह आपके मौलिक हृदयोद्गार हैं या आप यह गूगल से पढ़कर कह रहे हैं?

आशु तब एक राजा की तरह तन कर खड़े हुए थे एवं अभिमान प्रदर्शित करते हुए उन्होंने कहा था - सोनम हम एक विशिष्ट पुरुष हैं। हम जो करते हैं उसका अनुकरण पीढ़ियाँ करतीं हैं।

मैं भी तब सोफे पर से उठ खड़ी हुई थी और मैंने अपने पंजों के बल खड़ी होकर अपने वक्षस्थल को ऊँचा उठाया था और इसे आशु के तने हुए सीने से

मिलाते हुए कहा था - आशु बात अगर ऐसी है तो आपकी यह रानी साहिबा भी आपके संग ऐसा अनूठा करेगी, जो शताब्दियों तक आने वाली अनेक पीढ़ी के युगलों के लिए उदाहरण रहेगा।

मेरी इस मुद्रा में आशु को अवसर मिल गया था। आशु ने मुझे अपने दोनों हाथों के घेरे में लिया था और मेरी पीठ पर हथेलियों का दबाव बनाकर मुझे बलपूर्वक अपने सीने से भींच लिया था।

मेरा हृदय बाग बाग हो रहा था। हाँ, जी हाँ! यही तो मेरा सच, मेरा सर्वप्रिय सपना था। पिछले वर्षों से मेरी यही कामना थी, जो आज इस घड़ी साकार हो रही थी। मेरे अंग अंग समर्पण को आतुर थे। फिर भी मैंने प्रतिकार करते हुए आशु के बाहुपाश से स्वयं को मुक्त किया था।

आशु अचंभित दिखाई दिए तब मैंने कहा था - आशु आप मेरे संसार, मेरे राजा, मेरे देव, मेरे भगवान, यह आपकी समर्पिता, आपकी रानी, आपकी पुजारिन आपसे मिल कर ही पूर्णता को प्राप्त हो रही है। फिर भी हमारी मधु-यामिनी में मुझे, आपको अपना सब कुछ अर्पित करने, आपसे सब कुछ प्राप्त करने के लिए बिलकुल भी उतावली नहीं है।

तब आशु ने मुझे अपनी बाँहों में उठा लिया था। कुछ कदम चलते हुए सजी सेज पर बड़ी कोमलता से बैठाया था और स्वयं सामने सोफे पर बैठ गए थे। ऐसे बैठ जाने के बाद कहा था - हाँ सोनम, पहले हम आज रात का एजेंडा तय करते हैं। फिर उस का पालन करते हुए हम अपनी यह मधु-यामिनी बिताएंगे।

हम में एजेंडा बना था। एजेंडे का पहला बिंदु, यह विचार करने का था कि आज हम जब तन, मन एवं सर्वात्म रूप से एक हो रहे हैं तब ऐसे 'दो शरीर के एकाकार' होने पर हमारा भावी जीवन कैसा होना चाहिए।

उस अनुसार हमने उसी रात तय कर लिया था, हम दो बच्चों के मम्मा-

पापा बनेंगे। आशु ने उसी समय वकालत के स्थान पर मेरी बैडमिंटन कोचिंग इंस्टिट्यूट की रूपरेखा तय की थी। हमने तब अपने भावी जीवन के सपने, दोनों की खुली हुई चार संयुक्त आँखों से एक साथ देखे थे। इसके लिए घंटों लगाए थे। बीच में एक दूसरे को खिलाया पिलाया भी था।

एजेंडे के दूसरे बिंदु का पालन करते हुए, आशु ने सोफे को दीवार की तरफ खिसकाकर जगह बनाई थी। हम दोनों ने संपूर्ण निजता में आनंद लेते हुए तन्मय होकर, फाक्स्ट्राट डांस किया था। यह करते हुए हमारी श्वास टकरातीं और हम एक दूसरे की हृदय स्पंदन को अनुभव करते रहे थे।

एजेंडे के तीसरे बिंदु को निभाने के लिए हमने चार घंटे की अवधि तय की थी। नृत्य कर चुकने के बाद वह समय आया था। मुझे लग रहा था कदाचित् परिणय सूत्र में बंधने पर सयुंक्त रूप से, प्रत्येक 'नवयुगल' को इसी बात की कल्पना अपनी मधु-यामिनी के लिए होती है।

अब हमें परस्पर अर्थात् आशु के तन मन में एवं मेरे तन मन में, एक दूसरे को लेकर जो भी कामनाएँ, अभिलाषाएँ, जितना प्रेम एवं जितनी भी वासनाएँ हैं, वह एक दूसरे को समर्पित करना था।

मधु-यामिनी हर युवा व्यक्ति का वर्षों का जागी/सोई आँखों का सपना होता है। कदाचित् किशोरवय से ही सभी लड़के एवं लड़कियों के हृदय में यह सपना बस जाता है। हमारे इस सपने की साकार होने की घड़ी आ गई थी।

मैं सोच रही थी, उस दिन हैदराबाद में मेरे चाहने और अपने तन मन को आशु को सौंप देने को आतुर रहने पर यदि आशु ने स्वयं पर नियंत्रण करते हुए, मुझे रोका नहीं होता तो क्या हमारी मधु-यामिनी उतनी विशेष रह पाती जितनी अब यह होने जा रही थी।

इस दृष्टि से देखें तो एक दूसरे के प्रेम में डूबे रहकर भी, हमने पाँच वर्षों के लगभग 1800 दिन रात व्यर्थ जाने दिए थे। यह हमारी प्रेम तपस्या थी, इसका

फल हमें अब मिल रहा था। 1800 दिनों में एकाकार होने के शेष रहे सुख का, कुल योग आज इन चार घंटे में हमें परस्पर प्राप्त करना था।

वास्तव में मेरी बाँछे खिल गईं थीं, जब प्रेम एवं वासना से सराबोर मधुर वाणी में आशु ने कहा था - सोनम समय आ गया है, अब कोई मर्यादा हमें रोकने वाली नहीं है।

एपिसोड 10

ऐसा हमारा प्यार था। हमने अपने प्यार को विवाह की परिणति तक पहुँच पाने के लिए पाँच वर्ष धैर्य रखा था। हमारे प्यार ने हम में भौतिक दूरी सहन की थी। यह प्यार अपने एवं पराए लोगों की चुनौतियों के झंझावात को झेलते हुए बना रहा था। हमारा प्रेम दिन प्रति दिन निरंतर प्रगाढ़ होता गया था।

जुलाई 2006

मेरी एक्टिवा से हुई दुर्घटना के बाद, उस संध्या अनु दीदी का कॉल आया था। अनु दीदी का नाम देखने पर मम्मी ने मोबाइल मुझे दे दिया था। दीदी को मेरे साथ क्या हुआ उसकी कोई सूचना नहीं थी। मेरे हेलो कहते ही दीदी ने कहा - सोनम, आशु को तो देखो! उसने मुझसे कॉल करके पूछने के लिए कहा है कि आप सकुशल घर तो पहुँच गई हो।

मैं सुनकर हँस पड़ी तो दीदी ने भी हँसकर कहा था - मैंने भी आशु को यही कहा था, यह पूछने पर सोनम मुझ पर हँसेगी। मैंने आशु से कहा भी था, दिन के समय में चार किमी एक्टिवा चलाकर अपने घर पहुँचने में, भला एक बैडमिंटन चैंपियन लड़की को क्या हो जाना है। फिर भी आशु आप पूछना चाहते हो तो आप ही स्वयं सोनम से क्यों नहीं पूछ लेते? तो वह लड़कियों जैसे लजा रहा है और संकोच कर रहा है। अब आप ही आशु को बताओ कि आपको कुछ नहीं हुआ है। आप सकुशल घर पहुँच गई हो।

अनु दीदी ने मेरे उत्तर की प्रतीक्षा किए बिना, मोबाइल आशु को दे दिया था। अब दूसरी ओर आशु थे। दीदी की बातों पर मैं हँसती रही थी। आशु कॉल पर हैं यह पता पड़ने पर मुझे, उस आदमी के द्वारा मुझसे की गई छेड़खानी एवं उसकी धमकी का स्मरण आ गया था। तब मेरे व्यथित हृदय का संदेश, मुँह से रुलाई के स्वर के रूप में निकला था जो आशु के कर्णों तक पहुँच गया था।

प्रतिक्रिया में आशु का चिंतित स्वर सुनाई दिया था - क्या बात है सोनम, आप ठीक तो हो? क्या हुआ है आपको, आप क्यों रो रही हो?

मेरी मम्मी मेरी पीठ पर थपकी लगा कर सांत्वना दे रही थी। स्वयं को संयत करने तक, मैं कुछ नहीं बोल पाई थी। फिर जब रुलाई पर नियंत्रण किया तब मैं बोली थी - आशु वैसे चिंता की कोई बात नहीं है मगर मैं घर आते समय एक्टिवा से गिर गई थी।

आशु ने कहा - ओह! यह बात आपने कॉल करके हमें पहले क्यों नहीं बताई? ठहरो मैं अभी आता हूँ।

मैंने प्रत्युत्तर में कहा - नहीं आशु, ऐसे परेशान होने की आवश्यकता नहीं है। मैं ....

मैं आगे बोलती इसके पूर्व ही मुझे समझ आ गया था, आशु ने कॉल डिसकनेक्ट कर दिया है। आशु से फिर मिलना मुझे अच्छा तो लगता मगर मैं आशु को हमारे घर आने से रोकना चाहती थी। दोपहर में ही मैं आशु के भव्य घर से आई थी। मैं आशु एवं अपने घर का अंतर जानती थी। मैं सशंकित थी, आशु हमारे साधारण से घर में आकर मुझसे विमुख तो नहीं हो जाएंगे।

मैंने मम्मी से कहा - मम्मी अभी आशु मेरी कुशलक्षेम जानने के लिए आने वाले हैं।

कहने के साथ ही मैं अस्त-व्यस्त घर को व्यवस्थित करने लगी थी।

मम्मी भी मेरा साथ देने लगी थी। पापा बाहर गए हुए थे अभी लौटे नहीं थे। मैं घर व्यवस्थित करते हुए कहते जा रही थी - मम्मी, उनका घर तो भव्य महल सा है, हमारे घर आकर आशु क्या सोचेंगे?

मम्मी ने कहा था - तुम चिंता मत करो, आशु कुछ नहीं सोचेगा। उस दिन हम शिव मंदिर के बाहर बस स्टॉप के क्यू में खड़े थे। इससे वह हमारी स्थिति को पहले ही जानता है।

मैं काम करते जा रही थी एवं सोच में डूबी थी, हाँ! मम्मी सही तो कह रहीं हैं। मुझे लग रहा था आशु जैसा प्रेम मुझसे करने लगे हैं, उससे हमारी आर्थिक दशा में अंतर उनके लिए महत्वहीन हो चुका है।

15 मिनट हुए होंगे कि डोर बेल की ध्वनि गूँजी थी। दरवाजा मम्मी ने खोला था। मेरे पापा आए थे। मम्मी ने उन्हें आशु आ रहा है, यह बताया तो वे 'मैं अभी आता हूँ', कहते हुए उलटे पैर वापस लौटे थे। दो मिनट उपरांत ही फिर डोर बेल की ध्वनि सुनाई थी। मम्मी ने पुनः दरवाजा खोला था। इस बार आशु ही थे।

उन्हें देखते ही मैं खड़ी हो गई थी। उनके मुखड़े पर चिंता के भाव स्पष्ट देखे जा सकते थे। घर की हरेक वस्तु हमारी साधारण परिस्थिति कह रही थी। इसे लेकर ही मैं चिंतित थी, आशु पर इसका क्या प्रभाव पड़ेगा। मैंने देखा, आशु का ध्यान जरा भी इस ओर नहीं गया था।

मैंने उनके मुख पर आते जाते भाव से अनुमान लगाया कि जितना चिंतित वे आए थे, मुझे भली-चंगी देखकर उनकी चिंता उतनी नहीं रही थी।

फिर भी करुणा दिखाते हुए उन्होंने कहा था - सोनम आप आराम से बैठिए। एक्टिवा से गिरने से आपको अंदरूनी चोटें लगी होंगी।

मैं बैठ गई तब मम्मी के साथ ही साधारण पुराने सोफे पर आशु भी बैठ गए थे। बैठते हुए उन्होंने मम्मी से पूछा - सोनम का एक्सीडेंट कैसे हो गया?

क्या सोनम ने स्कूटी चलाना अभी नया सीखा है?

तभी डोर बेल की डिंगडांग ध्वनि गूँजी थी। पापा वापस आए थे। उनके हाथ में एक पैकेट था। पैकेट उन्होंने मम्मी को देकर, किचन में ले जाने का इशारा किया था। मम्मी समझते हुए किचन में चलीं गई। तब आशु अपने स्थान से उठकर पापा के चरण छूने को झुके थे। पापा ने उन्हें थामकर, अपने चरण छूने नहीं दिए थे। उन्हें स्नेह से गले लगाया था। मैं सोचने लगी कि पापा का अगर कोई बेटा होता तो शायद वे इसी तरह उसे गले लगाया करते।

आदर से आशु को वापस बैठाते हुए पापा स्वयं सोफे पर बैठ गए थे। आशु को उत्तर नहीं मिला होने से उन्होंने पापा से वही प्रश्न किया था।

पापा ने बताया था, सोनम स्कूटी अच्छी चला लेती है। तत्पश्चात् मुझसे जो सुना था, उसमें से युवक की हरकत को छोड़कर सब विस्तार से बता दिया था।

इस बीच मम्मी प्लेट्स में आइसक्रीम लेकर आईं थीं। मैं समझ गई थी पापा पैकेट में यही लेकर आए थे। पता नहीं मैं बार बार क्यों तुलना में पड़ रही थी। मुझे लग रहा था आशु के घर की क्रॉकरी के सामने ये प्लेट-स्पूंस कितने सस्ते हैं। आशु का इन बातों पर जरा भी ध्यान नहीं था। पापा के आग्रह करने पर आशु सहित हम सभी ने साधारण सी प्लेट में मुझे प्रिय, आइसक्रीम खानी शुरू की थी। खाते हुए आशु ने कहा था - अंकल आप को कैसे पता कि मुझे अमूल, स्ट्रॉबेरी फ्लेवर ही सबसे अधिक अच्छी लगती है?

मम्मी ने उत्तर दिया - आपके अंकल स्ट्रॉबेरी फ्लेवर, सोनम की प्रिय होने से लेकर आए हैं।

यह सुनकर आशु शर्माए थे। उन्होंने अपनी झेंप मिटाने के लिए विषय बदलते हुए कहा था - यह अच्छा हुआ कि एक्सीडेंट होने पर भी सोनम को अधिक चोट नहीं आई है अन्यथा मुझे हैदराबाद जाना स्थगित करना होता।

मैं सारे वार्तालाप में चुप रहते हुए, अपने मस्तिष्क के प्रयोग से सब समझने के प्रयत्न कर रही थी। मैं सोच रही थी पापा ने किस विचार से उस युवक का उल्लेख नहीं किया था।

तभी मम्मी ने कहा - हमारे साथ ईश्वर है, बेटे। फिर भी उस युवक की हरकत मुझे चिंता में डाल रही है।

यह सुनते ही प्रतिक्रिया में आशु, आइसक्रीम की बाईट लेते लेते रुक गए थे। वे चिंता में पड़ गए दिखाई दे रहे थे। उन्होंने स्पून वापस प्लेट में रखते हुए पूछा था - आंटी कौन युवक, कैसी हरकत?

मम्मी ने पापा के मुख पर आए अप्रिय भाव पर कोई ध्यान नहीं दिया था। उन्होंने छेड़खानी, युवक के गाल पर मारा गया मेरा तमाचा, लोगों द्वारा उसकी पिटाई एवं उसके द्वारा दी गई धमकी, सभी कुछ जैसे का वैसा कह सुनाया था।

मम्मी बता चुकीं तब आशु ने कहा - यह तो ठीक नहीं हुआ है। इसकी तो पुलिस रिपोर्ट होनी चाहिए। ऐसे दुष्ट युवकों को सबक दिया जाना आवश्यक है।

पापा ने कहा - बेटे, हम रिपोर्ट नहीं करना चाहते, इससे सोनम को थाने के कई चक्कर लगाने पड़ेंगे और नतीजा अच्छा मिले इसकी गारंटी नहीं होगी।

आशु ने विचार करते हुए कहा - हाँ अंकल, आप सही कह रहे हैं मगर हम सोनम को ऐसे खतरे में नहीं छोड़ सकते हैं। हम एक काम करते हैं जिससे रिपोर्ट भी नहीं करनी होगी और सोनम की सुरक्षा भी सुनिश्चित होगी।

पापा ने पूछा - यह कैसे संभव होगा?

आशु ने बताया - अभी के सुपरिटेंडेंट ऑफ पुलिस, परमजीत सिंह अंकल मेरे पापा के साथ पढ़े हैं और उनके अच्छे फ्रेंड हैं। हमारा आपस में अच्छा पारिवारिक संबंध है। कल उनके सुविधा के समय में आप, सोनम और मैं उनके घर पर मिलकर उन्हें यह सब बता देंगे।

मम्मी ने कहा - हाँ बेटा ऐसा हो जाए तो अच्छा रहेगा, नहीं तो सोनम जब जब बाहर जाएगी उसके वापस लौटने तक मैं तो चिंता से अधमरी होती रहूँगी। लड़कियों के साथ हो रहे खतरनाक, कैसे कैसे बुरे काम हर दिन सुनने में मिल रहे हैं।

आशु ने कहा - जी हाँ, आंटी, हमें उन्हीं बातों से बचत करना आवश्यक है।

फिर प्लेट में पिघल चुकी आइसक्रीम आशु ने फिनिश की थी। चाय या कॉफी ठंडी हो जाए तो मिनट भर में पुनः गर्म की जा सकती है मगर आइसक्रीम पुनः जमाना शीघ्र संभव नहीं होता है। आशु फिर सांत्वना देते हुए चले गए थे।

आशु के जाने के बाद पापा ने मम्मी से कहा था - इस शंका में कि पता नहीं आशु के मन पर सोनम का कैसा प्रभाव पड़ेगा, मैं छेड़खानी एवं धमकी की बात आशुतोष से कहना उचित नहीं समझ रहा था मगर तुमने यह उससे कह दिया है।

मम्मी ने कहा - इसका लाभ यह मिलने वाला है कि अब उस दुष्ट आदमी पर पुलिस कार्यवाही करेगी, जिससे हमारी चिंता कम हो जाएंगी।

मैं सोचने लगी थी पापा की अनकही का आशय यह था कि अन्य लड़के ने मेरे वक्षों को छुआ है जानकर, आशु मुझसे विमुख हो सकते हैं। मुझे लग रहा था पापा भी आशु को लेकर उतने ही गंभीर थे, जितनी मैं थी।

एपिसोड 11

देवांश के साथ अवैध संलिप्तता (Illegitimate Involvement) के बाद से मैं जितनी बार उसे लेकर सोचती थी, उसमें मुझे हर बार यही लगता था कि आशु से प्रेम में और उनके साथ विवाह को लेकर मैं ही मरी जा रही थी। उस समय तो मुझे यह भी लगता था कि आशु अगर और किसी लड़की के साथ इन्वाल्व्ड भी हैं तो उनका ब्रेक अप हो जाए और वे मेरे प्रेम में ही आसक्त (Obsessed) रहें।

पहले से तुलना करने की मनःस्थिति में मैं सोचती कि आशु ने ऐश्वर्या से संबंध में पड़ कर भूल तो की थी फिर भी मेरी भूल उनसे बड़ी थी।

यह तर्क कि आशु ने पहले विश्वास भंग किया, खोखला था। मुझे समझना चाहिए था कि जब आशु ने विश्वास तोड़ा था, तब मुझ पर क्या बीतती थी। अब जब आशु को मेरे अवैध संबंध का पता पड़ेगा तो उन्हें कितनी वेदना होगी। मैं आशु से प्यार करती थी उनको वेदना में देखना क्या मुझे अच्छा लगेगा।

10 जुलाई 2006

अपनी भूल का पश्चाताप करते हुए मुझे वह दिन स्मरण आ रहा था। आशु ने सुबह 6 बजे ही मम्मी के मोबाइल पर कॉल करके बताया था, परमजीत अंकल ने 8.30 बजे का समय दिया है। आशु ने मम्मी से कहा था - अंकल एवं सोनम को 7.45 पर तैयार रहना चाहिए। मैं उस समय उन्हें लेने पहुँच

जाऊँगा।

मम्मी ने सहमति देते हुए कहा था - जी बेटे।

आशु सदा समयनिष्ठ (Punctual) होते हैं, वे समय पर आए थे। हम उनकी कार में एस पी साहब के बँगले पर पहुँचे थे। किसी पार्क जैसे बड़े क्षेत्र में स्थित बँगले को देखकर मेरी आँखें फटी रह गईं थीं। वास्तव में आशु के पापा का घर एवं उनके परमजीत अंकल का सरकारी बँगला, मेरे लिए ऐसी दुनिया थी जिसकी मुझे कल के पूर्व तक कल्पना भी नहीं थी। मैं विस्मय में थी, सोच रही थी, मुझे इस दुनिया के दर्शन कराने वाले आशु का साथ, अपने बैडमिंटन के अच्छे खेल के कारण से मिला था। एक यही बात थी जिसमें शायद मैं आशु या अनु दीदी की तुलना में श्रेष्ठ थी। अन्यथा मैं एक साधारण सी लड़की थी जैसी इस देश में लाखों-करोड़ों हैं।

बँगले के गेट पर दरबान ने थोड़ी सी पूछताछ के बाद आशु की कार को अंदर जाने दिया था। वहाँ पोर्च में 2 गाड़ियाँ और खड़ी थीं। उनके पीछे आशु ने अपनी कार पार्क की थी। तभी लगभग मेरी ही उम्र की एक गुलाबी गौर वर्ण की कश्मीरी सी सुंदर लड़की बँगले से बाहर आई थी।

मैं उसकी सुंदरता पर मोहित हुई उसे ही निहार रही थी। आशु कार से उतरे थे। यह हमारे लिए अचंभित करने वाली बात थी, उस लड़की ने आशु को फ्रेंच स्टाइल में हग करते हुए उनके दोनों गाल को चूमा था। आशु ने भी वैसा ही किया था। तदुपरांत लड़की ने कहा था - कैसे हो आशु, अब तो तुम्हारे हैदराबाद जाने का दिन करीब आ गया है। इस शहर में तुम्हारे बिना हमारा मन कैसे लगेगा!

आशु ने हँस कर कहा था - चल झूठी! मैं यहाँ हूँ तब तो आप महीनों एक कॉल तक नहीं करती हो और अब यह बनावटी स्नेह जता रही हो।

लड़की ने हँसकर कहा था - वो आप पढ़न्ता लड़के हो इस विचार से, मैं

कॉल नहीं करती थी कि कॉल करने से तुम्हारी पढ़ाई में विघ्न पड़ेगा।

आशु ने मुस्कुराकर कहा था - चलो अब कॉल किया करना। अब मैं पढ़ चुका हूँ और हैदराबाद में ऑफिस के पहले और बाद अकेला ही रहूँगा।

लड़की ने कहा था - अवश्य आपकी इस अनुमति ने मेरे लिए नव प्रभात को शुभ कर दिया है। मुझे बड़ी प्रसन्नता है।

मैं और पापा अब तक उनमें वार्तालाप के साक्षी हो रहे थे। तब आशु ने हमारा परिचय करवाते हुए लड़की से कहा था - रजनीत, इनसे मिलो ये बैडमिंटन चैंपियन सोनम हैं और आप इनके पापा हैं।

रजनीत ने मुस्कुराते हुए हम दोनों का हाथ जोड़कर अभिवादन किया था। पापा और मैंने भी उसी मुद्रा में हाथ जोड़े थे।

तब आशु ने लड़की के कंधे पर हाथ रखते हुए कहा था - और सोनम ये प्यारी सी लड़की रजनीत, परमजीत अंकल की इकलौती लाड़ली बेटी हैं।

रजनीत मुस्कुराते हुए कह रही थी - आइए, यहाँ लॉन में ही थोड़ी देर में पापा और मम्मी चाय-नाश्ता के लिए आने वाले हैं।

हम वहाँ पहुँचे थे। सुंदर लॉन में छह चेयर और दो सेंटर टेबल रखीं हुईं थीं और लगता था नाश्ता वहाँ पहले ही डोंगों एवं केतली में रख दिया गया था। हम वहाँ पहुँचे ही थे। तब एक पुरुष स्वर सुनाई दिया था - हेलो आशु, आज तुम आए हमें बड़ी प्रसन्नता है।

हमने देखा तो वहाँ कंधे पर अशोक स्तंभ वाली यूनिफार्म में एक सरदार जी एवं उनके साथ में रजनीत जैसी ही सुंदर महिला हमारी तरफ आ रहे थे। वे परमजीत सर, रजनीत के पापा और उनके साथ रजनीत की मम्मी थी।

उनको देखते हुए पापा और मैंने करबद्ध, झुककर आदर सहित प्रणाम किया था। उन्होंने भी हाथ जोड़कर हम से नमस्ते कहा था। तब वे दोनों भी

आशु से वैसे ही मिले थे जैसे कुछ मिनट पहले रजनीत आशु से मिली थी। मुझे लग रहा था इन बड़े लोगों में अब मिलने की यही पाश्चात्य (फ्रेंच) शैली चलने लगी थी।

अंकल ने हमें बैठने के लिए कहा था। सभी बैठ गए तब आंटी एवं रजनीत ने सभी के लिए स्टफ्ड पराठा एवं चिली एवं टमैटो सॉस, प्लेट्स में लगा कर हम सभी को दिया था। उनके आग्रह करने पर हमने खाना शुरू किया था।

तब आशु ने कहा - अंकल, सोनम इस वर्ष की इंटर कॉलेज बैडमिंटन चैंपियन हैं। सोनम कल दुर्भाग्य से एक एक्सीडेंट का शिकार हुई हैं। साथ में ये सोनम के पापा हैं। इन्हीं के लिए हमें आपकी हेल्प की आवश्यकता है।

परमजीत सर ने खाते हुए ही 'हूँ' कह कर संकेत दिया था कि उन्होंने समझ लिया है। फिर कौर निगलते हुए कहा - सोनम जी अब आगे की बात सविस्तार, आप बताइए कल आपके साथ क्या हुआ था?

पीड़ित से ही उसका पक्ष सुनना, शायद यही पुलिसिया टाइप होता है। बस इसमें आशु के साथ होने पर यह थोड़ा घरेलू हो गया था। यह प्रतीत हो रहा था, आशु ने कॉल पर उन्हें जानकारी दे दी थी मगर वे पुलिस के तरीके से (मुझ) पीड़िता से ही सुनना चाहते थे।

मैंने खाना छोड़कर सविस्तार उन्हें सब कुछ बताया था। अपने मारे तमाचे को जस्टिफाई करने के लिए, उसके मेरे वक्ष पर हाथ रखने की बात भी थोड़े संकोच में बता दी थी।

तब रजनीत ने कहा था - सोनम तुमने उसे सस्ते में छोड़ दिया। मेरे साथ यह होता तो मैं पहले उसकी चप्पलों से दुर्दशा करती और फिर उसे कॉलर पकड़ के थाने ले जाती।

परमजीत सर अपनी बेटी की बात पर मुस्कुराए थे। फिर मुझसे कहा था - आप निश्चिंत होकर अब नाश्ता कीजिए और जो मैं कह रहा हूँ, उसे बस

सुनते जाइये। आप मुझे घटना की इग्ज़ैक्ट लोकेशन मैसेज करना। जैसा तुमने बताया, अगर वह आदमी ऐसा है तो वह आगे भी कोई अपराध करेगा। उसने तुम्हारे साथ जो किया और तुम्हें धमकाया है, उसके लिए हम उस पर तुरंत कोई कार्यवाही नहीं करेंगे। हम आपको थाने के रजिस्टर में लाए बिना, उस पर कार्यवाही करेंगे। इसके लिए सीसीटीवी कैमरे से उसको पहचानेंगे। उसके पीछे बिना वर्दी के पुलिस वाले लगा कर, उसे कोई अपराध में बुक करके उसे ऐसा सबक सिखाएंगे कि आगे वह किसी लड़की को बहन जी के अतिरिक्त कुछ और कहना हमेशा के लिए भूल जाएगा।

फिर वे नाश्ते के अंत में केतली से चाय लेकर पीने लगे थे।

पापा और मैं उनके यूँ आश्वस्त करने से अच्छा अनुभव कर रहे थे। तब रजनीत ने भोली सूरत बनाते हुए पूछा - पापा, क्या वह भविष्य में अपनी बीवी को भी बहन जी ही कहा करेगा?

रजनीत की मॉम ने कहा - नो रज, कोई परिहास अवसर को समझ कर किया करो।

जबकि परमजीत सर ने उसके किए विनोद (Humor) का मजा लेते हुए कहा - वह स्त्रियों से इतना भय खाने लगेगा कि किसी से शादी करने की हिम्मत ही नहीं कर पाएगा।

नाश्ते के बाद जब वे अपने कार्यालय के लिए जाने लगे तो पापा ने उनसे कहा था - सर, आपने हमारी प्रार्थना सुनकर हमें बड़ी तसल्ली दी है।

परमजीत सर ने कहा - भाई साहब अब से आप हमारा परिवार हो। आप बिलकुल निश्चिन्त रहिए।

वे गाड़ी से रवाना हो गए तब रजनीत ने मेरा नंबर माँगते हुए कहा था - चैंपियन लड़की मुझे अपना मित्र बनाओगी? तुम मुझे अपना नंबर दो।

मैंने बताया था - मैं मोबाइल नहीं रखती, मुझसे बात करने के लिए मेरा मम्मी का नंबर यह है।

कहते हुए मैंने नंबर बताया था, जिसे उसने अपने मोबाइल में सेव किया था। फिर कहा था - इतनी सीधी सादी लड़की पर कोई आदमी कैसे अत्याचार कर सकता है!

हमने विदा ली थी। रास्ते में आशु ने बताया था - अंकल ने बहुत अच्छा समाधान बताया है। अब मैं भी बिना किसी चिंता के हैदराबाद जा सकूँगा।

आशु ने हमें हमारे घर पर छोड़ा था। उन्होंने पापा के घर आने के आग्रह पर क्षमा माँगते हुए कहा था - अंकल, मुझे हैदराबाद के लिए कुछ आवश्यक काम करने हैं।

आशु ने हाथ जोड़े एवं जाते हुए मुझसे कहा था - लगता है आपको अनु दीदी का उपहार देखने का समय नहीं मिला है।

मेरी आँखें छलकने के कगार पर थीं। मैंने सिर झुका कर पापा और आशु से आँखों की नमी छुपा ली थी। मुझे लग रहा था पता नहीं अब हम फिर कब मिल सकेंगे।

मैं आरंभ से ही आशु से अगाध प्रेम करती थी। ऐसा होने पर निर्मल प्रेम के पावन पथ पर से मेरे कदम विचलित क्यों होने चाहिए थे।

एपिसोड 12

पापा-मम्मी दोनों मेरे लालन-पालन में अत्यंत सतर्क रहते थे। मेरी किशोरवय में जब सामान्य लड़कियाँ, लड़कों के किस्सों में मजे लेने लगतीं हैं तब मैं उनकी प्रेरणा से पढ़ने, खेलने और घरेलू काम में मम्मी का हाथ बँटाने में व्यस्त रहती थी। मैं लड़कों के संपर्क में नहीं थी या लड़के मुझमें रुचि नहीं लेते थे, ऐसा भी नहीं था। पापा की प्रेरणा से मुझमें बैडमिंटन की रुचि होने के बाद से, वास्तव में मैं स्कूल एवं कॉलेज में लड़कियों से अधिक लड़कों के साथ बैडमिंटन खेला करती थी। लड़कियों का गेम इतना अच्छा नहीं होता था कि मैं उनके साथ खेल कर अपना गेम सुधार सकूँ। जबकि लड़कों से मुझे अच्छी टक्कर मिलती थी, जिससे मेरा गेम सुधरता था। लड़कों से मेरा अभिप्राय खेल तक सीमित था।

स्कूल-कॉलेज में मेरे बारे में मजाक प्रसिद्ध था कि मेरे लिए बैडमिंटन ही लड़का है। किसी लड़की का अपने प्रेमी लड़के से हुआ जैसा प्रेम, मैं बैडमिंटन से करती थी। जब अन्य लड़कियाँ किसी लड़के के संग में अपना सुखद भविष्य देख रहीं होती थीं तब मैं बैडमिंटन के साथ अपना भविष्य सुनहरा मानती थी।

यह मुझमें ईश्वर प्रदत्त प्रतिभा थी कि मैं बिना किसी कोच से ट्रेनिंग लिए स्कूल कॉलेज के लड़कों से अधिक अच्छा खेल लेती थी। जी हाँ! ईश्वर ने मुझे दुनिया में भेजते हुए सोच समझकर मेरे बैडमिंटन में दक्ष होने का भाग्य लिख

दिया था। मुझे आशु भी बैडमिंटन खेलते हुए ही मिले थे।

15 जुलाई 2006

चार दिन आशु से फिर मिलने का कोई संयोग नहीं बना था। मेरी पीठ में लगी अंदरूनी चोट और छिलने के घाव ठीक हो गए थे।

शनिवार सुबह अनु दीदी का कॉल मम्मी के मोबाइल पर आया था। मैं उस समय स्नान कर रही थी। उन्होंने मेरी कुशल-मंगल, मम्मी से जानी थी। उन्होंने यह भी बताया था, आशु आज दोपहर बाद 4 बजे की ट्रेन से हैदराबाद जा रहा है।

मम्मी ने मुझे यह बताया तो मुझे दुःख हुआ था। मैं उनसे बात नहीं कर पाई थी। मैं अपने जीवन में पहली बार पिछले चार दिनों से लगातार उदास रही थी। अगर मेरा वश चलता तो मैं आशु को जाने से रोक लेती या मैं स्वयं भी आज आशु के साथ हैदराबाद जा रही होती।

यह विडंबना होती है, जीवन यथार्थ का किसी व्यक्ति की अभिलाषाओं से हर बार संयोग (Coincidence) हो, संभव नहीं होता है। ईश्वर ने मेरे भाग्य में आशु और मेरा, हैदराबाद में साथ रहने का संयोग लिखा था। तब उसका समय नहीं आया था।

मैं व्यथित थी, पापा भी पिछली रात मेरे दादा-दादी से मिलने गाँव चले गए थे। पापा होते तो मैं उन्हें मनाती कि वे मुझे लेकर आशु को सी ऑफ करने स्टेशन चलते। मुझे पता था, आशु की बात होने से वे इसे मान लेते।

कॉलेज की छुट्टियाँ चल रहीं थीं। फिर भी मैंने एक सखी को बैडमिंटन खेलने के लिए मनाया था। कॉलेज के इनडोर बैडमिंटन कोर्ट में खेलने का मुझे विशेषाधिकार मिला था। मैं जब चाहे जितना चाहे वहाँ खेल सकती थी। मैं दुखी मन से खेलने गई थी। उस दिन गेम पर मेरा ध्यान एकाग्र नहीं हो रहा था। मैं रह रह कर आशु को लेकर सोचने लगती थी। ऐसी दशा में खेलते हुए

मुझे विचार आया था, क्यों ना आशु को सी ऑफ करने मैं एक्टिवा से स्टेशन जाऊँ।

दोपहर का भोजन करते हुए मैंने मम्मी से इस की अनुमति माँगी थी। मम्मी ने डरते डरते हामी भरी थी। मुझे अपना मोबाइल साथ ले जाने के लिए दिया था। कहा था - सोनम, स्कूटी सावधानी से चलाना।

नया हेलमेट लगाकर मैं आशु को सरप्राइज देने के लिए घर से निकली थी। बचत के कुछ सौ रुपए मेरे पास थे, स्टेशन के रास्ते में उससे मैंने जल्दी में बेक्ड मसाला काजू, गिफ्ट में पैक करवाए थे। फिर मिश्रित भाव से मैं एक्टिवा पर जा रही थी।

पिछले छह दिनों में यह तीसरा अवसर था, जब मुझे आशु के दर्शन मिलने वाले थे। बाद का मुझे पता नहीं था कि आशु कब-किस अवकाश में वापस आएंगे। मुझे यह विचार अप्रिय लग रहा था, आज के बाद हो सकता है हमारा मिलना शायद महीनों तक संभव नहीं होगा।

मेरी इच्छा हो रही थी, मैं पापा से कहूँ कि वे मुझे मोबाइल दिला दें। मेरे पास मोबाइल होने पर आशु से मैं थोड़े थोड़े अंतराल एवं अकेले में बात कर सकूँगी। कदाचित् इससे हम में कि दूरी कुछ कम अखरने वाली हो जाए।

मैं इन्हीं विचारों में खोई स्टेशन की तरफ बढ़ रही थी। तब अचानक आकाश में घने बादल घिर आए थे। मैंने घर से आते समय वर्षा के आसार नहीं होने से, रेनकोट नहीं रखा था।

पानी बरसना आरंभ हो गया था। अगर मैं कहीं रुककर वर्षा रुकने की प्रतीक्षा करती तो मुझे आशु की ट्रेन तक पहुँचने में विलंब हो सकता था। मुझे बरसात हल्की लग रही थी। मैं बिना रुके जब स्टेशन की पार्किंग में एक्टिवा खड़ी कर रही थी, तब तक पूरी भीग चुकी थी।

घड़ी में समय 3.20 हुआ था। मैंने आशु को कॉल किया और बताया - मैं

स्टेशन आई हूँ। आप अभी कहाँ हो?

तब आशु आश्चर्य चकित रह गए थे। उन्होंने कहा था - अरे सोनम! यह मैं सोच भी नहीं सकता था, आप प्लेटफॉर्म नं. 2 पर, ए-2 कोच में आ जाओ। हम ट्रेन में बैठ चुके हैं। मैं कोच के सामने ही आपको मिलता हूँ।

मैंने प्लेटफॉर्म टिकट लिया था। फिर मैं तेज कदमों से ओवर ब्रिज की सीढ़ियाँ फलांगने लगी थी। मैं शीघ्र पहुँचना चाहती थी मगर डर भी रही थी। आशु ने 'हम' सर्वनाम का प्रयोग किया था। इसका अर्थ यह हो सकता था, वहाँ साथ में आशु के डैडी-मॉम भी हो सकते थे। वे मुझे ऐसे भीगा हुआ देखेंगे तो क्या सोचेंगे?

मैं कोच इंडिकेटर को देखते हुए ए-2 कोच पर पहुँची थी।

मुझे पूरी तरह भीगे देखकर आशु चिंतित हुए थे, कहा था - सोनम ये आप क्या करती हो? आप इस तरह से तो अपना स्वास्थ्य बिगाड़ लोगी। आप कोच में आ जाओ। देखो! यहाँ सब आपको ही देख रहे हैं।

मुझे लग रहा था कि लोगों के द्वारा मुझे घूरे जाने से आशु चिढ़ रहे थे। आशु ने अपनी बायीं बाँह के घेरे में मेरे कंधों को लिया एवं मुझे अपने पास किया था। वे मुझे ठंडी हवा से बचाना चाहते थे। वे मुझे लेकर कोच में प्रविष्ट हुए थे। भीगे होने से मेरे ठंडे हुए तन पर उनका गर्म स्पर्श मुझे अच्छा लग रहा था। मुझे अपने दाहिने कंधे पर उनके हृदय स्पंदन अनुभव हुई थी।

ऐसे मुझे थामे हुए वे अपनी बर्थ पर ले आए थे। वहाँ अनु दीदी एवं रजनीत बैठीं हुईं थीं। रजनीत ने आशु के सहयात्री लड़के की उपस्थिति को अनदेखा किया और मुझे भीगा हुआ देखकर कहा था - तुम्हारी अभी की दशा में, एक पुराना गीत पुनः जवान हुआ लग रहा है।

अनु दीदी ने उसकी बात में रस लेकर कहा - क्या है वह गाना जरा मुझे गाकर तो सुनाओ।

तब आशु बर्थ के नीचे से अपना सूटकेस निकाल कर उसे खोल रहे थे। रजनीत ने अपना गला ठीक करते हुए गाया था -

"एक लड़की भीगी-भागी सी
सोती रातों में जागी सी
मिली एक अजनबी से
कोई आगे ना पीछे
तुम ही कहो ये कोई बात है"

रजनीत का गायन कल्पनातीत रूप से मधुर एवं अच्छा था। मुझे रजनीत की इस प्रतिभा को जानने का अवसर अनायास मिला था। मुझे उसका यह गाना और यह ताना अच्छा लगा था। हमारे वार्तालाप में रुचि लेकर वहाँ बैठा एक अपरिचित लड़का हँसने लगा था। मुझे उस पर चिढ़ आई थी। मैं लड़की भीगी भीगी तो थी मगर चाहती थी, मेरे इस रूप का दर्शन सिर्फ आशु को मिले।

आशु ने तब तक सूटकेस से अपनी एक विंडचीटर निकाल ली थी। उन्होंने अपने हाथों से वह मुझे पहना दी थी। वह मुझे ढीली एवं लंबी हुई थी। शायद मैं उसमें जोकर लग रही थी। फिर भी यह आशु की थी इससे मुझे आनंद मिल रहा था। आशु की ऐसी चिंता एवं मुझसे प्रेम का अनुभव करके, मेरा मन उनसे गले लगने का हुआ था। उनकी विंडचीटर से मिलती गर्मी मुझे भा रही थी। अब मैंने रजनीत की हँसी ठिठोली में भाग लेते हुए कहा था - मगर रजनीत यहाँ तो आगे पीछे बहुत लोग हैं।

रजनीत कहाँ चुप रहने वाली थी उसने कहा - लो आशु तुम ही देखो, सोनम को तो अनु दीदी और मेरा यहाँ होना अच्छा नहीं लग रहा है।

अनु दीदी ने हँसते हुए कहा - हम न भी हों तो और भी तो कई लोग हैं, यहाँ सोनम के लिए कोई अवसर नहीं है।

आशु ने हँसी ठिठोली का हिस्सा नहीं बनते हुए आज्ञा जैसे देते हुए कहा - सोनम, रजनीत अपने ड्राइवर के साथ स्टेशन आई है। यहाँ से वापस जाते हुए आप अपनी एक्टिवा, इनके ड्राइवर को दीजिए और रजनीत की कार में घर तक जाइएगा। उस समय रजनीत से आप जितने चाहो उतने गाने भी सुन लेना।

आशु के द्वारा आदेशित करना मुझे अच्छा लगा था।

रजनीत अब गंभीर हुई थी उसने कहा - हाँ सोनम यही ठीक रहेगा।

मैंने कहा था - थैंक यू रजनीत।

आशु ने कहा था - सोनम आप ऐसा फिर कभी भीगोगी तो मुझे परेशानी होगी।

मुझे यह भी अच्छा लगा था। मैंने पलकें झुका कर कहा - आशु, मैं ऐसा कभी नहीं करती हूँ। बस आज ही मेरे से रेनकोट भूलने की चूक हुई है। आप बिलकुल परेशान नहीं होना। मैं आगे से अपना अधिक ध्यान रखूँगी।

आशु ने अब मेरे सिर पर थपकी दी थी। मैंने अपने साथ लाया हुआ गिफ्ट पैकेट आशु को दिया था। आशु नानुकर की फॉर्मेलिटी में नहीं पड़े थे। उन्होंने पैकेट सहर्ष ग्रहण किया था।

तब इंजिन ने हॉर्न दिया था। सब उतरने लगे तो मैंने आशु की जैकेट वापस उतारनी चाही थी। आशु ने मुझे रोकते हुए कहा था - आप इसे पहने रहो। मैं कभी बाद में वापस ले लूँगा।

हम नीचे उतरे थे। आशु गेट तक आए थे। ट्रेन रवाना होने लगी तो हम सबने हाथ हिलाकर आशु को बाय किया था। प्लेटफॉर्म पर हम ट्रेन की दिशा में चल रहे थे। ट्रेन ने गति पकड़ी तो आशु क्रमशः दूर होते जा रहे थे। मुझे लग रहा था आशु के साथ मेरे हृदय की धड़कनें जा रहीं हैं। मुझे एक क्षण को लगा था मेरे हृदय की स्पंदन रुक रहीं थीं।

एपिसोड 13

अक्टूबर 2020

उम्र हमारी बहुत नहीं हुई थी आशु 36 के और मैं 34 की ही हुई थी। मगर पिछले लगभग 14 वर्ष के विवाह पूर्व एवं बाद के हर दिन को हमने जीवंत करते हुए मधुरता से जिया था।

मैं सोच रही थी, पिछले डेढ़ वर्षों में यह हमारा दुखद यथार्थ था, हमारे बीच में आशु, ऐश्वर्या को और मैंने देवांश को ला दिया था।

आरंभ के पाँच वर्षों में हम दूर रहते थे। इन दूरियों में भी हमारे हृदय के अदृश्य तार जुड़े रहे थे। हमें अपनी दो निराकार आत्माओं के मध्य कोई दूरी नहीं लगती थी। जब हम साक्षात् एक दूसरे से मिलते तो हम में कुछ न कुछ ऐसा होता कि हमारे मन से मन को जोड़ने वाले अदृश्य तार अधिक मजबूत होते जाते थे।

एक संक्षिप्त परिचय से आरंभ हुआ हम में संबंध, कुछ माह में ही प्रगाढ़ प्रेम में परिवर्तित हुआ था। यह प्यार साढ़े चार वर्ष में निरंतर और अधिक प्रगाढ़ होते गया था। अंततः प्रथम परिचय के पाँच वर्ष पश्चात् हम परिणय सूत्र में आबद्ध हो गए थे।

21 फ़रवरी 2011

हमारी मधु-यामिनी की रात वह प्रथम अवसर हुई थी। जिसमें हृदय के तार जुड़ने के बाद हमारे तन एकाकार होने वाले थे। अपनी मधु-यामिनी को हम, कुछ अलग करते हुए विशेष बना रहे थे। हमारे तय एजेंडे के बाकी बिंदुओं अनुसार अपनी अपनी मन की करने के बाद, वह घड़ी भी आ गई थी तब तय अनुसार हम पति-पत्नी के संबंध की पूर्णता के लिए तैयार थे।

इसे निराला बनाने के लिए, आशु के सामने मैंने एक प्रस्ताव रखा था, क्यों ना! अभी हम में होने वाले प्रणय संबंध को हम एक बैडमिंटन मैच जैसा रूप दें।

आशु ने प्रस्ताव को सहमत करते हुए कहा था - आप जो चाहो मैं उसके लिए तैयार हूँ मगर यह कैसे होगा मुझे स्पष्ट समझाओ ताकि आपके चाहे अनुसार मैं अपनी भूमिका निभा पाऊँ।

मैंने हँसते हुए कहा था - एकल बैडमिंटन मैच में दोनों साइड के कोर्ट में दो प्लेयर होते हैं। उनके हाथ में रैकेट होते हैं। रैकेट से वे शटल को एक दूसरे के कोर्ट में डालकर दूसरे को उसकी लौटाने की चुनौती देते हैं। हमारी इस सुंदर, कोमल, सजी हुई मधु-यामिनी शय्या को आप एक बैडमिंटन कोर्ट जैसा समझिए। जिसमें एक तरफ प्लेयर आप, दूसरी तरफ मैं हूँ। बैडमिंटन में प्लेयर सिर्फ एक एक रैकेट से खेलते हैं। जबकि हमारे इस खेल में, जिससे खेला जा सकता है वैसे हमारे अंग-प्रत्यंग के रूप में एकाधिक रैकेट्स हैं। और हम में शटल, 'वह भावना' होगी जिसमें हम एक दूसरे को अपनी तरफ से अधिकतम सुख देना चाहते हैं। वही शटल हमें परस्पर एक दूसरे के तरफ वापस करनी है।

आशु यह सुनकर प्रसन्न हुए थे। उन्होंने कहा था - सोनम मैं समझ गया। यह मैच बैडमिंटन से इस भाव में भिन्न होगा कि इसमें हम एक दूसरे से सुख

प्राप्त करने को नहीं, अपितु सुख प्रदान करने को प्रधान करने वाले हैं। अपने बीच खेले जा रहे इस मैच में, हम एक दूसरे को हराने वाले नहीं बल्कि जिता देने वाले होंगे।

तब सोनम ने कहा था - मेरे प्रियतम, आपने तो जितना मैं समझ रही थी उससे भी अधिक समझ लिया है।

आशु ने कहा था - जी हाँ मेरी प्रियतमा अगर मैं आपकी अनकही को भी समझ नहीं पाऊँ तो आपका प्रियतम कैसे बन पाऊँगा।

सोनम ने कहा था - आशु, आपने तो खेल आरंभ की घोषणा के पहले ही खेलना प्रारंभ कर दिया है।

आशु ने कहा - हाँ इस खेल की हमने बहुत प्रतीक्षा कर ली है अब मुझे और धैर्य नहीं रहा है।

मैंने कहा - नहीं नियम पालन के लिए थोड़ा धैर्य और रख लीजिए। हम टॉस करते हैं। जो जीतेगा उसे पहले सर्विस करनी होगी।

हम में जो खेल होने जा रहा था उसमें इस 'सर्विस' शब्द का वास्तव में, सही अर्थ दूसरे की 'सेवा' होने जा रहा था।

हम में आशु के पास उपलब्ध गोल्ड कॉइन से टॉस किया गया था। टॉस जीतकर मुझे प्रथम सर्विस का अवसर मिला था। हम में यह एक और भिन्न बात हो रही थी जो हमें अन्य नव युगल से अनूठा बना रही थी। वास्तव में हमारी संस्कृति में प्रणय संबंध की पहल पति की ओर से की जाती है जबकि हम में हुए टॉस को जीतने के कारण, पहल मुझे करनी थी। यह मेरा ही प्रस्ताव था अतः मुझे नियम पालन करना था। मुझे आरंभ समर्पण से नहीं संचालन से करना था।

प्रणय संबंध में ऐसा करने पर पति को पत्नी के चरित्र पर संदेह होता है मगर मेरे लिए ऐसी समस्या नहीं थी। हम पाँच वर्ष से परस्पर घनिष्ठ रहते हुए जानते थे कि हम आपस में निष्ठावान (Loyal) हैं।

अब क्या था, मैंने आशु के शरीर पर वस्त्रों की परत क्रमशः हटानी आरंभ करते हुए, (भावना) शटल आशु के तरफ खेल दी थी। उन्होंने मेरी ही तरह, अब मेरे तन से वस्त्रों की एक आवरण परत हटाई थी।

फिर तो तन्मय होकर हमने सधैर्य शरीर के ऊपर की ही सारी नहीं, बल्कि शरीर की अंदरूनी भी सभी परतें क्रमशः खोलीं थीं। हमने कभी किसी से यह ना तो किया था और ना ही किसी अन्य के साथ यह करने की कामना ही की थी। फिर भी विवाह के पूर्व इस बारे में (Theory) पढ़ा बहुत था। हमें इस विषय का जितना भी ज्ञान था उसका प्रयोग (Practical) हम पहली बार कर रहे थे।

प्रथम प्रयास में ही हमने मधु-यामिनी पर व्यावहारिक रूप से परस्पर वह सब कुछ प्रदान किया था जो शायद अच्छे अनुभवी भी नहीं कर पाते हैं। हमने प्रदान करने की भावना से सब कुछ किया था, जिससे हमें अनायास ही ऐसा सुख प्राप्त हुआ था जो शरीर एवं आत्मा के सभी प्रदेशों के, पोर पोर को तृप्त कर रहा था। जब अपनी मधु-यामिनी पर हम सोने जा रहे थे। तब तक सूर्यदेव ने अपनी किरणें बिखेरना आरंभ करते हुए, भोर की घोषणा कर दी थी। उस समय घर के दूसरे सदस्य जागना प्रारंभ कर रहे थे।

मानसिक स्तर पर आपसी संबंधों की नींव 5 वर्ष में मजबूत हुई थी। उस बुनियाद को हमने शारीरिक संबंधों के माध्यम से सुदृढ़ीकरण (Reinforcement), अपनी मधु-यामिनी पर कर लिया था।

हम अगले दिन 1 बजे तक सोए रहे थे। मेरे ससुराल, जिसे ससुराल कहने की अपेक्षा मेरा घर कहना अधिक उपयुक्त होगा, का वातावरण सुलझी एवं

नई सोच का था। हमारे स्वयं उठने तक किसी ने भी, किसी भी तरह से हमें जगाने का प्रयास नहीं किया था।

~~

आशु के मिल जाने से मैं अपने भाग्य को सराहते हुए नहीं थकती थी। दूर दूर तक कोई संभावना दिखाई नहीं देती थी कि हम में टकराव की परिस्थितियां कभी बन सकती हैं।

दूरी को सैटेलाइट्स (Satellites) ने तो इतना पास बना दिया है कि हम सहस्त्र मीलों दूर के दृश्य स्पष्ट देख सकते हैं। फिर भी काल अंतर में क्या होगा इसका सही अनुमान लगा पाना अभी भी कठिन होता है। विवाह के सिर्फ नौ वर्ष बाद यह स्थिति निर्मित होगी मैं और शायद आशु ने भी कभी नहीं सोचा था।

जब हमारे संबंध की बुनियाद इतनी सुदृढ़-सशक्त थी तब मैं सपने में भी विचार नहीं कर सकती थी कि हमारे संबंध, विवाह के थोड़े ही वर्षों में ही ढहने की स्थिति में आ सकते हैं।

जुलाई 2006

मैं सोचती हूँ कि मैंने तो जीवन मार्ग पर हर पग सोच विचार के पूर्ण सावधानी सहित रखे थे। मैंने भगवान पर पूर्ण श्रद्धा रखी थी। मेरे मन में कुछ अंधविश्वास भी बन गए थे।

जॉब जॉइन करने के बाद हैदराबाद पहुँचे आशु ने अगले दिन ही कॉल करके वहाँ के समाचार बताए थे। तब मम्मी किचन में मुझसे दूर थी। इसे सही अवसर देखकर मैंने साहस करके आशु से कह दिया था - आप दूर चले गए हैं, मेरा मन उदास रहता है।

तब आशु ने कहा था - लगता है अभी तक आपने गिफ्ट खोल के नहीं देखी है। सोनम, मुझे लगता है गिफ्ट देखकर आपकी यह उदासी दूर हो जानी चाहिए।

मैंने सोचा कौन सी वस्तु उसमें होगी जो आशु से विरह की मेरी वेदना को कम कर सकती है।

मैंने अपने ह्रदय की बात आशु से कह दी थी - आपकी यह पहली गिफ्ट है। मैंने तय किया है कि मैं पहले शिव मंदिर दर्शन करने जाऊँगी, तब उसे साथ मंदिर ले जाऊँगी। गिफ्ट सहित मैं शिव-पार्वती जी के चरणों में प्रणाम करुँगी और तब घर आकर गिफ्ट खोलूँगी। आप मेरे अन्धविश्वास पर हँसना नहीं। मैं सभी जतन करुँगी कि हम में मधुरता सदैव बनी रहे।

आशु ने कहा था - ठीक है जो करने से आपको प्रसन्नता मिलती है, आप वही करना मगर मंदिर अकेले नहीं जाना। अंकल-आंटी के साथ ही जाना।

मैंने कहा था - पापा अभी वापस नहीं आए हैं। कल मैं मम्मी को साथ लेकर शिव मंदिर जाऊँगी।

आशु ने कहा था - हाँ यह ठीक रहेगा।

अगले दिन मैंने मम्मी से कहा था। वे मेरे साथ एक्टिवा से मंदिर गईं थीं। मैंने गिफ्ट अपने पर्स में रखा था। वहाँ मैंने पर्स कंधे पर टाँगे हुए ही श्रद्धा से दर्शन किए थे।

घर लौटने पर मैंने मम्मी से कहा था - अनु दीदी का उपहार मैंने अभी तक खोल कर नहीं देखा है।

मम्मी ने कहा था - वह ले आओ हम अभी खोल कर देखते हैं। तुमने अब तक इसके लिए अनु को धन्यवाद भी नहीं किया है। मुझे यह बात ठीक नहीं लग रही है।

मैंने गिफ्ट तब मम्मी के सामने ही खोला था। उसमें एक सुंदर स्काय ब्लू कलर का नोकिया का स्लीक मोबाइल फोन था। यह मूल्यवान गिफ्ट देखकर हम दोनों चौंक गए थे। मम्मी ने कहा - यह मोबाइल तो महँगा वाला लगता है।

मैंने कहा - मेरी एक फ्रेंड के पास इससे कम मूल्य वाला नोकिया है। वह 8000 रुपए का है। यह तो उससे भी अधिक का है।

आशु ने कहा था, 'आपकी उदासी दूर हो जाएगी', उसका अर्थ मुझे अब समझ आया था। मेरे पास फोन होने पर आशु और मैं आसानी से बात कर पाएंगे। इससे निश्चित ही मेरी उदासी काफी सीमा तक दूर हो सकेगी।

एपिसोड 14

प्रायः देखने में आता है, जब हम किसी के प्यार में मर रहे होते हैं तब अगर उसके साथ कोई योग्य/सुंदर व्यक्ति दिखाई पड़ता है तो हमें संदेह होता है, उनमें प्यार तो नहीं है। जिसे हम अपना स्वीटहार्ट मानते हैं, वह उससे तो प्रेम नहीं करता है।

आरंभिक छह माह तक आशु एवं मेरे परिचय को हम आकर्षण कह सकते थे। प्रेम का पौधा निःशक्त था। वह विपरीत परिस्थितियों में मुरझा सकता था।

हम किन से मिलते बात करते हैं, इस बारे में कुछ नहीं जानते थे। मुझे मेरा पता था कि जिस प्रेममय दृष्टि से मैं आशु को देखने लगी थी, उस दृष्टि से मैंने कभी किसी अन्य को नहीं देखा था।

उस दिन आशु के घर से लौटते हुए, आशु ने मुझसे कहा था - 'सेम हियर, सोनम', तब मुझे लगा था कि आशु भी मुझे मेरी तरह ही प्यार करने लगे हैं।

मैं एक्सीडेंट एवं छेड़खानी का शिकार हुई थी। आशु के कहने पर ही परमजीत सर, से सहायता की अपेक्षा से मिलने गई थी। वहाँ मैंने उनकी अत्यंत रूपवान बेटी रजनीत को देखा था। उसे देख कर मेरे मन में तीन विचार आए थे -

पहला यह कि यथार्थ में भी कोई लड़की साक्षात एक 'सौंदर्य प्रतिमा' जैसी हो सकती है। दूसरा यह कि अगर मैं लड़का होती तो निश्चित ही रजनीत की सुंदरता पर मुग्ध होकर उसे प्यार करना चाहती। तीसरा यह कि जिस तरह रजनीत ने आशु से गले लग कर उसके गाल पर चुंबन लिया था, उसे देखने से किसी को उनमें प्यार प्रतीत हो सकता था।

मेरा परमजीत सर से मिलने का अभिप्राय, अपने लिए सुरक्षा का था। वह सिद्ध हुआ प्रतीत हुआ था। पहली बार की भेंट में रजनीत मुझसे सस्नेह मिली थी। वहाँ रजनीत के पापा-मम्मी ने भी उसी पाश्चात्य शैली से किस करते हुए आशु का स्वागत किया था। मुझे रजनीत के द्वारा यही करना, उसके द्वारा आशु का स्वागत करना ही समझना चाहिए था। आशु स्वयं ही मुझे वहाँ ले गए थे। मुझे आशु के प्रेम पर कोई संदेह नहीं होना चाहिए था।

मेरे नवयुवा मन में वह परिपक्वता नहीं आई थी कि मैं आशु के चाहने पर ही उसे अपना बनाने की कामना करूँ। पहले पहले अनुभव हुए, अपने प्यार के लिए मुझमें यह धैर्य नहीं था। मैं प्रेम दोतरफा और प्रगाढ़ होने पर ही मैं आशु को पाने की प्रतीक्षा नहीं कर रही थी। मेरा मन उस समय चाहता था, यदि आशु रजनीत या किसी अन्य लड़की को चाहते भी हों तो मैं उस लड़की से छीन कर उन्हें अपना बना लूँ।

अगले चार दिन तक मैं संशय में पड़ी रही थी। कभी मुझे लगता कि आशु का व्यवहार एवं मुझसे यह कहना 'सेम हियर, सोनम', मेरे से उनके प्रेम का प्रमाण था। कभी मुझे शंका होने लगती कि इतने धनी परिवार का लड़का, मेरे अच्छे बैडमिंटन खेलने मात्र से मुझे कैसे प्रेम कर सकता था। मुझे लगता कि मुझसे ऑटोग्राफ लेना आशु का मात्र मेरे खेल का प्रशंसक होना हो सकता था। शिव मंदिर से मेरे घर तक कार में छोड़ना, उनकी सहृदयता हो सकती थी। अपने घर में मुझसे अच्छा व्यवहार, गिफ्ट और 'सेम हियर' कहना उनमें आतिथ्य गुण हो सकता था।

मेरा मस्तिष्क बताता प्रतीत होता - सोनम, तू छोटी छोटी बातों को बढ़ा चढ़ा के सोचते हुए आशु के प्रेम भ्रम में पड़ रही है। अगर आशु तुझसे प्यार करते तो कभी, कहीं तो तुझसे अकेले मिलने का प्रयास करते!

बैडमिंटन कोर्ट में उन्होंने ऑटोग्राफ लिया वह तो चैंपियन बनी लड़की से कोई भी ले सकता था। मैं सोचती कि उनसे मिलाने के लिए हाथ तो मैंने ही बढ़ाया था। फिर जब उनके हैदराबाद जाने के बारे में पता चला तो मैं स्वयं ही तो उनके घर मिलने जा पहुँची थी। उन्हें सी ऑफ करने मैं अपनी तरफ से ही स्टेशन गई थी।

यह सोचने के उपरान्त भी मैं प्रेम में पहल का आरोप अपने पर नहीं लेना चाहती थी। मैं यह सोचने लगती कि प्रेम आखिर होता कैसे है! लड़का-लड़की में से कोई एक पहल करता है, उसके प्रयास करने से दूसरे को भी उससे प्यार हो सकता है। मेरी सभी पहल, आशु के हृदय में अपने लिए प्रेम बीज बो देने की थी।

शायद इससे ही आशु को भी प्रेम अनुभूति हुई थी। आशु ने मुझे गिफ्ट दिया था। चार दिन बाद प्रेम वशीभूत मैं उन्हें सी ऑफ करने गई तब रजनीत को आशु के साथ देख कर मेरे मन में पुनः संदेह उत्पन्न हुआ था।

आशु ने मुझे भीगे वस्त्रों में देखकर, रजनीत के साथ जैसी आत्मीयता प्रदर्शित की थी। आशु ने मुझे कंधे से पकड़कर अपने हृदय से लगाया था। अपनी विंडचीटर मुझे पहनाई थी। इससे क्या यह सिद्ध नहीं होता था कि आशु मुझे रजनीत जैसा ही ट्रीट कर रहे थे।

अगर वे मुझसे प्रेम अनुभव करते हैं तो रजनीत से मुझसे भी पहले से प्रेम करते हो सकते थे और अगर वे रजनीत से प्रेम नहीं सिर्फ फ्रेंडशिप रखते हैं तो मेरे से उनका व्यवहार भी एक फ्रेंड से अधिक का नहीं था।

मेरे मन में जब तक यह प्रेम अनुभूति नहीं थी तब तक मैं एक बिंदास लड़की थी। जैसे ही मेरे हृदय में यह उत्पन्न हुई, मैं ऐसे अनेकों ऊहापोह में रहने लगी थी।

सी ऑफ करने के लिए स्टेशन जा रही थी तब अचानक हुई बरसात ने पहले तो मुझे परेशान ही किया था। फिर जब मैं आशु के सामने पहुँची थी तब मुझे इस विचार ने आनंदित किया था कि भीगे वस्त्रों में आशु यह सरलता से देख सकते थे कि मुझमें क्या नहीं था। मेरे ऐसे रूप को अन्य लोगों के द्वारा निहारा जाना आशु को सहन नहीं हो रहा था। उन्होंने मुझे इस भावना से अपने समीप किया था कि जितना संभव है उतना दूसरों की दृष्टि से मेरे रूप को छुपा लें। इस तरह उन्होंने अनायास ही मुझे अपनी एक जैकेट का उपहार दे दिया था।

मुझे मेरे इस विचार ने सुखद अनुभूति प्रदान की थी कि यह जैकेट मेरे आशु ने कई बार स्वयं पहनी थी। उस दिन जब मैं घर पहुँची थी तब इस तरह भीगने के कारण मुझे अपनी मम्मी से डाँट भी मिली थी। उन्हें मेरे रेनकोट बिना लिए घर से जाने के कारण गुस्सा आ गया था। मम्मी ने कहा था - सोनम, अनायास ही सही मगर पूरे रास्ते अपने तन का ऐसा प्रदर्शन, तुम्हारे साथ हमें भी भारी पड़ सकता है। अभी ही एक आदमी ने तुमसे छेड़खानी की थी। ऐसा करोगी तो और कुछ लोग करने लगेंगे। ऐसा हुआ तो हम सब पर विपत्ति आ जाएगी।

मैं मन ही मन आनंदित हो रही थी। मैंने प्रकट में खेद दिखाते हुए कहा था - मम्मी अब मैं आगे से सावधान रहूँगी। अभी के लिए मुझे क्षमा कर दो।

मम्मी का गुस्सा इससे शांत नहीं हुआ था, वे जैसे स्वयं से कह रहीं थीं - राम राम, पता नहीं आशु ने इस तरह इसे देखा होगा तो उस पर इसका क्या इम्प्रेशन पड़ा होगा।

मैं कपड़े लेकर वॉशरूम में आ गई थी। मम्मी की चिंता से मुझे यही समझ आ रहा था कि मन ही मन उन्होंने और पापा ने, आशु से मेरे विवाह का जो सपना देखना आरंभ किया है, वह मेरी भूल से साकार होने से रह नहीं जाए।

मुझे लग रहा था आशु को इस तरह रूप दर्शन कराने के बाद उनकी मेरे लिए आसक्ति में वृद्धि ही हुई है। स्नान करते हुए मैं यह सोच कर प्रसन्न हो रही थी कि आशु की यह जैकेट अब मैं उन्हें कभी नहीं लौटाऊँगी। मैं हमेशा इसे अपने पास आज के दिन की एक मधुर स्मृति की तरह रखूँगी।

आज के दिन की एक उपलब्धि और रही थी कि मेरा संशय जाता रहा था कि आशु रजनीत को प्यार करते हैं। स्टेशन से वापसी में आशु ने जो व्यवस्था तय की थी उस अनुसार मेरी एक्टिवा लेकर रजनीत का ड्राइवर, कार के पीछे चल रहा था। रजनीत एवं मैं, रजनीत की कार में थे जबकि अनु दीदी अपनी कार में थीं। हम आगे पीछे रहकर स्टेशन से लौट रहे थे। थोड़ी दूर चलने पर रजनीत एवं अनु दीदी की कार अलग अलग रास्ते पर चली गईं थीं।

रजनीत ने कार ड्राइव करते हुए मुझसे कहा था - सोनम, लगता है आशु तुमसे प्रेम करने लगा है।

यह सुनकर मैं आनंदित हुई थी। मैंने अपने भाव छुपाकर पूछा था - आपको ऐसा क्यों लग रहा है?

रजनीत ने बताया था - जिस ढंग से वह सबकी दृष्टि से आपको बचाना चाह रहा था और जिस प्रकार उसने अपनी विंडचीटर आपको पहनाई थी, उससे मुझे ही नहीं अनु दीदी भी यह समझ रही होंगी। अगर तुम डंब नहीं हो तो तुम्हें भी समझ आ रहा होगा। क्या तुम्हें यह समझ नहीं आया है?

मैंने हँसते हुए कहा था - रजनीत, मैं बैडमिंटन तो अच्छा खेलती हूँ मगर इस प्यार व्यार के मामले में डंब लड़की ही हूँ।

रजनीत ने फिर पूछा था - अगर आशु तुमसे प्यार करता हो तो क्या तुम भी उसे प्यार नहीं करना चाहोगी?

मैंने उल्टा प्रश्न किया था - रजनीत यही प्रश्न मैं तुमसे करूँ तो तुम्हारा उत्तर क्या होगा।

रजनीत ने कहा - बड़ी स्मार्ट हो सोनम, मेरे प्रश्न में तुमने मुझे ही उलझा दिया है। तो भी मैं अपने मन की तुम्हें बताती हूँ। आशु जैसे हजारों में एक लड़के को कौन लड़की होगी, जो प्यार करना नहीं चाहेगी लेकिन मैं चाहूँ भी तो ऐसा नहीं कर सकती हूँ।

मैंने पूछा था - ऐसा क्यों?

रजनीत ने बताया - ऐसा इसलिए कि हम बचपन से मिलते आए हैं। आशु का मुझसे स्नेह भी बहुत है मगर उसकी दृष्टि वैसी प्रेम वाली नहीं है जैसे दो प्रेमियों में होती है। (कुछ क्षण चुप रहने के बाद) फिर मुझसे पूछा - आशु के बारे में तुम क्या सोचती हो?

मैंने कहा - मैं तुम्हारी ही बात दोहराती हूँ "कि आशु जैसे हजारों में एक लड़के को कौन लड़की होगी जो प्यार करना नहीं चाहेगी" मगर ...

रजनीत ने पूछा - मगर क्या?

मैंने कहा हमारी आर्थिक स्थिति एवं पारिवारिक प्रतिष्ठा में बहुत भिन्नता है। अगर मैं आशु से प्यार करूँ तो उसका परिणाम अपूर्ण रह जाने वाला होगा।

तब मेरा घर आया था। रजनीत को बाय करते हुए मैं कार से उतरी थी। मैंने पीछे आ रहे ड्राइवर से अपनी एक्टिवा ली थी।

रजनीत चली गई थी मगर हम में मित्रता हो चुकी थी।

एपिसोड 15

पापा, दादा-दादी से मिलकर गाँव से लौट आए थे। चाय पीते समय, मम्मी ने मेरे सामने ही उन्हें बताया था - उस दिन सोनम, अनु से मिलने गई थी तब अनु ने उसे गिफ्ट दिया था। सोनम ने कल गिफ्ट खोला था। उसमें अत्यंत मूल्यवान मोबाइल फोन है। क्या हमें इतना बहुमूल्य उपहार लेना चाहिए?

पापा ने विचार करते हुए कहा - हाँ अंजलि तुम ठीक कह रही हो। हम चाहें भी तो किसी बहाने से ऐसी कोई मूल्यवान वस्तु अनु या आशु को नहीं दे पाएंगे। फिर भी मैं सोच रहा हूँ, सोनम के पास अब मोबाइल फोन होना चाहिए। वह कॉलेज या किसी कारण से बाहर होती है तब हम उससे बात करते हुए, चिंता मुक्त रह सकते हैं।

मम्मी ने कहा था - पहले आप ही कहते थे, 'अभी सोनम को मोबाइल देने से उसका ध्यान पढ़ाई और खेल से भटक सकता है'।

पापा ने मेरी ओर स्नेह से देखते हुए कहा था - हाँ अंजलि, मैं लड़के-लड़कियों के पास मोबाइल होने के बारे में अब भी यही सोचता हूँ मगर मुझे हमारी बेटी पर विश्वास हुआ है। हमारी सोनम मोबाइल का प्रयोग अच्छी बातों के लिए ही करेगी।

मैं पापा की तरफ देखकर मुस्कुराई थी मगर कुछ कहा नहीं था। मैं ऊपर से स्वयं को भावरहित दिखा रही थी मगर मैं इस मोबाइल फोन को किसी भी कारण से खोना नहीं चाहती थी। मुझे पापा इसी पक्ष में प्रतीत हो रहे थे। मैं इन

दोनों की बात आगे भी सुनना चाहती थी।

तब मम्मी ने कहा था - आप ऐसा सोचते हैं मगर कभी कभी सोनम के काम मुझे चिंता में डाल देते हैं। पिछले शनिवार इसने आशु को सी ऑफ करने स्टेशन जाने की इच्छा की थी। आप शहर में नहीं थे तब भी मैंने मन रखने के लिए इसे अनुमति दी थी। यह रेनकोट ले जाना भूल गई और रास्ते में बरसात मिलने पर भी यह भीगते हुए स्टेशन गई और भीगे वस्त्रों में, जिसमें इसके अंग-प्रत्यंग झलक रहे थे, घर लौटी थी। ऐसा तन झलकाते हुए इसका पूरे शहर में घूमना मुझे अच्छा नहीं लगा है। इससे तो इस पर लांछन लग सकते हैं, फिर हमें ही इसके विवाह के लिए परेशान होना पड़ेगा।

मुझे मम्मी की चिंता तो उचित प्रतीत हुई थी मगर यह मेरी शिकायत थी। इससे मुझे बुरा लगा था। मैंने प्रतिकार करते हुए पापा को बताया था - पापा, वापसी में मैं रजनीत की कार में घर आई थी और स्टेशन पर मुझे सर्दी न लग जाए, इस विचार से आशु ने अपनी एक जैकेट दे दी थी।

पापा ने मुझे स्नेह से देखा तो मैंने सिर झुका लिया था। पापा ने चाय पीते हुए उन्हें क्या कहना है, इस बारे में विचार किया था। विचारोपरांत उन्होंने कहा - देखो अंजलि अगर सोनम वर्षा रुकने की प्रतीक्षा में कहीं खड़ी होती तो आशु की ट्रेन छूट जानी थी। फिर तुम यह भी सोचो कि किसी लड़की पर बुरी दृष्टि रखने वाले लोग, मेरे जैसे (हम) पुरुष ही तो होते हैं। बच्ची के विवश होने पर, हमारे दोष के लिए हमें बुरा नहीं बता करके, निर्दोष बच्ची की निंदा करना ठीक चलन नहीं है।

पापा ऐसा सोचते हैं यह मुझे पहली बार पता चला था। मुझे यह चर्चा अच्छी लग रही थी।

मम्मी ने अपने पक्ष पर ही जोर डालते हुए कहा था - उस बुरे या अच्छे चलन पर मेरा वश नहीं है, मेरा वश तो सोनम पर चलना चाहिए। वह भी अब नहीं चल पा रहा है। मुझे अपने से अधिक इसकी चिंता होती है। इसके साथ

कभी कुछ बुरा हुआ तो समाज दोष मुझ पर ही डालेगा कि मैं मूर्ख माँ, अपनी इकलौती बेटी को भी नियंत्रण में नहीं रख सकी।

यह बात पापा को अच्छी नहीं लगी थी। प्रतिक्रिया में उनका स्वर कुछ ऊँचा हुआ, कहा था - अंजलि एक बात के लिए तुम्हारा इतना बखेड़ा खड़ा करना ठीक नहीं है। सोनम ने ऐसा क्यों किया तुम थोड़ा इस पर विचार तो करो।

मम्मी ने शिकायती भाव भंगिमा में ही प्रश्न किया - आप ही बताओ, मैं इसमें क्या विचार करूँ?

पापा ने पुनः मेरे पर दृष्टि डाली थी। शायद वे सोच रहे थे जो मुझे अच्छा लगे उन्हें वह कहना चाहिए। उन्होंने कहा था - अनु एवं आशु का स्नेह ही शायद सोनम को स्टेशन की तरफ खींच रहा था। अगर कोई हमसे ऐसा अनुराग रखता है तो क्या हम उसकी तरफ खिंचे नहीं चले जाते हैं। सहज स्वाभाविक रूप से सोनम के साथ यही हो रहा है तो हमें यह समझना चाहिए।

मम्मी ने कहा - आशु धनवान परिवार का है। मोबाइल देकर अगर अनुगृहीत अनुभव कर रही सोनम से वह बुरी बातें करने लगा और बाद में इसे अलग कर दिया तो क्या हमारे पास पश्चाताप के अतिरिक्त कोई विकल्प होगा?

अब पापा ने अपनी वाणी में मिश्री घोलते हुए और शायद मम्मी को अपने एवं मेरे पक्ष में करने की भावना से कोमलता से कहा - अंजलि, अब तुम्हें यह पहचान तो होनी चाहिए कि आशु हमें हानि पहुँचाने वाला लड़का नहीं है। वह प्रतिष्ठित परिवार का, अच्छे जॉब में लगने के साथ, अपने उत्तरदायित्व को समझने वाला अत्यंत योग्य लड़का है। उसने तो हर अवसर पर हमारी सहायता ही की है। महा शिवरात्रि के दिन कार से घर तक छोड़ा था। सोनम की सुरक्षा के लिए हमें एस पी साहब से उनके घर ले जाकर मिलवाया था। मुझे तो लगता है वह सोनम से प्रेम करता है। अगर ऐसा है तो सोचो क्या हमें अपना दामाद

ऐसा ही कोई सुयोग्य लड़का नहीं चाहिए होगा।

मम्मी अब नरम पड़ती दिखाई दी थीं। उन्होंने कहा - जी क्यों नहीं, मुझे भी आशु प्रिय है मगर मैं डरती हूँ। आशु या कोई अन्य, सोनम से खिलवाड़ करके इसे इसके बुरे हाल को भुगतने के लिए अकेला न छोड़ दे।

मैं अब सहज हुई और आनंद अनुभव कर रही थी। मैं नहीं जानती थी अब आगे जो होने वाला है वह मेरी कठिन परीक्षा सिद्ध होगा।

पापा ने मम्मी की शंकाओं के समाधान की दृष्टि से कहा था - अंजलि, सोनम तुम्हारी सब चिंताएँ सुन रही है। अब तुम्हारे मन के प्रश्न और शंकाओं का उत्तर, हम सोनम से ही लेते हैं।

फिर मेरी ओर देखते हुए पापा ने मुझसे कहा - सोनम, तुम ही अपनी मम्मी को बताओ कि तुम आशु को कब से जानती हो? कितनी बार उससे मिली हो? और जब भी मिली हो तब आशु का तुम्हारे साथ व्यवहार कैसा रहा है?

ऐसा कह कर पापा उठने लगे थे जैसे कि वे चाहते हों मैं सहजता से मम्मी को अकेले में सब बताऊँ।

मम्मी ने उन्हें रोकते हुए कहा था - अजी! आप कहाँ जा रहे हैं, आप को भी तो सोनम से यह सब सुनना चाहिए।

मैं ऐसी स्थिति में फँस जाऊँगी सोच भी नहीं सकती थी। मैं इस स्थिति का सामना करने को तैयार नहीं थी। मुझे ऐसा लग रहा था जैसे बैडमिंटन मैच में, मैं प्रतिद्वंदी खिलाड़ी के सामने कड़े संघर्ष को बाध्य हुई थी। मुझे वही विचार आया था जो खेलते हुए ऐसे अवसर पर आता था, मुझे हर हालत में मैच जीतना ही है।

मम्मी के कहने पर पापा वापस बैठते दिखे थे। पापा के विचार के विपरीत मैं मम्मी के सामने, उनकी उपस्थिति में ही अधिक सहज अनुभव कर रही थी। मुझे लग रहा था मुझे, पापा मेरी मम्मी से अधिक समझ रहे हैं।

पापा बैठ गए थे। मैं सोच रही थी अपने आशु से प्यार के बारे में मम्मी-पापा को बता देने का यही सुनहरा अवसर है। मैं सोचने लगी थी कि मुझे कैसे और क्या क्या बताना चाहिए।

तभी मम्मी ने कहा - सोनम तुम चुप क्यों बैठी हो, जो पापा ने कहा है वह अब बताओ हमें।

मुझे लगा आज के वार्तालाप में यही उनके मन की हो रही थी। मैंने मन ही मन तय किया कि मुझे कुछ नहीं छुपाना, सब कुछ सत्य और सहज इन्हें बता देना है। मेरे सबसे बड़े हितैषी यही दोनों हैं। यही किसी भी कठिनाई से निपटने के लिए आजीवन मेरा साथ देंगे।

तब मैंने कोर्ट पर ऑटोग्राफ वाली घटना से लेकर, शिव मंदिर में आशु को देखने के बाद मेरे मन में आई कामनाओं को विस्तार से सुनाया था। इससे स्पष्ट होता था कि आशु के मन में क्या है उसकी तो मुझे जानकारी नहीं मगर मेरे हृदय में भावनाओं रूपी कौनसा बीज प्रस्फुटित हुआ है, उसकी जानकारी मुझे हुई थी। फिर मैंने यह बताया था कि जब मैं लंच पर आशु के घर गई थी तब वहाँ क्या क्या हुआ था। आशु ने मुझे वहीं गिफ्ट भी दिया था। फिर लिफ्ट से पार्किंग में आने से लेकर अपनी कामनाएँ, उससे मेरी आँखों में आँसू छलक आना और विदा लेते हुए मुझे सुनाई दिए आशु के शब्द 'सेम हियर, सोनम' भी कह सुनाए थे।

इतना कहकर मैंने यह भी बताया कि इन्हीं शब्दों से मुझे इस बात की पुष्टि हुई थी कि मुझे लेकर आशु के हृदय में भी वही चल रहा है, जो मेरे हृदय में आशु के लिए चलता है।

अंत में मैंने मेरे स्टेशन पहुँचने की बात सविस्तार बताई थी और यह कहते हुए बात पूर्ण की थी - मम्मी, कुछ थोड़े से मिनट लिफ्ट से साथ चलते हुए पार्किंग तक पहुँचने के अतिरिक्त, अब तक मैं अकेले में कहीं भी आशु से नहीं मिली हूँ।

पूरा वृतांत सुनकर, पापा अत्यंत प्रसन्न दिखाई दे रहे थे उन्होंने पूछा - अंजलि अब आप ही बताओ, कहाँ हमारी बेटी ने कुछ अनुचित किया है? या आशु ने ऐसा कुछ किया है जिससे हम आशु के अच्छा होने पर संदेह करें?

तब ममत्व एवं कोमल नारी भावनाओं से मम्मी की आँखें छलक आईं थीं। उन्होंने कहा था - मुझे ऐसा लग रहा है मानो मैं अपने युवा होने के समय अर्थात् अस्सी के दशक की कोई प्रेम कहानी सुन रही हूँ। जिसमें एक लड़की एवं एक लड़के के बीच अत्यंत ही निर्मल प्रेम होता है।

एपिसोड 16

अगले तीन दिनों में, पापा ने मुझे अपने साथ बीएसएनएल ऑफिस ले जाकर मोबाइल सिम दिलवाई थी। चौथे दिन मेरी सिम ऐक्टिवेट हुई थी। उस दिन जब पापा ऑफिस से लौट कर आए थे तब उन्हीं ने मुझसे कहा था - सोनम, तुम अपने इस मोबाइल से सर्वप्रथम अनु का आभार जताने के लिए कॉल करो।

उनके कहे अनुसार मैंने मम्मी के मोबाइल में सेव किया हुआ, अनु दीदी का नंबर देखा और उस पर कॉल किया था। मेरा कॉल अनुत्तरित रहा था।

मुझे लगा वे किसी काम में व्यस्त होंगी। लगभग पाँच मिनट बाद ही दीदी ने कॉल बैक किया था। अभी मम्मी-पापा वहीं थे। मैंने कॉल लेते ही स्पीकर ऑन किया और कहा था - दीदी, आपके मुझे दिए, स्नेह एवं उपहार के लिए थैंक यू। दीदी बताइए, मुझे इतना बहुमूल्य उपहार देने की आवश्यकता क्या थी? मैं तो इस उपकार के नीचे स्वयं को दब गई अनुभव कर रहीं हूँ।

अनु दीदी की पहले हँसी सुनाई दी थी। फिर उन्होंने कोमलता से कहा था - सोनम आप हमारे लिए विशेष हो। यह तो छोटी सी वह वस्तु है, जो अब आपके पास होनी चाहिए। आप उपहार के नीचे नहीं, हमारे प्यार के ऊपर, हमारी सिर आँखों पर हो।

मैंने भी हँसते हुए ही कहा था - दीदी एक बार पुनः आभार कि आप मुझे यह विशेष स्थान देती हैं।

अनु दीदी ने कहा था - हम शिव जी के आभारी हैं। उन्होंने हमें आपसे मिलने का संयोग बनाया है। अगर हो सके तो आप आशु से बात करना। यह उपहार का विचार आशु का ही था। उसी ने आपके लिए यह मोबाइल फोन चुना है।

मैंने कहा - जी दीदी, मैं इसके लिए आशु का भी अनुग्रह मानती हूँ। मैं आशु जी से भी बात करूँगी।

अनु दीदी ने कहा था - और हाँ सोनम, आशु से बात करने के लिए उपयुक्त समय रात्रि 8 के बाद का होता है। इसी समय मैं भी उसे कॉल करती हूँ। आज मैं आशु को कॉल नहीं करुँगी ताकि उसको आपसे बात करने का अवसर मिल सके।

मैंने कहा था - जी दीदी!

अंत में कोमल वाणी में अनु दीदी ने कहा - बाय सोनम!

मैंने भी उसी स्वर में बाय दीदी, कहा था।

उन्होंने कॉल डिसकनेक्ट किया था। मैंने समय देखा था, अभी सवा सात बज रहे थे। मेरे पास 45 मिनट का समय था। इस बीच आशु से कॉल पर मुझे क्या कहना चाहिए, मैं पूर्व विचार कर सकती थी।

अनु दीदी से बात करते हुए स्पीकर पर होने से यह लाभ हुआ था, मम्मी-पापा को यह बताने की आवश्यकता नहीं रह गई थी कि मैं आशु से बात करना चाहती हूँ। यह काम अनु दीदी एवं मेरी बातों ने जिसे दोनों ने सुना था, कर दिया था।

मम्मी अभी भी मुझे इस हेतु स्वतंत्रता नहीं देना चाहती लग रहीं थीं। पापा ने कहा था - हाँ सोनम यह उचित होगा कि आज 8 बजे तुम आशु से बात करो। साथ ही यह और भी अच्छा होगा कि तुम आशु से अकेले में बात करो। हमें तुम्हारी समझदारी पर पूरा भरोसा है।

मैंने मम्मी को उपेक्षित नहीं किया था, मैंने कहा था - मम्मी इसके लिए मुझे आपकी भी अनुमति चाहिए है।

मम्मी ने सकुचाते हुए कहा था - मैं क्या कह सकती हूँ, आप पिता-पुत्री जो उचित समझते हो, तुम वही करो।

मुझे लग रहा था अभी भी मम्मी, मुझे अकेले में आशु से मोबाइल पर बात करने के पक्ष में नहीं थीं। जबकि पापा इस अवसर को चूकना नहीं चाहते थे। मेरी तरह शायद वे भी यह सोचते थे, यदि हमने संकोच किया और मैंने स्वयं आशु की ओर पग नहीं बढ़ाए तो आशु को कोई और ले उड़ेगा। उनके लिए हैदराबाद के माइक्रोस्कॉपिकसॉफ्ट ऑफिस में योग्य लड़कियों की कमी नहीं रहने वाली थी।

8 बजे के पूर्व मैं विचार करने के लिए समय चाहती थी। अतः मोबाइल लेकर मैं अपने छोटे से कमरे में आई थी। दरवाजा बंद करने पर वहाँ नेटवर्क नहीं आ रहा था। मैं क्या बात करनी उचित होगी, बिस्तर पर लेटकर इस पर विचार करने लगी थी।

मैंने तय किया था कि हमारी बिल्डिंग की चौथी मंजिल की छत, आशु से बात करने के लिए उपयुक्त स्थान होगा। इससे मेरे सीढ़ी चढ़ने उतरने के व्यायाम के साथ ही छत पर टहल हो जाएगी।

7.55 बजे मैं बैठक में आई तब वहाँ पापा अकेले थे। मम्मी रसोई में थी। मैंने बताया - पापा मेरे कमरे में नेटवर्क नहीं मिल रहा है। क्या मैं ऊपर छत पर जाकर आशु को कॉल कर लूँ?

पापा ने कहा - हाँ यह ठीक है मगर छत पर कोई हो तो तुम वापस आ जाना।

मैंने कहा - जी पापा!

मैं सीढ़ियाँ फलांगते हुए ऊपर आई थी। वहाँ देखा कि वर्षा की हल्की फुहार पड़ने से छत पर कोई नहीं था। मुझे गर्मी के मौसम के बाद होने वाली, हल्की वर्षा में भीगना अच्छा लगता था। मैं टहलते हुए कॉल करने के लिए तैयार हुई थी।

आशु का मोबाइल नंबर, मैंने रटा हुआ था। मैंने नंबर लिखा था, मैं जब कॉल करने वाली थी तब मुझे अपनी ह्रदय की धड़कन बढ़ती अनुभव हुई थी। पूरी रिंग के बाद भी आशु नें आंसर नहीं किया तो मैं निराश हुई थी।

मेरी निराशा अधिक देर नहीं रही थी। तुरंत ही मेरे मोबाइल पर इनकमिंग कॉल आया था। यह आशु के नंबर से ही था। मुझे समझ आ गया था, आशु ने मेरे कॉल चार्जेस बचाने के लिए यह किया था। मुझे यह दया अच्छी भी लगी थी और बुरी भी। बुरी इसलिए की हमारी कमजोर परिस्थिति का पता आशु को था। मैंने कॉल लेते हुए कहा - आशु मैं सोनम बोल रही हूँ।

आशु ने हँसकर कहा - मुझे दीदी ने बता दिया है। मैंने आपका नंबर सेव कर लिया है।

मेरे ब्रेन ने तुरंत काम किया था। मैंने पूछ लिया - आपने किस नाम से यह नंबर सेव किया है।

आशु ने हँसकर पूछा - क्या यह बताना आवश्यक है?

मैंने कहा - जी हाँ, अगर आप बताना चाहें तो!

आशु ने कहा था - मेरी सोनम!

सुनकर मैं अभिभूत हुई थी। प्रसन्नता से मैंने कहा - आशु देखिए आपका मुझे बता देना अच्छा हुआ ना! अब इससे मुझे भी विचार आ गया है कि मुझे किस नाम से आपका नंबर सेव करना है।

आशु ने पूछा - अच्छा बताओ आप किस नाम से इसे सेव करोगी।

मैंने थोड़ा लजाते हुए धीमे स्वर में कहा - मेरे आशु!

बैडमिंटन की भाषा में यह मेरा आशु के हॉफ स्मैश पर बैक हैंड स्मैश लगाना था। हमने अपने अपने प्रेम को अभिव्यक्त कर दिया था। हमने यह कार्य, आज की दुनिया में सबसे अधिक प्रयुक्त हो रहे, घिसे पिटे वाक्य के प्रयोग किए बिना कर दिखाया था।

तभी वर्षा कुछ तेज हुई तो मुझे मोबाइल के बचाने की चिंता हुई थी। मैं दौड़कर सीढ़ियों के ऊपर बने शेड में आ गई थी। तब आशु का स्वर सुनाई दिया - सोनम, आपको यह मोबाइल फोन कैसा लगा?

मैंने उत्तर दिया था - आपके मुझसे प्यार जितना ही प्यारा!

आशु हँस दिए थे। मैंने पूछा - हम सब के नहीं होने पर, आपको वहाँ अच्छा लगता है?

आशु ने कहा - अच्छा तो नहीं लगता मगर जब आप मेरा नंबर, "मेरे आशु" लिख कर स्टोर करती हो तो मुझमें आपके योग्य बनने की महत्वाकांक्षा जग जाती है। इससे मैं काम में अधिकतम समय देता हूँ। दिन रात काम में व्यस्त रहने से मुझे आप सहित, अपने सभी से दूरी अधिक नहीं सताती है।

मैंने कहा था - 'सेम हियर, आशु', आप तो पहले ही मेरे लिए हर दृष्टि से सुयोग्य हैं। आपको ऐसे विचार में परेशान होने की आवश्यकता नहीं है। बल्कि मुझे लगता है आपके एवं आपके परिवार के योग्य होने के लिए मुझे बहुत कुछ करना है। मुझे उस बात से कितनी पीड़ा हुई है आप जानते नहीं।

आशु ने कहा - सोनम कौनसी बात की कह रही हो, मैं समझ नहीं पाया।

मैंने कहा - वह, उस दुष्ट आदमी के द्वारा सहायता के बहाने मेरे वक्षस्थल को स्पर्श करने की बात, उससे मैं व्यथित रहती हूँ। अब मैं नहीं चाहती कि कभी भी, किसी को मेरे किसी भी अंग को बैड टच का अवसर मिले।

आशु ने कहा था - आपने उसको झन्नाटेदार तमाचा जड़ तो दिया था। अब भूल जाओ उस बात को, आपने थोड़ी ही उसको उकसाया (Provoke) था।

मैंने कहा था - फिर भी किसी लड़की के द्वारा मना करने पर, लड़के को अपनी कुचेष्टा त्याग देनी चाहिए। अच्छा आशु आप बताओ, क्या इस मोबाइल पर हमारी पहली बात में हमें अपनी एक एक इच्छा आपस में नहीं बतानी चाहिए?

आशु ने कहा - हाँ यह तो अच्छा विचार है मगर आप पहले अपनी इच्छा बताओ।

मैं जानती थी आशु यह देख नहीं सकते थे कि मैं अपनी इच्छा कहने से पहले लजा रही थी। मैंने कहा था - आशु, अपनी यह इच्छा मैंने शिव जी से कही है। आप ही एकमात्र वह व्यक्ति हो जिनसे मैं बताना चाहती हूँ।

आशु ने कहा - यह तो मेरा भाग्य है जो आप अपनी नितांत, निजी अभिलाषा मुझे बताने जा रही हो, क्या है वह?

मैंने लजाते हुए कह दिया था - यह कि मेरा आपसे विवाह हो और हमारे दो बच्चे हों।

मुझे आशु के ठहाका लगा कर हँसने की आवाज सुनाई दी थी। हम बहुत नहीं मिले थे, यह पहली बार था जब मैंने आशु को इतने जोर से हँसते हुए सुना था। मैंने पूछा - क्या आपने इस बात को हास-परिहास में लिया है?

आशु ने कहा - जरा भी नहीं सोनम, मैं तो यह सोच रहा हूँ कि आपने भगवान शिव जी को जो बताई है, आपकी वह अभिलाषा अधूरी कैसे रह सकती है। वह तो अवश्य ही पूरी होगी।

मेरा मन ऐसे प्रफुल्लित हुआ था जैसे मेरी यह कामना अभी ही पूरी हो गई हो। मैंने कहा था - अब आप अपनी आकांक्षा भी मुझे बताइये।

आशु ने कहा - मेरी आकांक्षा है कि इस बार आप बैडमिंटन के स्टेट टूर्नामेंट में खेलो।

इस बार उतने ही जोरों से मैं हँस पड़ी थी। आशु ने पूछा - सोनम इसमें ऐसे हँसने की क्या बात है?

मैंने कहा था - आप मुझे मेरी वास्तविकता से अधिक अच्छा प्लेयर मानते हैं, इस पर मुझे हँसी आ गई है।

आशु ने कहा था - नहीं सोनम! बल्कि मुझे लगता है आप स्वयं को अपने अच्छा होने से, कम अच्छा खिलाड़ी समझती हो।

तभी मुझे सीढ़ियों पर किसी के आने के पदचाप सुनाई दिए थे। मैंने कहा - अच्छा आशु, हम अपनी एक एक इच्छा कह चुके हैं, अब बाय।

आशु ने कोमलता से कहा था - बाय सोनम, टेक केयर।

मैंने देखा था मेरी मम्मी हाँफते हुए ऊपर आ रहीं थीं।

एपिसोड 17

मेरे पास मोबाइल हो जाने से आशु प्रायः मुझसे बात करने लगे थे। सच में मुझे उनसे दूरी अब कम अखरने लगी थी। मैंने आशु की इस कामना की कि मैं स्टेट खेलूँ, को पूर्ण करने की दिशा में गंभीरता से तैयारी आरंभ कर दी थी। इससे मेरे पास बहुत समय नहीं होता था कि मैं खेल, पढ़ाई या आशु के अतिरिक्त कोई और विषय पर ध्यान दे पाऊँ।

एक दिन आशु ने बातों में मुझे रजनीत का मोबाइल नंबर नोट कराया था। फिर कहा था - सोनम, आप रजनीत से बात करो। उसके पास बताने को कुछ है जो वह आपसे बताना चाहती है।

मैंने कहा था - जी, मुझे रजनीत बहुत अच्छी लड़की लगती है। उससे फ्रेंडशिप बढ़ाना मुझे भी प्रफुल्लित करेगा। मैं कल दिन में उससे अवश्य बात करुँगी।

फिर हमने थोड़ी देर तक कुछ सामान्य बातें कीं थीं।

उसके अगले दिन कॉलेज की छुट्टी थी। मैंने रजनीत को कॉल किया तो रजनीत को अच्छा लगा था। उसने पूछा - सोनम तुम अभी कहाँ हो?

मैंने कहा मैं कुछ देर में बैडमिंटन की प्रैक्टिस के लिए कॉलेज जाने वाली हूँ। तुम ऐसा क्यों पूछ रही हो, कुछ विशेष बात है क्या?

रजनीत ने कहा - हाँ सोनम, डैडी ने उस युवक के संबंध में मुझे जानकारी

दी है। वे व्यस्त हैं, उन्होंने मुझे ही तुम्हें बता देने के लिए कहा है।

वास्तव में व्यस्तता में मुझे उस दुष्ट आदमी की हरकत के बारे में सोचने का समय ही नहीं था। जब रजनीत ने बताया तो मुझे वह कटु प्रसंग स्मरण आ गया था। आशु से बात करने के बाद से, मेरे से उसके द्वारा की गई छेड़खानी और धमकी को मैंने एक सामान्य और महत्वहीन घटना मान लिया था। फिर भी मुझे इतनी चिंता अवश्य थी कि वह आदमी, आगे कभी किसी लड़की को, उसकी सहायता के अभिनय करते हुए छल न पाए।

मैंने कहा था - अच्छा रजनीत इसके लिए क्या मुझे आपके बँगले पर आना चाहिए?

रजनीत ने कहा था - सोनम, आप अपने कॉलेज का पता बताओ, मैं एक घंटे में वहीं आकर आपसे मिलती हूँ।

मैंने पता बता दिया और कहा था - मैं वहाँ बैडमिंटन कोर्ट में रहूँगी। आप वहाँ जब आओ तो कॉल करना मैं आपको कॉलेज गेट पर लेने आ जाऊँगी।

लगभग घंटे भर बाद रजनीत बिना मुझे कॉल किए सीधे बैडमिंटन कोर्ट में पहुँच गई थी। मुझे आश्चर्य हुआ तो उसने बताया - मैं डैडी की सरकारी गाड़ी में आई हूँ। साथ में पुलिस ड्राइवर होने से मुझे गेट पर किसी ने रोका नहीं है।

मैंने कहा - चलो यहीं किन्हीं चेयर पर बैठकर हम बातें करते हैं।

तब रजनीत ने पूछा था - सोनम क्या मुझे भी यहाँ थोड़ी देर खेलने का अवसर मिल सकता है?

तब मैंने अपने साथी प्लेयर से उसकी इच्छा कही थी, वह लड़का था। रजनीत के रूप से प्रभावित दिख रहा था। वह सहर्ष तैयार हुआ था। मैंने रजनीत से पूछ लिया था - तुम मेरे साथ खेलना चाहोगी या (लड़के की तरफ इशारा करते हुए) कृष्णा के साथ खेलना चाहोगी।

रजनीत ने कहा था - मुझे बैडमिंटन खेलना बहुत नहीं आता है। मैं लॉन टेनिस खेलती हूँ। अतः तुम पर अपना अधिकार मानते हुए, कुछ देर तुम्हें ही बोर करती हूँ।

रजनीत ने जूते खोलकर अपना जीन्स उतार दिया था। अंदर वह निकर पहने हुई थी। वह खेलने का मन बनाकर ही आई थी। साँचे में ढली हुई उसकी दूधिया, लंबी, सुंदर टाँगे मुझे अत्यंत आकर्षक लगीं थीं। मेरी इच्छा हुई थी कि मैं उन पर मैं चुंबन अंकित कर दूँ।

रजनीत मेरी प्रशंसात्मक दृष्टि भाँप गई थी। उसने मजाक किया - सोनम, ऐसे तो मुझे लड़के भी नहीं देखते हैं? तुम्हारा इरादा क्या है?

मैंने कहा - काश! रजनीत मैं लड़का होती।

दोनों ने हँसते हुए इस चुहल का आनंद लिया फिर हम दोनों खेलने लगे थे। जबकि मेरे साथ वाले अन्य प्लेयर्स रजनीत की सुंदरता निहारने में रस लेने लगे थे।

रजनीत मेरी तुलना में कम खेल रही थी मगर वह वैसी नहीं थी जैसा उसने अपने को 'कम' बताया था। मेरे अतिरिक्त वहाँ उपस्थित अन्य सभी लड़के लड़कियों पर उसका खेल भारी पड़ना था।

बीस मिनट में हम दोनों पसीने से भीग गए थे। रजनीत ने आँखें बड़ी करते हुए कहा था - सोनम तुम तो वास्तव में एक चैंपियन खिलाड़ी हो। मैंने इतने अच्छे प्लेयर के साथ कभी नहीं खेला है।

हम कोर्ट से बाहर आए थे। प्रतीक्षा कर रहे लड़के-लड़कियाँ तब डबल्स खेलने लगे थे। रजनीत ने अपना जीन्स फिर पहन लिया था। और हम दोनों साइड में लगी हुई कुर्सियों पर जा बैठे थे।

बैठने के बाद सबसे पहले रजनीत ने अपने साथ लाए लैपटॉप पर से कुछ फोटो मुझे दिखाए और पूछा था - सोनम यह वही आदमी है ना, जिसने तुम्हारा झन्नाटेदार तमाचा खाया था?

मैं चकित हुई थी। पुलिस वाले जरा से क्लू पर किस आसानी से अपराधी तक पहुँच जाते हैं। मैंने कहा था - हाँ रजनीत यह वही आदमी है।

तब रजनीत ने बताया था - वास्तव में यह संयोग अच्छा था कि जहाँ तुम्हारे साथ इसने वह किया था, वहाँ लगा कैमरा सही काम कर रहा था। सीसीटीवी फुटेज में तुम्हारी बताई सभी बातों की पुष्टि हुई है। वास्तव में यह युवक हिस्ट्रीशीटर है। अभी जमानत पर चल रहा है। इसने एक लड़की पर तेजाब फेंकने का प्रयास किया था। इसके उसी अपराध का प्रकरण अभी कोर्ट में चल रहा है।

मेरी आँखें भय से फैल गईं थीं। मेरे मुँह से निकला था - सच में यह इतना भयानक है!

रजनीत ने कहा था - डैडी के निर्देश पर अब इसके पीछे सादे वेश में हर जगह कोई पुलिस वाला लगा रहता है। इसके अब किसी अपराध पर वह धारा लगाई जाने वाली है, जिससे वह लंबे समय का कारावास भोगेगा। यह तुम्हारी जानकारी के लिए है कि इसने कल ही एक दुकान से एसिड खरीदा है। इसकी पूरी संभावना है कि यह फिर किसी लड़की पर तेजाब फेंकने का प्रयास कर सकता है। जब भी वह ऐसा करता है, तभी इसे धर लिए जाने की योजना है। इस हेतु इसके पीछे सादे वेश में लगाए गए पुलिस वालों की संख्या भी बढ़ा दी गई है।

मैंने डर से काँपते हुए पूछा - कहीं वह मुझ पर ही तो एसिड फेंकने वाला नहीं है?

रजनीत ने कहा - यह संभव तो है मगर ऐसा होने के पहले ही उसे पकड़ लिया जाएगा। डैडी ने कहा है, तुम्हें सतर्क तो रहना चाहिए मगर डरने की बिलकुल भी आवश्यकता नहीं है। सादे वेश में लगाए गए पुलिस वाले ऐसे अपराध रोकने में पूरी तरह से निपुण हैं। तुम्हें इस बारे में किसी से कुछ नहीं कहना है, अपने मम्मी-पापा से भी नहीं।

यह बताकर रजनीत चली गई थी। मगर आशंका से मेरे पैर काँप रहे थे। उस दिन मैं बस से घर जाने का साहस नहीं कर पाई थी। मैंने ऑटो रिक्शा लिया था।

मैं ऑटो में मेरे एक्सीडेंट वाले स्थान पर पहुँची थी। तभी मैंने देखा किसी की प्रतीक्षा करते लग रहा वही आदमी मोटर साइकिल पर सड़क से हटकर बैठा हुआ था। उसने शायद मुझे ऑटो में देख लिया था। वह सक्रिय होते दिखा तो मैंने झट से अपना मुँह दूसरी तरफ फेर लिया था।

ऑटो जब उसके पास से आगे निकला था तभी मुझे ऑटो के पीछे, कुछ लोगों के झगड़ने की आवाज सुनाई दी थी। ऑटो वाले ने अपने पीछे कुछ हुआ नोटिस करके ऑटो रोक दिया था। इससे मुझे अपने पर खतरे की आशंका लगी थी।

मैंने कहा - भैया यहाँ मत रुको।

उसने मेरी बात अनसुनी की थी। वह उतर कर चारों तरफ घूम कर अपना ऑटो देखने लगा था। मैं दुबकी हुई ऑटो में ही बैठी रही थी। तब ऑटो वाला चिल्ला रहा था - इसने मेरा नया ऑटो खराब कर दिया है।

उसे वहाँ लोगों ने समझाया था। पाँच मिनट बाद वह ऑटो चालक गुस्से में भरा वापस आया था। ऑटो स्टार्ट करके मेरे घर तरफ चलने लगा तब मुझे तसल्ली हुई थी। मैंने पूछा - भैया वहाँ क्या हुआ था?

उसने गुस्से में बताया - एक सिरफिरा था जो शायद लड़कियों पर एसिड से हमला करता है। उसका निशाना आज आप पर था मगर वहीं पुलिस वाले थे। उन्होंने तुरंत ही उसे दबोच लिया था। आप तो बच गईं मगर उसका फेंका एसिड मेरे नए ऑटो पर गिरा है। जिससे पीछे तरफ की ऑटो की बॉडी जल गई है। पुलिस वालों ने मुझे सवारी छोड़कर पुलिस थाने आने को कहा है। उन्होंने कहा है वे ऑटो को ठीक करने का पैसा उस से वसूल करके मुझे दिलाएंगे।

मैं संभली थी। मैंने कहा - भैया यह तो अकारण आपको घाटा हो गया है।

ऑटो चालक ने कहा - अब हो गया उसको रोका कैसे जा सकता है मगर बहन जी मैं आपके लिए प्रसन्न हूँ। आप का भाग्य अच्छा था। पुलिस वालों के होने से आप का यह सुंदर मुखड़ा सुंदर ही बच गया है।

मैंने ऑटो वाले को अपने घर के पहले ही रुकने कहा था। मैं नहीं चाहती थी, ऑटो वाले भैया मेरा घर देखें, मैं विवाद की स्थिति से अपने को अलग रखना चाहती थी। किराया 40 रुपए हुआ था। मैंने कँपकँपाते हाथों से 100 रुपए का नोट दिया और कहा था - भैया आप रख लीजिए।

वह चला गया था। मैं सदमे की हालत में घर में पहुँची थी।

वह आदमी अपने बुरे मंतव्य में असफल रहा था और पकड़ा भी जा चुका था इसलिए मैंने रजनीत के कहे अनुसार इसकी चर्चा, मम्मी-पापा से नहीं की थी। मम्मी मेरे मुख पर उमड़े मनोभाव से जान गईं थीं कि मैं असहज हूँ।

उन्होंने पूछा था - सोनम, कुछ बुरा हुआ है क्या?

मैंने उत्तर दिया था - मम्मी, बुरा नहीं अच्छा हुआ है। मैं आज कुछ अधिक ही चपलता से खेल रही थी अतः थक गई हूँ।

मम्मी ने कहा - कोई नहीं, मैं अभी चाय बना देती हूँ। चाय पीकर तुम तरोताजा अनुभव करोगी।

मैंने कहा था - जी मम्मी।

स्नान करते हुए मैं सोच रही थी - मैं बाल बाल ही तो बची हूँ। उसने एसिड फेंक ही तो दिया था, जो ऑटो पर गिरा था। क्या उसे पहले ही अरेस्ट किया जाना उचित नहीं था!

एपिसोड 18

सितंबर 2019

लगभग तेरह वर्ष पूर्व की उस घटना पर, परमजीत सर की कार्यवाही को लेकर तब मेरे दिमाग में यही तो आया था कि यदि किसी बुरे हादसे की संभावना दिखाई देती है तो उसे अग्र सक्रिय (Proactive) होकर बहुत पहले खत्म करना चाहिए।

परमजीत सर की कार्यवाही पर तो मैंने कमी निकाली थी मगर आज में सोच रही थी कि मैं स्वयं वैसी ही चूक कर बैठी थी। मुझे आशु के ऐश्वर्या से संबंध की भनक मिली थी। मैंने पवित्रा की सेवाएँ तो ली थी। फिर भी उसकी सूचनाओं को महत्व नहीं दिया था।

पवित्रा ने ऐश्वर्या के फ्लैट में, आशु और ऐश्वर्या के अकेले में मिलने की सूचना दी थी। फिर पुणे टूर में उनके एक ही होटल में ठहरने की सूचना भी दी थी। तो भी मैंने इस सब को आशु के विवाहेतर संबंध (Extra marital relation) का, अपूर्ण साक्ष्य माना था। आशु ने तब पहली पहली बार मेरे साथ चतुराई का व्यवहार किया था। दोनों बार उन्होंने स्वयं मुझे अर्ध सत्य बतलाया था। पहली बार उन्होंने बताया था - मैं ऐश्वर्या के बनाए छोले भटूरे खाकर आया हूँ।

दूसरी बार उन्होंने टूर के पहले ही बता दिया था - सोनम, मैं चार सहकर्मियों सहित जिनमें ऐश्वर्या भी है, कंपनी के आयोजित वर्कशॉप में हिस्सा लेने पुणे

जा रहा हूँ।

तब मैंने यही तो सोचा था कि कोई पति, किसी लड़की का टूर में साथ होना अपनी पत्नी को तभी बताता है जबकि उसके मन में खोट नहीं होता है। अन्यथा खोटा पति तो ऐसी बातें छुपा लेता है।

मेरे मन में कोई शंका रही आती, अगर हर बार ऐश्वर्या का साथ करने के बाद, वापस आने पर आशु ने विवाह के आरंभ के समय जैसे उत्साह से मुझसे अंतरंग संबंध न बनाए होते। आशु के ऐसे व्यवहार से मेरी शंका मिट जाती थी। मैं सोचने लगती थी, आशु जो बच्चों एवं मुझसे इतना प्यार करते हैं, वे किसी और से संबंध कदापि नहीं रख सकते हैं।

मुझे अपनी समझ पर विश्वास रहता था। पवित्रा को भी मैंने इस भावना से हटाया था कि भविष्य में कभी भी आशु को यह पता न चले कि मैंने उनके पीछे डिटेक्टिव लगाई थी। मेरे विचार से वे, मेरे द्वारा उन पर संदेह किए जाने से मानसिक रूप से आहत हो सकते थे।

परमजीत सर भी तो मेरी तरह आत्मविश्वासी थे। उन्हें विश्वास था कि वे उस दुष्ट आदमी के द्वारा मुझे पुनः हानि पहुँचाने के पहले ही, उसे काबू कर लेंगे। किसी तरह वह आदमी तो काबू कर लिया गया था। मेरा आशु पर नियंत्रण रह सकेगा यह मुझे पता नहीं था।

अगस्त 2006

रजनीत ने उसी रात मुझे कॉल करके बताया था - सोनम वह अपराधी लड़का अब पुलिस हिरासत में ले लिया गया है। वह किसी लड़की पर पुनः एसिड फेंकने के प्रयास में धर लिया गया है। उसने जमानत पर रिहा होने के समय में, पुनः अपराध किया है। इस कारण अब उसे जमानत मिलने की कोई संभावना नहीं है। वह लंबे समय के लिए जेल जाएगा, अब तुम निर्भय रह सकती हो।

मैंने कहा था - हाँ रजनीत मुझे पता है। अपने डैडी से बारंबार मेरा धन्यवाद कहना।

रजनीत को पता नहीं था कि उस आदमी का आज का हमला, मेरी ही शक्ल बिगाड़ देने के लिए था। उसने पूछा था - सोनम यह तुम कैसे जानती हो? यह तो अत्यंत गोपनीय रूप से की गई कार्यवाही है।

मैं सदमे से अब भी नहीं निकल पाई थी। मैंने रुआँसे स्वर में उत्तर दिया था - रजनीत उसने मुझे ही एसिड अटैक का लक्ष्य बनाया था। पुलिस वाले भी समय पूर्व उसे नियंत्रित नहीं कर सके थे। चलते ऑटो रिक्शा में उसका फेंका एसिड, मुझसे थोड़े ही पीछे ऑटो पर गिरा था। एसिड इतना सांद्र (Concentrated) था कि उसने नए ऑटो की गैल्वनाइज़्ड (Galvanized) पैंटेड सतह को जला दिया है। कहते हुए मैं रोने लगी थी।

रजनीत निःशब्द थी। शायद समझ नहीं पा रही थी वह क्या कहे।

मैंने कहा था - रजनीत मैं इस कल्पना से अत्यंत व्यथित हूँ कि अगर वह एसिड मेरी शक्ल जला देता तो मैं आशु के योग्य नहीं बच पाती।

रजनीत ने मुझे सांत्वना देते हुए कहा था - अपने को सँभालो सोनम, मैं कल फिर तुम से मिलती हूँ।

मैंने अपने को संयत करते हुए कहा था - बाय, रजनीत!

अगले दिन मेरे कॉलेज छूटने के समय रजनीत ने पूर्व सूचना देकर ड्राइवर के साथ अपनी कार भिजवाई थी। मैंने मम्मी को बता दिया था कि मैं रजनीत के घर जा रही हूँ, थोड़े विलंब से घर आऊँगी।

मैं रजनीत के बँगले पर पहुँची तब उसने कहा था - बातें बाद में पहले हम बैडमिंटन खेलते हैं।

उनके बँगले में ही आउटडोर कोर्ट बना हुआ था। मैंने कहा - तुम टेनिस खेलती हो, यहाँ तो टेनिस कोर्ट होना चाहिए।

रजनीत ने बताया था - इस बँगले में यह कोर्ट, हमारे आने से भी पहले से बना हुआ है। डैडी जब फ्री होते हैं तब मम्मी के साथ बैडमिंटन खेलते हैं। कभी कभी मैं भी उनमें से किसी के साथ खेल लेती हूँ।

खेलने से पहले हमने एनर्जी ड्रिंक पिया था। फिर रजनीत ने मुझे एक रैकेट दिया था। वह मिज़ुनो रैकेट बहुत अच्छा था। मेरा गेम अधिक अच्छा हुआ था। तब अमनप्रीत आंटी (रजनीत की मॉम) भी खेलने आ गईं थीं। उन्होंने भी मेरे साथ गेम खेला और मेरे खेल की प्रशंसा की थी। तब मैंने कहा था - आंटी मेरा खेल इतना अच्छा नहीं है, जितना इस रैकेट से अच्छा हुआ लग रहा है।

तब उन्होंने कहा था - अगर ऐसा है तो यह रैकेट आप रख लो।

मेरे मना करने पर भी वे नहीं मानी थीं। मुझे वह रैकेट लेना पड़ा था। खेलने के बाद स्नैक्स एवं कॉफी लेते हुए रजनीत ने बताया था -

वास्तव में यह पुलिस वालों को भी पता था कि उस दुष्ट आदमी का टारगेट तुम होने जा रही हो। वे ऐसे लोगों को नियंत्रित करना बहुत अच्छे से जानते हैं। किसी का एसिड लेकर चलना कोई गंभीर अपराध नहीं है। ऐसे में अगर उन्होंने हमले के पूर्व उसे पकड़ लिया होता तो उस पर कोई गंभीर धारा का प्रकरण नहीं बन सकता था। उसके पीछे लगे पुलिस वालों को यह स्पष्ट निर्देश थे कि उसे गंभीर श्रेणी के अपराध करने की कोशिश में पकड़ा जाए। अतः पुलिस ने उसे इतना अवसर दिया था। और ज्यों ही उसने तुम्हारे ऊपर एसिड फेंकने की कोशिश की तभी पुलिस ने उसको दबोच कर उसका हाथ घुमा दिया था। इससे एसिड ऑटो के पिछले भाग पर गिरा और बहुत से छींटें स्वयं उस लड़के के चेहरे पर आ गए हैं। इतना होने से अब वह अटेम्प्ट टू मर्डर तरह की गंभीर धाराओं में अंदर किया गया है।

मुझे बात समझ आई थी। मैंने पूछा - मगर पुलिस वालों ने मुझसे कोई पूछताछ नहीं की है। ऐसे में कोर्ट में यह सिद्ध कैसे किया जा सकेगा?

रजनीत ने बताया - ऑटो वाला साक्षी है उसने स्टेटमेंट रिकॉर्ड करवा दिया है कि युवक ने उसके ऑटो में बैठी सवारी पर सांद्र अम्ल से हमला किया था। निशाना चूकने से युवक के द्वारा फेंके गए तेजाब ने उसके नए ऑटो की बॉडी को जला दिया है।

पुलिस ने ऑटो की फोटो और एक्सपर्ट से जाँच रिपोर्ट भी ले ली है। जो प्रमाणित करती है कि एसिड लड़के के हाथ में रही बॉटल वाला ही है।

मैंने चिंता करते हुए पूछा - पुलिस मुझे ढूँढने की कोशिश तो नहीं करेगी?

रजनीत ने बताया - पुलिस ने ऑटो वाले से यही कहलवाया है कि उसकी ऑटो की सवारी डर जाने के कारण किराया चुका कर कहाँ चली गई, उसे नहीं मालूम है। वह सवारी को पहचान भी नहीं पाएगा।

सुनकर मुझे संतोष हुआ था। तब रजनीत ने बताया - यह सब डैडी ने मुझे आपसे बताने के लिए कहा है। मुझे तुम्हारे और आशु के लिए प्रसन्नता है कि अब तुम पर कोई खतरा नहीं है।

तब मैं कृतज्ञ भाव से रजनीत से गले मिली थी। रजनीत ने ही अपनी कार से मुझे मेरे घर तक छोड़ा था।

अगले दिन से मैं अमनप्रीत आंटी के दिए रैकेट से ही बैडमिंटन खेलने लगी थी। उससे खेलते हुए मुझे स्टेट बैडमिंटन में अपने लिए अच्छी संभावना अनुभव हुई थी।

मैंने पापा से वही मिज़ुनो रैकेट दिलाने के लिए कहा था। मेरे पापा ने तब 3000 रुपए का वही महँगा रैकेट भी खरीद दिया था। वे अन्य खर्चों में कटौती कर लेते थे मगर मेरे बैडमिंटन या पढ़ने के लिए जो भी आवश्यक होता था, वह सब मेरे पास होना सुनिश्चित करते थे।

आशु हैदराबाद जाने के लगभग चार माह बाद, पहली बार लौट के आए थे। तब वे मुझे होटल लेकर गए थे। वहाँ हमने लंच किया था। रजनीत को मेरे से किसी प्रकार की प्रतिद्वंद्विता नहीं इस बात की पुष्टि, मुझे फिर हुई थी। आशु ने वही दो मिज़ुनो रैकेट मुझे उपहार में दिए थे। मैंने आशु से रैकेट के विषय में कोई चर्चा नहीं की थी। यह निश्चित ही रजनीत ने ही आशु से बताया था।

गिफ्ट देते हुए आशु ने कहा था - सोनम अगले महीने बैडमिंटन के स्टेट में आप इन रैकेट्स से ही खेलना।

मुझे आशु से अपने प्रेम पर गर्व हुआ था। साथ ही रजनीत भी मुझे अपनी आइडेन्टिकल ट्विन सिस्टर जैसी अनुभव हुई थी। वह बिना बोले मेरे हृदय में क्या है पहचान जाती थी।

आशु वापस हैदराबाद चले गए थे और मैं टूर्नामेंट में खेलने की तैयारी में व्यस्त हो गई थी।

एपिसोड 19

अगस्त 2019

आशुतोष सोच रहा था, उससे यह चूक कैसे हो गई थी।

अपनी बढ़ती किशोर वय में और नवयुवा होने की अवस्था में, संब अपने पर कठिनता से नियंत्रण कर पाते हैं। उस समय उसने स्वयं पर सरलता से नियंत्रण किया था। विवाह होने के पूर्व साढ़े चार वर्ष उसे, सोनम का ऐसा साथ मिला था जिसमें वह अगर थोड़ी भी कोशिश करता तो विवाह पूर्व ही, सोनम को संबंध बनाने के लिए सहमत करने में उसे कठिनाई नहीं होती।

वासनाओं पर नियंत्रण के कठिन समय में, उसने अपने प्रेम को संपूर्ण उत्तरदायित्व से निभाया था। वह सोनम की चिंता अपने से अधिक करता था। उसे सोनम से अथाह प्रेम था। वह सोचता था, सोनम से उसका विवाह हो या नहीं हो, दोनों ही दशा में सोनम को मानसिक या शारीरिक रूप से कोई कष्ट नहीं होना चाहिए।

जब सोनम के मन में आशुतोष के लिए कुछ नहीं था। तब आशुतोष उस पर मोहित हुआ था। उसने बहुत से दर्शकों की उपस्थिति अनदेखी की थी। वह कोर्ट में ऑटोग्राफ के बहाने, सोनम से मोबाइल नंबर माँगने पहुँच गया था। आशुतोष उसके पहले कभी किसी लड़की पर इस तरह मुग्ध नहीं हुआ था।

यह उसका अच्छा भाग्य था, पहली भेंट में ही उसे सोनम से प्यार का

अच्छा प्रतिसाद मिला था। सोनम ने उसे मोबाइल नंबर नहीं दिया था। उसने जो सोचा नहीं था, सोनम ने वह कर दिया था। सोनम ने स्वयं पहल करते हुए, सब के सामने उससे हाथ मिलाया था। आशुतोष कॉलेज में 'सोनम का दीवाना', विख्यात हुआ था और अपनी ऐसी ख्याति ने उसे प्रफुल्लित ही किया था।

पुणे टूर से लौट के आने के बाद, एक दिन वह ग्लानि में सोच रहा था, ना चाहते हुए भी उसने ऐश्वर्या से चार बार शारीरिक संबंध स्थापित किए थे। पहली बार ऐसा हो चुकने के बाद से वह हर बार यह दृढ़ निश्चय करता था, यह भूल हो चुकी जिसे बदला नहीं जा सकता मगर आगे वह कभी इसकी पुनरावृत्ति नहीं होने देगा।

इस समय आशुतोष के हाथ में वह डायरी थी, जिसमें सोनम ने ऑटोग्राफ देते हुए लिखा था 'मोबाइल नं. अभी नहीं'.

उस दिन उसे सोनम का व्यवहार समझ नहीं आया था। जहाँ एक तरफ अपरिचित प्रशंसक (आशुतोष) से हाथ मिलाकर, सोनम ने एक आधुनिक लड़की होने का परिचय दिया था, वहीं दूसरी तरफ अपना मोबाइल नंबर न बता कर उसने परंपरागत भारतीय लड़की की तरह व्यवहार किया था।

आशुतोष को सोनम के दो भिन्न रूपों का अर्थ समझने में छह माह लगे थे। सोनम का उससे हाथ मिलाना दोनों की आपस में मिल रही केमेस्ट्री का प्रतीक था। जबकि सोनम के द्वारा मोबाइल नंबर नहीं देने का कारण, उसके पापा के आर्थिक स्थिति अच्छी नहीं होने से, उसके पास मोबाइल का न होना था।

उस काल खंड में आशुतोष जितनी बार स्मरण करता, यह दोनों ही बातें उसे अच्छी लगतीं थीं। वह सोचता था उनमें हुआ प्रेम, आशुतोष की ही तरह सोनम का भी प्रथम प्रेम था। सोनम एक अच्छी बैडमिंटन प्लेयर तो थी मगर

वह आधुनिक चलन से बिलकुल ही अप्रभावित थी। कॉलेज में आ जाने पर भी उसे मोबाइल की आवश्यकता नहीं लगती थी।

सोनम की वास्तविकता पता चलने के बाद आशुतोष ने दृढ़ निश्चय किया था कि सोनम के व्यक्तित्व में यह अच्छाई बने रहे, इसके लिए वह हमेशा उसे सहयोग करेगा। इस संकल्प ने आशुतोष के प्रेम को निर्मल बना दिया था। वह सोनम के लिए कुछ भी कर लेने के आतुर रहता था। आवश्यक होने पर वह ऐसे प्रत्येक त्याग करने के लिए तैयार था, जिन्हें करना सोनम का सुखद जीवन सुनिश्चित करता था।

ऐसा निर्मल प्रेम करने वाला एवं निष्ठा पूर्वक सोनम को निभाने वाला, आशुतोष सोच रहा था, कौन से कारण हुए थे जिसके अधीन वह ऐश्वर्या के साथ संबंध बना बैठा था।

उसे ऐश्वर्या एक पहाड़ से बह रही नदी लग रही थी, जिसे जहाँ ढलान मिलता वहाँ उसके प्रवाह का वेग तेज हो जाता था। ऐश्वर्या ने ऐसे ही तेज प्रवाह के वेग की चपेट में, 'अपने किनारे' अर्थात् आशुतोष को लिया था। जिससे किनारा अपना स्थान बचा नहीं पाया था। किनारा ढह कर प्रवाह का अंग हो गया था।

जहाँ ढलान नहीं मिलती, वहाँ ऐश्वर्या किनारों को नहीं तोड़ती थी। अपने किनारों के मध्य मंथर गति से बहती एवं शांत कल कल करते मृदु प्रवाह में बनी रहती थी।

ऐश्वर्या ने ऑफिस में कभी भी आशुतोष से किसी प्रकार की कोई निजी बात नहीं की थी। उनमें संबंध बनने के पहले एवं बाद में ऐश्वर्या के व्यवहार में कोई परिवर्तन नहीं आया था। वह ऑफिस में आशुतोष का बॉस वाला सम्मान करती थी। चार सभी अवसरों पर जब वे अकेले में ऐश्वर्या के घर या होटल के कक्ष में मिले थे, तब ही वह आशुतोष की समर्पित अंकशायिनी

बनी थी।

आशुतोष की ओर से भी, उनमें सहवास कभी भी पूर्व नियोजित रूप से नहीं हुआ था। यह आकस्मिक ही आशुतोष से भूल वश होता था। आशुतोष यह नहीं जानता था कि उसकी ही भाँति ऐश्वर्या ने भी नशे की हालत में भूल वश ही सहवास किया था या उसकी तरफ से यह सोचे समझे प्लान का हिस्सा होता था।

आशुतोष को यह पता था कि पहली बार उससे संबंध तक, ऐश्वर्या ने अपना कौमार्य नहीं खोया था। इसका अर्थ यह था कि 24 वर्ष की हो जाने पर भी, ऐश्वर्या ने कभी भी मर्यादा की सीमा पार नहीं की थी। आशुतोष यह भी नहीं जानता था कि एक बार ऐसा हो चुकने के बाद, ऐश्वर्या सिर्फ उससे ही संबंध रख रही थी या और किसी पुरुष/लड़के से भी उसके संबंध हुए थे।

अभी ऐश्वर्या उसे ऐसी आधुनिक लड़की लग रही थी जिसके लिए (विशेषकर) आशुतोष के साथ सेक्स करना और उदर क्षुधा दो समान बातें थी। जब भूख लगी भोजन कर लिया और जब आवश्यकता अनुभव हुई सेक्स कर लिया। पर पुरुष (आशुतोष) से सेक्स करना, उसके लिए एक समय के भोजन जितना ही महत्व का प्रतीत होता था। सेक्स करके उसे कोई ग्लानि होती हो ऐसा प्रतीत नहीं होता था।

आशुतोष सोच रहा था, ऐश्वर्या को उससे प्रेम हो ऐसा कभी नहीं लगा था और उसे भी उससे प्यार हुआ कभी नहीं लगता था। जब सच्चाई ऐसी थी तो क्या कारण थे कि आशुतोष से प्रेम करने वाली सोनम के होते हुए और सोनम से स्वयं उसे अगाध प्रेम होने के बाद, वह बहक गया था।

आशुतोष सोनम की तुलना ऐश्वर्या से करने लगा था और ऐसा करते हुए उसे सोनम वह नदी लग रही थी, जो पहाड़ से उतर कर अब मैदानी समतल क्षेत्र में बह रही थी जिससे उसका प्रवाह मृदु एवं शांत हुआ था।

वह सोच रहा था 12-13 वर्ष के पूर्व ही नहीं बल्कि बच्चों के जन्मने के पूर्व तक की सोनम भी, ऐश्वर्या की तरह की पहाड़ पर बहने वाली नदी जैसी थी। जब जब उसका वेग तेज हो जाता तब तब आशुतोष उसका वह मजबूत किनारा था जो तीव्र प्रवाह को अपने बीच बाँध लेता था। जब से सोनम शांत प्रवाह में बहने लगी है तब दोनों तरफ के किनारे बने (आशुतोष) को, विशेष प्रयत्न की आदत नहीं रह गई थी। ऐसे में जब ऐश्वर्या का उग्र प्रवाह अचानक उस पर से गुजरा तो वह आवेग प्रभाव में अपना स्थान खोकर प्रवाह का अंग हो गया था।

आशुतोष को यह एक ऐसा दृश्य लग रहा था जिसमें ऐश्वर्या एवं सोनम दोनों नदी रूप हुईं थीं। उसे यह प्रतीत हो रहा था ऐश्वर्या, सोनम में मिलकर एक संगम बना रही थी। आशुतोष उस संगम का उभय किनारा बन गया था।

जब नदियों के संगम की बात होती है, तब इनके संगम को पवित्र माना जाता है। और जब एक पुरुष में दो या अधिक स्त्रियों का संगम होता है तब वह भारतीय संस्कृति में अपवित्र माना जाता है।

अपने अपवित्र होने के विचार से आशुतोष ग्लानि अनुभव कर रहा था। वह सोच रहा था, वह अच्छा लड़का, पुरुष एवं पति रहता आया था। कई वर्ष बीत गए थे, सोनम से प्यार होने पर वह उसके प्रति संपूर्ण रूप से उत्तरदायी हो गया था। सोनम और उसका प्रेम शुभ था। दोनों आजीवन के परिणय सूत्र में आबद्ध हुए थे। दोनों के पवित्र प्रेम के फलस्वरूप दो बच्चे हो गए थे। उन दोनों बच्चों से आशुतोष को सोनम जितना ही अपार स्नेह था। आशुतोष को अपना उत्तरदायित्व तीन गुणा अनुभव होता था। फिर भी यह अक्षम्य भूल उससे हो गई थी। उसने अपने परिवार के लिए अपेक्षित उत्तरदायित्व की उपेक्षा कर दी थी।

कुछ दिन ऐसे पश्चाताप में रहने के बाद, आशुतोष का मन प्रायश्चित करने का हुआ था। प्रायश्चित करने के लिए सर्वप्रथम उचित एवं आवश्यक यह था

कि आशुतोष, ऐश्वर्या को अपने से दूर करे। चिंतन मनन करने पर उसे इसका एक उपाय समझ आया था।

वह माइक्रोस्कॉपिकसॉफ्ट में ऐश्वर्या से सीनीयर पोजीशन में एवं उससे 11 वर्ष पहले से कार्यरत था। आशुतोष ने अपने प्रभाव का प्रयोग करके, अपने बॉस के समक्ष बैंगलोर कार्यालय में एक नए रोल का प्रस्ताव किया था। यह रोल क्रिएट कर दिए जाने पर उसने इसके लिए ऐश्वर्या को उपयुक्त बताया था। इस प्रकार वह ऐश्वर्या का ट्रांसफर हैदराबाद से बैंगलोर करवाने में सफल रहा था।

यह एक तरह से ऐश्वर्या का प्रमोशन भी था। फिर भी हैदराबाद छोड़ना ऐश्वर्या को अप्रिय लग रहा था। वह इस आदेश की जानकारी होते ही आशुतोष के पास आई थी। उसने आशुतोष से कहा था - बॉस, अभी मुझे नए रोल को निभा पाने का आत्मविश्वास नहीं है। क्या आप हेल्प कर सकते हैं कि मैं हैदराबाद में ही काम करती रह सकूँ?

यद्यपि यह आशुतोष का ही किया धरा था मगर उसने झूठ बोलते हुए ऐश्वर्या को बताया था - ऐश्वर्या, आप जैसी टैलन्टड मेंबर को अपनी टीम से जाने देना, मुझे भी अच्छा नहीं लग रहा है। फिर भी यह नया रोल हमारे सीनियर्स के द्वारा निर्मित किया गया है। आपकी ग्रेडिंग बहुत अच्छी होने से उन्होंने ही इसके लिए आपको उपयुक्त माना है। अतः इस पर नहीं जाना, आपके लिए एक अच्छी आपर्टूनिटी खो देना होगा। मेरा परामर्श यही है कि आपको बैंगलोर जाकर यह दायित्व ग्रहण करना चाहिए।

ऐश्वर्या ने पूछा - अर्थात् बॉस, आप इसमें मेरी हेल्प नहीं कर पाएंगे?

आशुतोष ने औपचारिक मुस्कान सहित कहा था - सॉरी, ऐश्वर्या!

ऐश्वर्या चली गई थी। उसने हैदराबाद में ही बने रहने का प्रयास नहीं छोड़ा था। वह इसमें सफल नहीं हो पाई थी मगर उसे यह पता चल गया था कि

आशुतोष ने उससे झूठ कहा था। ऐश्वर्या बैंगलोर चली गई थी परन्तु अप्रसन्न थी।

ऐश्वर्या के जाने के कुछ दिन बाद, किसी अननोन नंबर से सोनम को ऑडियो रिकॉर्डिंग भेजी गई थी। जिसमें एक नायिका एवं उसके पुरुष साथी की काम क्रीड़ा में तन्मय होने की आवाज रिकार्ड थी।

सोनम ने ऑडियो आशुतोष को सुनाया एवं कहा था - पता नहीं किसने यह मुझे भेजा है। मुझे लगता है इसमें के पुरुष की आवाज और स्टाइल आप जैसी है।

आशुतोष ने कहा था - आजकल की टेक्नोलॉजी में कुछ फैक बना लेना असंभव नहीं है।

सोनम ने कहा था - मैं भी इसे फैक ही मानती हूँ। फिर भी प्रश्न यह है कि इससे किसी को लाभ क्या है? क्या हमारा कोई शत्रु बन गया है?

एपिसोड 20

दिसंबर 2006

आशु के प्रेम में पड़ने के समय से, मेरे तीन काम हो गए थे। मैं पढ़ती उससे अधिक खेलती थी एवं मुझे सबसे अधिक प्रिय आशु से बात करना और उनके स्मरण में खोए रहना लगता था। मैं प्रायः रात को जब अपने कमरे में अकेली होती तो आशु की विंडचीटर पहन लिया करती थी तथा कुछ तरह की मधुर अनुभूतियों में खोकर स्वयं लजाया भी करती थी।

हर व्यक्ति का कुछ अत्यंत निजी एक व्यक्तित्व होता है। वह अच्छा या बुरा भी हो सकता है। अपने व्यक्तित्व का बुरा पक्ष तो हर कोई छुपाया करता है, जबकि अपने कुछ अच्छे पक्ष भी हर व्यक्ति की छुपाना होते हैं। यह भारतीय समाज में प्रचलित मर्यादा के कारण किया जाना अपेक्षित होता है।

आशु से हुए प्रेम एवं उसको लेकर मेरे तन मन में जो अनुभूतियाँ चलतीं, वह अच्छी थीं। कदाचित् ऐसी अनुभूतियाँ हर व्यक्ति की अपने प्रेम एवं प्रियतम को लेकर रहा करतीं हैं। यह सहज अनुभूतियाँ अच्छी होतीं हैं। तथापि प्रत्येक व्यक्ति इन्हें सबसे छुपाया करता है।

व्यक्ति के कुछ फ्रेंड हो सकते हैं जिनसे वह अपनी नितांत, निजी अनुभूतियाँ शेयर करता है। वह अपने फ्रेंड्स से इसलिए भी बताया करता है कि फ्रेंड्स इन बातों के लिए उसे छेड़ा करते हैं। उनका ऐसा छेड़ा जाना व्यक्ति के मन को भाता है।

आशु से अपने प्रेम को मैंने, कॉलेज में बैडमिंटन के अपने साथी खिलाड़ियों एवं फ्रेंड्स सब से छुपा रखा था।

मेरे इस प्रेम को घर में मेरे पापा-मम्मी समझते थे। विशेषकर पापा इसके लिए मुझे प्रत्यक्ष-अप्रत्यक्ष बढ़ावा भी देते थे। आशु को लेकर जो मेरा सपना था वही मुझे, पापा और मम्मी का सपना हुआ प्रतीत होता था। वह सपना था, समय आने पर मेरा विवाह आशु से हो।

मम्मी इसे लेकर कम आशावान प्रतीत होती थीं। उन्हें लगता था कि आशु का धनवान परिवार यह होने नहीं देगा। जबकि पापा जो पुरुष थे, वे शायद पुरुषोचित स्वभाव से परिचित थे। कदाचित् वे जानते थे कि अगर युवावस्था में लड़का प्रेम में पड़ता है तो वह उस प्रेम को पाने के लिए संकल्पित होता है।

मेरे पापा आशु के प्रेम को पक्का करना चाहते थे इसलिए वे मुझे आशु से बात करने की अनुमति देते थे। मैंने मेरे पापा के दो बिलकुल विपरीत रूप अनुभव किए थे। कुछ समय पूर्व तक वे मुझे मोबाइल नहीं दिला रहे थे। वे डरते थे, मैं कहीं उसका अनुचित प्रयोग न करने लगूँ। जब से आशु ने मुझे मोबाइल गिफ्ट किया तभी से यह जानते हुए भी कि मैं आशु से नियमित बात कर रही हूँ, पापा मुझे रोकते नहीं थे। निश्चित ही मेरा आशु से बात करना उन्हें भी अच्छा लगता था और वे मुझे इसकी सहर्ष लिबर्टी देते थे।

मुझे पता नहीं आशु ने, रजनीत को हमारे प्रेम के बारे में कितना और क्या क्या बताया था। मुझे जब ज्ञात हो गया कि रजनीत हमारे प्रेम को जानती थी। मैं अपनी निजी अनुभूतियों एवं भावनाओं से उसे परिचित कराने लगी थी। वास्तव में मैं रजनीत से और रजनीत मुझसे वैसा ही सच्चा प्रेम करने लगे थे जैसा आशु एवं मेरे बीच था। यह मुझे निरंतर बढ़ता जाता लगता था। रजनीत जो टेनिस खेलने वाली लड़की थी, अब वह प्रायः मेरे साथ बैडमिंटन खेलने लगी थी।

मुझे लगता था निश्चित ही आशु ने, मेरे स्टेट खेलने संबंधी अपनी महत्वाकांक्षा की जानकारी रजनीत को दी थी। रजनीत अब मुझसे स्टेट खेलने की बात किया करती थी। बात ही नहीं करती थी अपितु इसमें सहयोग करती थी। अपनी मम्मी अमनप्रीत के दिए रैकेट के बारे में तथा मुझे वह अच्छा लगता है, यह भी शायद आशु को रजनीत ने ही बताया था। शायद रजनीत से जानने पर ही आशु हैदराबाद से मेरे लिए वही दो रैकेट्स ले आए थे।

आशु के जाने के बाद, रजनीत के चाहने पर अब मैं कॉलेज के अतिरिक्त, रजनीत के बँगले पर भी बैडमिंटन खेलने जाने लगी थी। वहीं उसने मुझे एक कोच से ट्रेनिंग दिलवाना आरंभ कर दी थी। रजनीत के अनुसार वह कोच अमनप्रीत आंटी को ट्रेनिंग दिया करता था।

मैंने रजनीत से कहा था - रजनीत, मैं कोच की शुल्क नहीं दे पाऊँगी और नहीं चाहती कि तुम मुझ पर एक और उपकार करो। मैं ऐसा कुछ तुम्हें लौटाने की स्थिति में नहीं हूँ।

रजनीत ने कहा था - सोनम दो बातें हैं पहली यह कि ये कोच मेरी मम्मी को ट्रेनिंग देने के लिए नियमित हमारे घर आते हैं। मम्मी को समय नहीं होने पर वे खाली बैठे प्रतीक्षा करते हैं इसलिए हमें उनको कोई अतिरिक्त शुल्क देने की आवश्यकता नहीं है।

मैंने उत्सुकता से पूछा - और दूसरी बात क्या है?

उसने बताया था - अगर तुम इसे उपकार मानती हो और इसके बदले में मेरे लिए भी कुछ करना चाहती हो तो भविष्य में यह तुम कर पाने में समर्थ हो जाओगी।

मैंने पूछा - अभी यह भविष्य की बात तुम कैसे कह सकती हो? तुम कोई भविष्यवक्ता तो नहीं?

रजनीत ने हँसते हुए कहा था - मेरी प्यारी सोनम, मैं भविष्यवक्ता नहीं हूँ पर तुम्हारी तरह भोली भी नहीं हूँ। मैं जानती हूँ समय आने पर तुम्हारा विवाह आशु से होगा तब तुम दोनों ऐसे समर्थ होगे कि मेरे पर उपकार कर पाओगे। वैसे तो मुझे भी तुम्हारी तरह किसी से उपकार लेना अच्छा नहीं लगता मगर जीवन में जब आवश्यकता होगी मैं तुमसे उपकार की अपेक्षा करूँगी।

मुझे रजनीत की बातों ने मुग्ध किया था मैं चाहती थी वह ऐसी बातें कहती जाए। वह चुप हुई तो मैंने पूछा - रजनीत, हमारा विवाह हो ही जाएगा यह तुम कैसे कह सकती हो? मुझे दोनों परिवार की स्थितियों में बड़ा अंतर दिखता है, इससे हमारे विवाह में संदेह लगता है।

रजनीत ने कहा - मेरी भोली सोनम, क्या तुम नहीं समझ पा रही हो कि आशु तुमसे ही विवाह करेगा। और अगर इसमें थोड़ी भी कोई शंका है तो वह अनु दीदी एवं मैं मिटा देंगे।

मुझे तब ज्ञात हुआ था कि अनु दीदी भी, आशु एवं मेरे प्रेम की जानकार हैं और सिर्फ जानकार ही नहीं अपितु हमारी सहयोगी भी हैं।

मैं स्वयं को आशु सहित, अनु दीदी एवं रजनीत की कृतज्ञ अनुभव कर रही थी। मैंने संकोच त्याग कर रजनीत के बँगले में घंटों बैडमिंटन खेला था। मैं स्टेट खेलने के लिए जा रही थी तब रजनीत भी मेरे साथ थी।

उस टूर्नामेंट के मेरे सभी मैच में रजनीत प्रथम पंक्ति में वैसी ही बैठी होती थी, जैसे पिछले वर्ष के इंटर कॉलेज टूर्नामेंट में आशु उपस्थित रहते थे।

मैं यहाँ भी डबल्स एवं सिंगल्स दोनों वर्गों के फाइनल में पहुँची थी। डबल्स फाइनल पहले होना था। तब यह देखना मेरे लिए सुखद आश्चर्य हुआ था कि मैच प्रारंभ होने के पहले से ही प्रथम पंक्ति में रजनीत के साथ आशु एवं अनु दीदी विराजमान थे। इन तीनों की उपस्थिति ने मेरे तन मन में उत्साह भर दिया था। मैंने पहले डबल्स और बाद में सिंगल्स चैंपियनशिप भी जीत ली

थी। यह मैंने आशु के उपहार में दिए, रैकेट्स से खेलते हुए संभव किया था।

इस बार दौड़ कर कोर्ट में पहुँचने वाले आशु ही नहीं उनके साथ अनु दीदी एवं रजनीत भी थी। तीनों ने मुझसे एक साथ गले मिलकर बारी बारी से फ्रेंच स्टाइल में मेरे गालों पर चुंबन अंकित करते हुए बधाइयाँ दीं थीं।

आशु का ऐसा चुंबन मुझे भी मिले पहले से मेरी कामना रही थी। उस दिन यह पूरी हुई थी। यह मेरे लिए चैम्पियन होने से अधिक महत्वपूर्ण बात थी। वहाँ आशु ने पिछले वर्ष की तरह एक डायरी मेरे सामने की थी एवं कहा था - ऑटोग्राफ प्लीज!

मैंने प्रसन्नता से उसमें लिखा था - 'सोनम', मुझे उस दिन की प्रतीक्षा है जब हमारा विवाह होगा।

मैंने आशु की डायरी लौटाई थी। तभी अनु दीदी ने अपनी डायरी मेरे सामने बढ़ा दी थी। आनंद लेते हुए मैंने उसमें लिखा था - 'सोनम', मुझे उस दिन की प्रतीक्षा होगी जब मैं आपके परिवार की सदस्या हो जाऊँगी।

अब तीसरी डायरी मेरे सामने रजनीत ने की थी। मैंने देखा कि यह डायरी भी दोनों डायरी की तरह की ही थी। मुझे समझ आया था, कोर्ट पर यह दृश्य उपस्थित करना सोचा समझा एवं पूर्व नियोजित काम था। हर्षातिरेक में मैंने इस डायरी में लिखा था - 'सोनम', हर उपकार एक प्रकार का नहीं होता है। कुछ उपकार ऐसे होते हैं जिनका ऋण चुकाना कभी संभव नहीं होता है।

अब इन तीनों की देखादेखी, दर्शकों में से कुछ और किशोर एवं युवा लड़के भी कोर्ट में आ गए थे। सभी को मैंने ऑटोग्राफ दिया था। मेरे विजित ये दो 'चैंपियनशिप कप' सबसे अधिक महत्वपूर्ण थे। इनका महत्व मेरे लिए इसलिए भी सर्वाधिक था कि इसके लिए आशु ने मुझे प्रेरित किया था एवं रजनीत का सहयोग, इस प्रेरणा को मूर्त रूप देने में निमित्त हुआ था।

मुझे उसी रात लौटना था। अनु दीदी एवं रजनीत ने बताया था, आशु एक दिन और रुकने वाले हैं इसलिए मुझे भी रुकना चाहिए। डिनर के पश्चात् ओवर नाइट एक्सप्रेस से अनु दीदी एवं रजनीत जा रहीं थीं। उन्हें सी ऑफ करने के लिए आशु और मैं स्टेशन गए थे।

प्लेटफॉर्म पर हम चारों खड़े थे उस समय रजनीत ने कहा - सोनम, हम तुम दोनों को यहाँ एक विशेष काम करने के लिए छोड़ रहे हैं।

उसने जिस गंभीरता से कहा था उससे मुझे उत्सुकता हुई थी, वह हमसे कौन सा काम करवाना चाहती है।

मैंने पूछ लिया था - बताओ कौन सा काम? वह करने में हमें प्रसन्नता होगी।

रजनीत ने पेट पकड़कर हँसने की एक्टिंग की और कहा था - बड़ी भोली हो सोनम हर बात स्पष्ट कहनी पड़ती है। वही काम जो विवाह के बाद तुम दोनों को करना है, आज तुम दोनों उसे विवाह पूर्व करो।

आशु शर्माता दिखा था जबकि अनु दीदी ने स्नेह से कहा था - सोनम, आपको इस चंचल रजनीत की बातों में आने की आवश्यकता नहीं है। यह दिन आप दोनों का है। आप वह करना जो आपको इस समय का उचित प्रयोग लगे।

मैंने हँसते हुए सूझबूझ से दोनों का एक उत्तर दिया था - दीदी यह रजनीत जो कह रही है वह मेरे अकेले से नहीं अपितु इसमें आशु एवं मेरे सहमत होने से ही संभव है। यह होना असंभव है, मैं चाहूंगी तो आशु मना करेंगे और यदि आशु चाहेंगे तो मैं मना कर दूँगी।

सब हँसने लगे थे। अनु दीदी ने कहा था - हाँ यही उचित भी है।

तब मैंने उनसे कहा था - हमारे भावी जीवन के लिए अपनी कल्पनाओं का एक चित्र मैंने खींच लिया है। आप तीनों अपनी अपनी डायरी में मेरा

लिखा हुआ, एक साथ पढ़ें तो वह दृश्य आपको देखने मिलेगा। अनु दीदी एवं रजनीत ने अपनी अपनी डायरी पढ़ीं थीं। दृश्य अपूर्ण रहा था, आशु अपनी डायरी होटल में छोड़ आए थे।

एपिसोड 21

मई 2007

आशु के मेरे जीवन में आने को लगभग डेढ़ वर्ष और अनु दीदी से परिचय को सवा वर्ष हुए थे। एक दिन आशु ने कॉल पर मुझे बताया था - अनु दीदी का विवाह तय हुआ है, विवाह छह माह बाद होना है।

मैं सुनकर उदास हुई थी। मैंने कहा - आप जब हैदराबाद चले गए तब से मेरे लिए संतोष की बात यह थी कि मेरे घर से कुछ किमी दूर अनु दीदी और रजनीत रहती हैं। अब अनु दीदी भी चली जाएंगी यह सोचकर मन उदास हो रहा है।

आशु ने बताया था - हाँ सोनम मैं समझ सकता हूँ। मैं भी उदास हूँ। अनु दीदी विवाह बाद, भारत से दूर कैलिफोर्निया चलीं जाएंगी। मेरे होने वाले जीजू अभिजीत कैलिफोर्निया में जॉब करते हैं।

इससे मेरा दुख और बढ़ गया था। अनु दीदी के कैलिफोर्निया जाने का अर्थ यह था कि वे वर्ष-दो वर्ष में ही भारत आ सकेंगी। मुझे स्मरण आया था कि मेरे आशु से विवाह की शंका प्रकट करने पर रजनीत ने यह कह कर मेरी शंका दूर की थी कि "आशु तुमसे ही विवाह करेगा और अगर इसमें थोड़ी भी कोई शंका है तो वह अनु दीदी एवं मैं दूर कर देंगे"

मैं सोच रही थी, अनु दीदी मेरे लिए बड़ी मानसिक संबल थीं। मैंने यही

आशु से कहा - जिन कुछ व्यक्तियों से मुझे मानसिक संबल मिला करता है उनमें एक अनु दीदी हैं। अनु दीदी का कैलिफोर्निया जाना मेरे लिए कठिनाई का कारण होगा।

आशु ने समझाते हुए कहा था - इग्ज़ैक्ट्ली सोनम, मुझे भी यही प्रतीत हो रहा है मगर मैंने अपने को एक विचार से समझाया है, वही आप भी करो।

मैंने पूछा था - क्या है वह विचार?

आशु ने कहा था - वह यह कि जिसमें अनु दीदी की भलाई है उसमें अपने स्वार्थ और असुविधा के कारण हम क्यों उदास हों। हमें इस बात से प्रसन्न होना चाहिए, हमारी अनु दीदी का सुखद जीवन सुनिश्चित हो रहा है।

आशु ऐसे ही थे। वे अपनी प्रसन्नता से पहले अपने सभी के सुख को रखते थे। इसके तीन दिन बाद, मैं कॉलेज में थी तब रजनीत का कॉल आया था। रजनीत ने पूछा था - सोनम, तुम्हें अनु दीदी के विवाह तय होने का समाचार मिल ही गया होगा, है ना?

मैंने बताया - हाँ रजनीत!

रजनीत ने कहा - क्या तुम बधाई देने के लिए उनसे मिलने नहीं चलना चाहोगी? मैं आज रात उनके घर जा रही हूँ। तुम्हें सुविधा हो तो मैं तुम्हें भी अपने साथ ले लूँगी।

मैंने सहर्ष अपनी स्वीकृति दे दी थी।

कॉल पर पहले सूचित करने के बाद रजनीत, मुझे लेने के लिए 7.30 बजे मेरे घर आ गई थी।

मैं उसके रूप को देखकर दंग रह गई थी। रजनीत तो सामान्य से वस्त्रों में ही आकर्षक लगती थी। उस समय रजनीत ने गुलाबी रंग का सलवार सूट पहना हुआ था। गुलाबी चुनरी से परावर्तित किरणें, उसके मुखड़े पर पड़ कर

उसके बिना मेकअप मुख को गुलाबी आभा प्रदान कर रहीं थीं। यूँ लग रहा था, जैसे वह किसी ब्यूटीपार्लर से श्रृंगार करके आई थी।

मैं संकोच में सिमटी उसकी कार में बैठ गई थी। अपनी हीन भावना में मैं शिष्टाचार में मुस्कुराना भी भूल गई तो रजनीत ने पूछा - क्या हुआ सोनम, कोई परेशानी है क्या? तुमने ये गंभीरता क्यों ओढ़ रखी है?

मुझे अपनी भूल अनुभव हुई थी। मैंने प्रयास किया तो होंठों पर आई मुस्कान भी हीन भावना के कारण क्षण मात्र ही ठहरी थी। मैंने कहा था - रजनीत, अनु दीदी के विवाह बाद, यहाँ से चले जाने की कल्पना मुझे उदास कर रही है।

रजनीत ने अपने स्वभाव अनुसार मुझे छेड़ते हुए कहा - तुम्हारी उदासी दूर करने का एक ही उपाय है।

क्या उसके मन में आया है, क्या वह कहने वाली है इसकी प्रतीक्षा करते हुए मैं चुप रही थी।

रजनीत ने कार चलाते हुए कहा था - वह यह कि अनु दीदी के विवाह मंडप में ही आशु से तुम्हारा भी विवाह करा दिया जाए।

किसी और समय मुझे यह बात प्रफुल्लित कर देती परन्तु इस समय मैं रजनीत के सामने, अपने साधारण वस्त्रों एवं रूप में हीनता अनुभव कर रही थी। मैं सोचने लगी थी, अभी जब अनु दीदी के घर पहुँचेंगे तब वहाँ उनके डैडी-मॉम भी हो सकते हैं। पता नहीं उन्हें हमारे प्यार का कितना पता है, कितना नहीं? वे अतीव सुंदर रजनीत के साथ मुझ साधारण लड़की को देख कर क्या सोचेंगे?

मुझे चुप देख कर रजनीत ने फिर छेड़ा - क्या हुआ सोनम, क्या तुम अपने विवाह की मधुर कल्पनाओं में खो गई हो क्या?

अपनी चिंताओं से मुक्त होने के प्रयास में मुझे वापस रजनीत को छेड़ना उचित लगा था। मैंने कहा - रजनीत तुम इतनी प्यारी सुंदर लड़की हो। मैं कल्पना कर रही हूँ, जिसे तुम मिलोगी वह अपने भाग्य पर कितना ही नहीं इतराएगा। तुमने आज तक मुझे नहीं बताया कि क्या वह भाग्यशाली तुम्हें मिल चुका है या अभी किसी की लॉटरी लगनी बाकी है?

रजनीत ने ठहाका लगाते हुए कहा था - सोनम, हम कहाँ तुम्हारे जैसे भाग्यशाली, तुमने तो आशु का मन जीत लिया, मुझे कोई मनजीत अभी तक मिला नहीं है।

मैंने कहा - क्या विचित्र दुनिया है! तुम परी जैसी सुंदर लड़की के पीछे, क्या अब तक कोई अच्छा लड़का नहीं पड़ पाया है?

रजनीत ने अब पहले की अपेक्षा गंभीर होकर बताया - सोनम, यूँ तो कलियों पर मंडराने वाले भँवरों की कमी, मेरे आसपास भी नहीं है। मैंने इनको निराश न होना पड़े इसकी चिंता करते हुए, अपने को उन से दूर रखा है। मेरे बारे में यह प्रसिद्ध होने से कि मैं सुपरिंटेंडेंट ऑफ पुलिस की बेटी हूँ, हर कोई अपनी सीमा में रहता है इसलिए मुझे अधिक परेशानी नहीं होती है।

मैंने तब हँसते हुए कहा - हाँ रजनीत मुझे लगता है तुम जैसी सुंदर बेटियाँ, पुलिस अफसरों की ही होनी चाहिए। कोई लड़का सीमा नहीं लाँघ सकता है। फिर भी तुम तो सीमा लाँघ ही सकती हो। पुलिस वालों की बेटियों को भी विवाह तो करना होता है।

रजनीत ने हँसकर कहा - सोनम, मुझे सिर पर चढ़ाने वाले मेरे पापा इसे लेकर बहुत कठोर हैं। मैं सीमा पार नहीं कर सकती हूँ। मैंने अपने मन को समझा लिया है। मैं पापा को कभी निराश नहीं करूँगी। पापा मेरे लिए जिसे योग्य मानेंगे मैं उस लड़के से विवाह कर लूँगी।

मैंने पूछा - क्या उन्होंने अब तक अपनी युवा रूपवान बेटी के लिए कोई लड़का निगाह में रखा है या नहीं?

रजनीत ने कहा - हाँ हाँ क्यों नहीं! पापा की निगाह में अभी तक दो लड़के हैं, उनमें एक आशु है। वे नहीं जानते, आशु का विकल्प अब बचा नहीं है। आशु तुम्हें चाहने लगा है।

यह मेरी आशा के बिलकुल प्रतिकूल बात हुई थी। मैं सोचने लगी थी काश! मैंने रजनीत से यह पूछा नहीं होता या मैंने पूछ भी लिया था तो रजनीत ने मुझे यह बताया नहीं होता। मैं सोच रही थी आशु के लिए उपयुक्त लड़की का चुनाव मेरे या रजनीत में से करवाया जाए तो कोई मूर्ख भी रजनीत का ही चयन करेगा।

मैं अपने विचारों, अपनी चिंता में ऐसी खोई हुई थी, मैं एक सहज प्रश्न भी रजनीत से नहीं पूछ पाई थी कि रजनीत के लिए उसके पापा ने दूसरा कौनसा लड़का सोच रखा है!

शायद रजनीत भी अपने विचारों में लीन हो गई थी। वह भी चुप रही थी तब हम अनु दीदी की गेटेड कम्युनिटी में पहुँच गए थे।

हम दोनों कार से उतरे थे। तब अपने परिधान, अपनी सुंदरता एवं अपने आत्मविश्वास के कारण रजनीत की आभा, किसी को भी प्रभावित कर देने वाली थी। जबकि मैं अपने साधारण वस्त्रों, रूप तथा अपनी चिंताओं एवं निराशा से आभाहीन शक्ल में किसी को प्रभावित नहीं कर सकती थी। मुझे लग रहा था यह सही होता कि जब पहली बार अनु दीदी के पापा के देखने वाले थे तब उनके सामने मुझे, रजनीत के साथ नहीं जाना चाहिए था। वैसे किसी अपरिचित पर मेरा इम्प्रेशन इतना भी बुरा नहीं पड़ता है किंतु जब साथ में रजनीत जैसी अप्रतिम सुंदर लड़की हो तो कोई मेरे से प्रभावित कैसे हो सकता है।

उस समय मेरे मोबाइल पर आशु का कॉल आ गया था। लिफ्ट में नेटवर्क नहीं मिलता है इसलिए मैं रुक गई थी। रजनीत ने पूछा - आशु का है क्या?

मैंने बताया - हाँ आशु का ही है।

रजनीत ने कहा - तुम आराम से बात करके आओ। दीदी के घर में हम फिर मिलते हैं।

रजनीत लिफ्ट में चली गई थी। मैं कॉल पर बात करने लगी थी। आशु ने कहा - अभी डैडी-मॉम भी आपको घर पर ही मिलेंगे। मैंने अभी तक उनसे अपने प्यार के बारे में कुछ नहीं बताया है। अतः आप निःसंकोच, अपने बैडमिंटन कोर्ट वाले आत्मविश्वास सहित उनसे मिलना।

मैंने कहा - आशु काश! आप यहीं होते तो अच्छा रहता। रजनीत की सुंदरता के सामने अभी मेरा आत्मविश्वास डिगता प्रतीत हो रहा है।

आशु ने समझाते हुए कहा - रजनीत से आप तुलना क्यों कर रही हो। निश्चित ही रजनीत अत्यंत सुंदर लड़की है मगर आप में भी क्वालिटीज कम नहीं हैं। मॉम-डैडी आपको अपेक्षित महत्व दें या नहीं दें, आपको इससे चिंतित होने की जरा भी आवश्यकता नहीं है। आप यह सब मेरे पर छोड़ दो और आज उनसे निर्भीक होकर मिलो।

मैंने आशु से कहा था - हाँ आप निश्चिन्त रहिए। जैसा आपने कहा है मैं उनका आदर करते हुए मिलूँगी।

कॉल डिसकनेक्ट करने के बाद मैं लिफ्ट से ऊपर आई और अनु दीदी के घर की डोर बेल बटन प्रेस कर रही थी।

एपिसोड 22

दरवाजा अनु दीदी ने खोला था। ड्राइंग रूम की भव्यता मेरी देखी जानी हुई थी। इस समय वहाँ कोई नहीं था। दीदी मुझे अपने शयनकक्ष में ले गईं थीं। यह कक्ष ड्राइंग रूम जितना ही भव्य और मेरी आशा से अधिक बड़ा था। टीवी में दिखलाए जाते धनवान लोगों के शयनकक्ष का साक्षात् रूप मैंने यहाँ देखा था। बड़ा डबल बेड उस पर बिछे वेकफिट के 8 इंच मोटे गद्दे और सुंदर बेड शीट पर सोने की कल्पना ही मुझे बड़ी आनंददायी लग रही थी। अनु दीदी तो नित दिन उस पर सोती थीं। बेड के सिरहाने पर दोनों ओर साइड टेबल थीं। सिरहाना भी ऊँचा एवं नरम था। उस पर टिककर बैठे हुए, टीवी देखने की कल्पना भी आनंददायी थी। शयनकक्ष का इंटीरियर शानदार था। उसमें फोर सीटर बहुमूल्य सोफा रखा हुआ था। उस पर इस समय मुस्कुराती हुई रजनीत विराजमान थी।

अनु दीदी ने मुझे भी उसके पार्श्व में बैठाया था। मेरे मुख पर आए भाव से ही दोनों ने समझ लिया था कि मुझे कक्ष की साज सज्जा ने प्रभावित किया है। रजनीत यहाँ भी अपने स्वभाव अनुसार मुझे गुदगुदाने वाले विनोद से नहीं चूकी थी। उसने कहा था - सोनम, आशु का भी बेडरूम भी ऐसा ही सुंदर है। तुम चाहो तो वहाँ के बेड पर, मैं साथ लेट कर तुम्हारा पूर्वाभ्यास (Rehearsal) करवा सकती हूँ।

अनु दीदी ने हँसी रोकने की कोशिश करते हुए रजनीत से कहा था -

रजनीत, सोनम के साथ होने पर ये तुम्हें क्या हो जाता है? कई बार मुझे लगने लगता है कि सोनम को आशु से अधिक तो तुम चाहती हो।

रजनीत ने दुखी भाव से कहा था - दीदी यह सच है। मेरा दुःख यह है कि सोनम मुझे आशु जितना नहीं चाहती है।

रजनीत की इन बातों ने मुझे गुदगुदाया था। मैं इसमें आनंद भी लेना चाहती थी लेकिन रजनीत के कहने का मैंने दूसरा अर्थ भी समझा था। मुझे इस परिवार के सामने हमारी निर्धनता का बोध हुआ था। अब मैं यह भी जानती थी कि परमजीत सर को, रजनीत के लिए आशु उपयुक्त लगते थे। अगर किसी कारण से कभी आशु बदल गए तो मेरा क्या होगा। मुझे लग रहा था रजनीत का आशय मेरी कमजोर परिस्थिति का उपहास उड़ाना कदापि नहीं था। मैं अंदर अंदर सिहरन अनुभव कर रही थी।

मुझे चुप देखकर फिर रजनीत ने एक और हमला करते हुए कहा था - सोनम, कहीं तुमने वास्तव में पूर्वाभ्यास उस रात तो नहीं कर लिया है जब हम, स्टेट टूर्नामेंट के बाद तुम दोनों को अकेले छोड़ आए थे। सच बता दो मैं तुम्हारी सखी ही हूँ। कहीं तुम उस रात की मधुर स्मृति में तो नहीं खो गई हो।

यह सुन कर मुझे वैसा ही लगा था जैसे बैडमिंटन मैच में मेरा प्रतिद्वंदी मेरे रिटर्न्स पर एक के बाद एक स्मैश लगा रहा है। तब मैं बैडमिंटन कोर्ट वाले रूप में आक्रामक हुई थी। मैंने कह दिया था - रजनीत, क्या यह जानकर तुम्हें अच्छा लगेगा कि उस रात आशु और मैंने तुम्हारे कहे अनुसार वह सब कर लिया था।

यह सफेद झूठ था फिर भी जिस प्रकार मैंने कहा था, उससे रजनीत ही नहीं दीदी भी संशय में पड़ गईं थीं।

तब अनु दीदी ने वार्तालाप की दिशा मोड़ते हुए कहा - आशु-सोनम ने क्या किया उससे पहले अभी अभिजीत और अनु क्या करेंगे, उसकी चर्चा

होनी चाहिए।

मैंने तुरंत ही कहा था - हाँ दीदी, अभिजीत और आप की मैरिज, अरेंज्ड है या आप दोनों में पहले से ही प्यार है, प्लीज़ दीदी आप हमें बताइए।

दीदी ने हँसकर बताया था - हमारी यह अरेंज्ड, लव मैरिज होगी। वास्तव में अभिजीत हमारे मामा के मित्र के बेटे हैं। मुझसे दो वर्ष बड़े हैं। हम नाना-नानी के घर जाते थे। हम बचपन से एक दूसरे को जानते हैं। जब अभिजीत जीआरई के लिए अमेरिका जा रहे थे तब हम नानी के घर गए हुए थे। तभी मेरे सामने ही मामा जी ने मम्मी से कहा था - सपना दीदी, अभिजीत, अनु के लिए योग्य लड़का है।

रजनीत ने कहा - दीदी तब ही आपकी अभिजीत को देखने की दृष्टि बदल गई और आप अभिजीत को अपने प्रियतम के रूप में देखने लगीं, यही हुआ था ना?

दीदी ने कहा - हाँ, ऐसा ही हुआ था। तुम अभिजीत से मिली भी हो और उन्हें जानती हो। यह मैं सोनम को बता रही हूँ।

मैंने पूछा - दीदी क्या ये अभिजीत भी आपके जैसे धनवान परिवार के ही हैं?

दीदी ने पहले मेरे मुख के भाव को पढ़ा था फिर कहा - हाँ सोनम अभिजीत हमसे भी अधिक धनवान और हम जैसे ही संभ्रांत परिवार के हैं। फिर भी अभिजीत में इतने गुण हैं कि वे धनवान नहीं होते तो भी किसी भी लड़की के लिए सुयोग्य वर ही होते।

मैं समझने का प्रयास कर रही थी। क्या दीदी ने बाद का वाक्य, मेरी मनःस्थिति को समझते हुए जोड़ा था या सत्य बताया था। अगर यही सत्य था तो मुझे अपने लिए संभावना बढ़ती प्रतीत हो रही थी। इन लोगों के लिए व्यक्ति के गुणों का महत्व, उसके धनवान होने से अधिक है।

मैंने कहा था - दीदी, आप दोनों के लिए हमें हर्ष होता है किन्तु आप दूर चले जाओगी इस कल्पना से मेरा मन उदास होता है।

दीदी ने दुलार से मेरे सिर पर हाथ फेरा और कहा था - सोनम मैं दूर अवश्य रहने लगूँगी फिर भी आपको कभी दूर नहीं होने दूँगी। मेरे हृदय में आपका स्थान, आशु एवं रजनीत जैसा ही रहेगा।

दीदी के यही और ऐसे ही शब्द होते थे, जिनसे मुझे मानसिक संबल अनुभव होता था। इसी कारण उनके पास नहीं होने की कल्पना मुझे पीड़ा देती थी। मेरी आँखों में अश्रु बूँदें छलक आईं थीं। दीदी ने मुझे गले लगाया था।

यह भावुक दृश्य था। रजनीत ने मेरा साहस बढ़ाने के लिए कहा था - सोनम मन यूँ छोटा नहीं करते, आपको दीदी एवं आशु दोनों की कमी कम से कम अनुभव हो इसके लिए मैं हर कुछ करुँगी। तुमसे आशु जितना ही प्रेम मुझे एवं दीदी को भी हुआ है।

मैंने कहा था - दीदी, आपको मेरे हृदय तल से बधाई। आप अपने समृद्ध जीवन में जिस भी उपलब्धि की कामना करें, उसकी प्राप्ति में भगवान आपके सहायक हों।

अनु दीदी ने कहा था - आभार सोनम, एक उपलब्धि की कामना तो मुझे आपको लेकर ही है कि आप हमारे परिवार की सदस्य बनें।

तब रजनीत ने कहा था - दीदी मुझे तो जोरों की भूख लग रही है। आज डिनर में क्या बना है?

दीदी ने कहा - चलो, यह मुझे भी टेबल पर ही पता चलेगा। आज डिनर मॉम ने बनवाया है।

हम सभी लिविंग रूम में आए थे। दीदी के डैडी-मॉम अभी भी वहाँ नहीं थे। तब दीदी ने हमें बैठने का इशारा किया और कहा था - मैं, डैडी-मॉम से पूछ

कर आती हूँ कि वे डिनर हमारे साथ करेंगे या अभी उनको डिनर में समय है।

वे अंदर गईं थीं। हम सोफे पर बैठे थे। तभी सेविका हमारे लिए सूप ले आई थी। दीदी ने पहले किचन में जाकर सेविका को सूप देने के लिए कहा प्रतीत हुआ था। रजनीत और मैं गरमागरम वेजिटेबल सूप की चुस्कियां लेते हुए उसका स्वाद लेने लगे थे। सूप बहुत अच्छा था। मेरी इच्छा इसकी रेसिपी लेकर, अपने घर में बनाने की हुई थी।

दो मिनट बाद दीदी वापस आईं थीं। उन्होंने बताया - डैडी-मॉम भी दस मिनट में डिनर के लिए आ रहे हैं। तब तक हम सूप पीते हैं। डैडी-मॉम के लिए सूप उनके कक्ष में पहुँचा दिया गया है।

अब मुझे लग रहा था, मेरी कठिन परीक्षा की घड़ी आ रही है। पता नहीं आशु के डैडी-मॉम का व्यवहार, मेरे साथ क्या रहने वाला था।

कुछ देर में दीदी के डैडी-मॉम लिविंग रूम में आए थे। मॉम की तरह दीदी के डैडी भी काफी युवा लग रहे थे। रजनीत और मैं अपने स्थान पर खड़े हुए थे। रजनीत ने दोनों के चरण छूने चाहे थे तो दोनों ने ही बारी बारी से रजनीत को रोकते हुए गले लगा कर किस किया था।

रजनीत ने चरण छूने का उपक्रम किया था, ऐसे में मैंने भी यह उचित समझा कि मैं भी दोनों के चरण स्पर्श करूँ। मॉम के चरण स्पर्श तो मैंने पहली बार मिलने पर भी किए थे। मैंने चरण छुए तब दोनों ने मुझे रजनीत की तरह बीच में नहीं रोका था और ना ही रजनीत की तरह मेरे माथे पर किस किया था। हाँ, दोनों ने सदा प्रसन्न रहो यह आशीर्वाद मुझे दिया था। तब रजनीत ने मेरा परिचय बताते हुए कहा था - अंकल, ये सोनम है। यह दीदी और मेरी सखी है। यह बैडमिंटन की बहुत अच्छी खिलाड़ी है। सोनम इस वर्ष स्टेट टूर्नामेंट में वुमन्स सिंगल्स एवं डबल्स दोनों में विजेता रही है।

मेरे इस परिचय से आंटी को स्मरण आया था। उन्होंने पूछा - सोनम आप शायद पहले भी हमारे घर आई हैं?

मैंने कहा था - जी आंटी, यह सही है। मैं एक बार दीदी से मिलने आई थी।

फिर सभी डाइनिंग टेबल पर आ गए थे। भोजन बहुत स्वादिष्ट था। अंकल एवं आंटी, रजनीत और दीदी से ही अधिक बात करते रहे थे। कदाचित् यह मेरे से कम परिचय होने के कारण था। उन्होंने भोजन सामग्री लेने के आग्रह के अतिरिक्त कोई अन्य बात मुझसे नहीं की थी।

मैं सोच रही थी कि वे दोनों चाहते तो मेरे तथा मेरे पापा-मम्मी के बारे में पूछ सकते थे। मेरे बैडमिंटन चैंपियन होने की प्रशंसा भी कर सकते थे। उन्होंने ऐसा कुछ नहीं किया था।

डिनर के बाद लिविंग रूम में सोफे पर बैठकर सभी ने आइसक्रीम खाई थी। फिर रजनीत और मैंने विदा ली थी। अंकल-आंटी ने रजनीत से कहा था - रजनीत तुम घर आया करो, तुम्हारे आने से हमें प्रसन्नता होती है।

मैं आशा कर रही थी कि मुझसे भी कोई ऐसा ही कहेगा। उन्होंने तो नहीं कहा था, हाँ अनु दीदी ने कहा था - सोनम आप जब मन हो आया करो। देखो अब मैं बहुत दिन आपको यहाँ नहीं मिलने वाली हूँ।

मेरी आँखें फिर छलक आईं थीं। एक, उनके चले जाने की कल्पना से। दूसरे, उनके डैडी-मॉम की मेरी ओर से उदासीनता से।

एपिसोड 23

दिसंबर 2007

हमें घर तक आशु ने कार से भिजवाया था। रास्ते भर पापा एवं मम्मी चुप रहे थे। वे विचारों में खोए हुए थे। घर आकर मैंने अपने कपड़े बदले थे। मैं पापा-मम्मी की चुप्पी का कारण जानने के उद्देश्य से पापा-मम्मी के कक्ष में गई थी।

वहाँ मैंने देखा, पापा रो रहे थे। मम्मी उनके पास, उनके दोनों हाथ अपने हाथों में लेकर बैठी थीं। यह प्रतीत हो रहा था जैसे वे पापा को ढाढ़स बँधा रहीं हों। पापा को मैंने रोते हुए कभी नहीं देखा था। मेरे मन में प्रश्न आया कि अनु दीदी के विवाह के मांगलिक कार्यक्रम में ऐसा क्या हुआ कि पापा रो रहे हैं?

मुझे लगा कि पापा, मेरे विवाह एवं मेरी विदाई की कल्पना से व्यथित हुए हैं।

मुझे कमरे में आया देखते ही पापा ने अपने आँसू पोंछने के साथ ही अपना मुँह दूसरी दिशा में मोड़ लिया था। मैं अपने को रोक नहीं पाई थी। मैंने पूछा - मम्मी, यह पापा को आज क्या हुआ है? पापा को मैंने पहले कभी रोते हुए नहीं देखा है।

पापा ने बोलने का कोई प्रयास नहीं किया था। मम्मी ने भी तुरंत उत्तर नहीं दिया था। वे कुछ सोचती दिखाई दे रहीं थीं।

मैं बिस्तर पर पापा की दूसरी तरफ बैठ गई थी। स्नेह से मैंने उनका मुख अपने दोनों हाथों के बीच लिया था। पापा अब रो नहीं रहे थे मगर उनकी मुख मुद्रा धीर गंभीर थी।

मम्मी ने बताया था - सोनम, पापा अनु की विदा होने की कल्पना करते हुए भावुक हुए हैं। रात सो लेने पर कल तक सामान्य हो जाएंगे। तुम चिंता नहीं करो।

मैंने कहा - इतने भावुक तो अनु दीदी के पापा-मॉम भी नहीं होने वाले हैं। अनु दीदी को तो उनसे भी समृद्धशाली घर-परिवार मिल रहा है। मुझे लग रहा है आप दोनों मुझसे कुछ छुपा रहे हो।

पापा मुझे दुनिया में सबसे अधिक लाड़-दुलार करने वाले व्यक्ति थे। वे यह नहीं चाहते थे कि मेरा मन किसी उलझन, पहेली को सुलझाने में परेशान रहे। उन्होंने मुझे अपने पास खींच कर मेरा सिर अपने कंधे पर रख लिया था। मेरी पीठ पर कुछ देर थपकियाँ देते हुए वे कुछ देर विचार करते रहे थे। फिर उन्होंने मुझे व्यवस्थित बैठा लिया था और बताने लगे थे -

सोनम, आज के पहले मैं विवाह के किसी इतने भव्य आयोजन में नहीं गया था। वहाँ सब कुछ ऐसा था जैसे वह इस दुनिया का नहीं अपितु स्वर्ग लोक का हिस्सा था। हमने वहाँ एक से एक व्यंजन-पकवान और भोज्य सामग्री, सभी कुछ खाया था। यह सब आशु के परिवार का मांगलिक आयोजन नहीं होता, किसी और के घर का कार्यक्रम होता तो हमने इसमें अत्यंत आनंद अनुभव किया होता। यह अनु, आशु की बहन के विवाह का अवसर था इसलिए हम आनंद नहीं उठा सके थे। तुम्हारी मम्मी और मैं अधिकतर समय वहाँ अलग-थलग पीछे की तरफ, किनारे के आसन में बैठे रहे थे।

मैंने पूछा - पापा, यह तो प्रसन्नता की बात थी कि यह समारोह अनु दीदी के विवाह का था। इसमें आपके रोने की क्या बात थी? आप तो सदा प्रसन्न रहने वाले हँसमुख व्यक्ति हैं।

मैंने देखा पापा के उदास नेत्रों में मेरे लिए दुलार उमड़ आया था। उन्होंने कहा - सोनम, इसमें व्यथित होने का कारण यह है कि आज मुझे लगा है, हम उस परिवार के योग्य नहीं हैं। हमारा देखा सपना कि आशु और तुम्हारा विवाह हो, मुझे संभव या यह कहना अधिक सही होगा कि उचित नहीं लग रहा है। वहाँ उपस्थित हर व्यक्ति का ज्ञान, उनके पहने वस्त्र, उनके गैजेट्स इत्यादि की तुलना अनायास मैंने हमसे की है और दुखी हुआ हूँ। मैं दुविधा में हूँ, आशु को तुम्हारे प्रयोग से अपने निकट करने का मेरा प्रयास कपट तो नहीं!

मैंने स्मरण करते हुए कहा - पापा, आप ऐसा नहीं सोचिए। आपने एक सुलझे व्यक्ति की तरह अपनी बेटी एवं उसे प्रेम करने वाले लड़के को, संग संग चलने का अवसर दिया है। इसमें आपका कोई कपट नहीं है। आशु को आपने या मैंने किसी मोह जाल में नहीं फँसाया है। आपसे मिलने के पहले ही आशु, मुझसे प्रेम करने लगे थे।

पापा ने कहा था - सोनम यह सच हमारे आसपास के समाज को नहीं दिखेगा। उन्हें जब पता चलेगा तब सब हम पर संदेह करेंगे कि लालची बाप ने, अपनी बेटी के माध्यम से एक धनवान परिवार के बेटे को प्रेम/मोह जाल में फँसाया है।

मैंने कहा था - पापा अगर आप इस बात से डरते हैं तो इसका एक उपाय ही है।

मम्मी जो अब तक चुप थीं उन्होंने पूछा - सोनम! वह उपाय क्या है?

मैंने दृढ़ होकर कहा - उपाय यह है कि मुझे, आशु को बता देना होगा कि वह मुझसे विवाह का सपना देखना बंद कर दे।

मेरी बात ने दोनों को चौंका दिया था। पापा ने कहा था - सोनम, यह तुम क्या कह रही हो। बेटियाँ तो अपने पापा-मम्मी से प्रेम विवाह करने की जिद किया करतीं हैं। हमने तुम्हें स्वयं अनुमति दी है। फिर भी तुम मेरी थोड़ी सी

व्यथा से अपना प्रेम संबंध तोड़ लेना चाहती हो।

मैंने पूछा - पापा, आप मुझे सच बताओ, वहाँ किसी ने आपसे कुछ भला बुरा तो नहीं कहा है?

पापा ने बताया - यह तो तुमने देखा ही था, जब हम लोग पहुँचे थे तब अपने डैडी-मॉम से आशु ने हम सभी का परिचय करवाया था। आशु ने सच बताया था, मैं और तुम्हारी मम्मी, बैडमिंटन चैंपियन सोनम के पापा-मम्मी हैं।

मैंने कहा - जी हाँ पापा!

फिर पापा ने कहा - मेरी व्यथा वास्तव में किसी और के कारण नहीं है। यह मैं स्वयं से ही परेशान हो रहा हूँ। आशु ने जब परिचय करवाया तो मेरी हीनता वाली ग्रंथि मेरे मस्तिष्क में सक्रिय हुई थी, देखो मेरी अपनी कोई पहचान नहीं है। मेरी पहचान मेरी बेटी के पापा के रूप में करवाई जा रही है।

मैं पापा से क्या कहती, यह उनका पुरुष अहं था जो आहत हुआ लग रहा था। अन्यथा मम्मी की तरह की नारियों की बात की जाए तो प्रायः उनका परिचय किसी की बेटी, किसी की बहन या किसी की पत्नी के रूप में ही होता है। अपवाद में ही कुछ स्त्री होती हैं, जिनके पुरुष परिजन का परिचय उनकी माँ, पत्नी या बेटी के हवाले (Reference) से कराया जाता है। ऐसे में स्त्रियाँ यदि पापा के जैसे व्यथित होने लगें तो हर परिवार एक व्यथा की कथा हो जाएगा। यह सोचते हुए मैं चुप ही थी।

तब पापा ने पुनः कहना आरंभ किया था -

मैं आज स्वयं से ही परेशान रहा था। समारोह में आशु, अनु के अतिरिक्त जिनसे मेरी पहचान थी वे सिर्फ एक परमजीत सर ही थे। वे वहाँ अन्य विशिष्ट व्यक्तियों में घिरे हुए थे। उनसे मेरा हाथ जोड़कर अभिवादन का आदान-प्रदान दूर से हुआ था। पूरे समारोह में तुम और रजनीत, अनु के साथ व्यस्त रहीं थीं। हम दूर से सब देख रहे थे। वहाँ उपस्थित सभी लड़कियों, महिलाओं में हमें

तुम्हारे वस्त्र अत्यंत साधारण लग रहे थे। हमने अपने को भी, वहाँ सबकी अपेक्षा अत्यंत साधारण वस्त्रों में अनुभव किया था। वहाँ सब अपने अपनों में व्यस्त थे। कोई हमसे बुरा-भला क्या कह सकता था। सब एक से बढ़ कर एक वीआईपी थे। हमारे तरफ किसी का भी ध्यान नहीं था। आमंत्रित होकर भी हम वहाँ अनपेक्षित अनुभव कर रहे थे।

पापा कहते हुए रुके तब मैं सोच रही थी, पापा के ऐसा अनुभव करने को मैं क्या कहूँ। रजनीत के साथ होने पर, ऐसी दीनता-हीनता एकाधिक बार मैं स्वयं अनुभव कर चुकी थी। यद्यपि दीदी के विवाह पर, कल इस बारे में मुझे अधिक सोचने का अवसर नहीं मिला था। हम सब वहाँ हर्षातिरेक में आनंदित थे।

अंत में पापा ने निष्कर्ष जैसा निकालते हुए कहा था - सोनम, सच में मुझे अनुभव हो रहा है कि वे हमारे और हम उनके योग्य हो ही नहीं सकते, उनका क्लास ही अलग है। फिर भी मैं यह नहीं कहूँगा कि तुम, आशु से प्रेम नहीं करो। वास्तव में प्रेम हमारे कहने या सोचने से नहीं होता है।

पापा के मन की भड़ास निकल गई थी। अब वे पहले से शांत हुए लग रहे थे। मैंने पापा से कहा था - पापा, रात अधिक हो रही है अब आप सो जाइए। आगे हमें क्या करना है, यह हम कल तय कर लेंगे। मुझे लगता है, स्थिति ऐसी नहीं हुई है कि हम उसे नियंत्रित न कर सकें।

तब मम्मी ने पापा से कहा था - सोनम सच कह रही है, कोई न कोई उपाय निकल आएगा। आप अभी निश्चिन्त होकर विश्राम कर लीजिए अन्यथा आपके स्वास्थ्य पर बुरा प्रभाव पड़ेगा।

पापा ने दीर्घ साँस लेते हुए कहा था - ठीक है बेटी तुम भी अब सो जाओ।

मैं अपने बिस्तर पर आकर लेट गई थी। इस समय मुझे अपना जीवन एक कठिन बैडमिंटन टूर्नामेंट लग रहा था। वैसे ही जैसे नेशनल या इंटरनेशनल

प्रतियोगिताएँ होती हैं। जिसमें मैं चाह कर भी कभी खेल नहीं पाई थी। मुझे लग रहा था मेरा जीवन, वास्तव में जीवन था ही नहीं एक लाचारी थी। जो स्वतः निभती जा रही थी। ना मैं बैडमिंटन खेल रही होती ना ही आशु मुझसे मिले होते। जैसे मम्मी का पापा से विवाह हो गया था वैसा ही मेरा विवाह भी किसी पापा जैसे हमारे बीच के ही किसी परिवार के बेटे से हो जाता। जैसा मम्मी ने जी लिया था, वैसे ही मैं जी लेती।

जो हो चुका था, उस पर मेरा कोई वश नहीं था। साथ ही जो हुआ था उसमें ऐसा कुछ नहीं था, जिससे मेरा निकल पाना संभव नहीं होता। आशु और मैं प्यार करते थे। फिर भी हमने कोई मर्यादा नहीं तोड़ी थी। हम दोनों सहमत हो जाएं तो पापा को ऐसे दुखी या असहाय होने की अवस्था से बचा सकते थे।

मुझे एक संकल्प दृढ़ता से लेना था। यह अप्रिय था मगर मैं पापा के स्वाभिमान के लिए यह करना चाहती थी। यह एक ऐसा मैच था जिसे मैं जीतना तो चाहती थी लेकिन इसे जीतने के लिए संघर्ष नहीं करना चाहती थी।

उस रात सोने के पहले मैंने एक काम किया था। मैंने मोबाइल से सिम निकाली थी। उसे तोड़ कर डस्ट बिन में डाल दी थी और मोबाइल फोन वापस उसके डब्बे में रख दिया था।

आगे क्या करना है यह तय करते हुए मैं सोने का यत्न करने लगी थी।

एपिसोड 24

अगस्त 2019

विवाह पूर्व एक बार मैंने, आशु से ब्रेकअप के उद्देश्य से, उनसे संपर्क समाप्त करने के उपाय में मोबाइल सिम तोड़ कर फेंक दी थी। मुझे आशु के अवैध संबंध होने का संदेह छह महीनों से रहा था। इस ऑडियो रिकॉर्डिंग ने मेरा संदेह और बढ़ा दिया था। मुझे यह विचार भी आया कि विश्वासघाती आशु से मैं विवाह विच्छेद कर लूँ।

अपने विवाह संबंध को भी सिम जैसे ही डिस्कार्ड कर दूँ।

सिम तोड़ने के बाद मैं आशु के संपर्क नहीं होने से अवसाद में रह चुकी थी। अब मेरे साथ मेरे दो बच्चों के भविष्य का भी प्रश्न था। अगर मैं डिवोर्स लूँ तो मुझ पर अवसाद कितना अधिक हो सकता था, इसकी कल्पना से मेरा पूरा शरीर सिहर गया था।

जिस मोबाइल नंबर से यह ऑडियो प्रेषित किया गया था, वह रहस्यमय था। ट्रू कॉलर से उसका नंबर बस पता चल रहा था। किसने यह किया था, उसका नाम वगैरह कोई विवरण पता नहीं चल रहे थे।

रिकार्डेड ऑडियो सुनने के बाद आशु ने मेरे प्रश्न का उत्तर दिया था - सोनम, आप मुझे 13 वर्षों से अधिक समय से जानती हो। इन वर्षों में क्या कभी ऐसा हुआ है या मैंने ऐसा कोई काम किया है जिससे किसी को मुझसे

बैर हुआ हो?

मैंने इस पर विचार किया था। आशु सही थे। मुझे कभी कोई व्यक्ति ऐसा नहीं मिला था जो आशु से वैमनस्य रखता हो। ऐसे में समझ नहीं आ रहा था, यह हुआ क्यों है। मेरा मन आशु पर विश्वास करने का हो रहा था। मैं ऐश्वर्या से कभी मिली नहीं थी। उसकी आवाज कैसी है मुझे पता नहीं थी। ऑडियो में आनंद में कराहने का आशु के जैसा प्रतीत हो रहा स्वर किसी अन्य पुरुष का हो सकता था। मुझे अन्य कोई अनुभव नहीं था।

मैं सोचने लगी थी, ऐश्वर्या से किसी कारण कोई बैर रखता हो, जो ऑफिस में ऐश्वर्या के बॉस आशु से अच्छे संबंध को सहन नहीं कर रहा हो। हो सकता है वह मेरे मन में शंका उत्पन्न करके, आशु एवं ऐश्वर्या में फूट डालना चाहता हो। मैं कठिन पहेली में उलझी थी।

मैंने आशु के प्रश्न से अलग, खतरा उठाते हुए इस प्रसंग में ऐश्वर्या का नाम लेकर कहा था - आशु, ये ऐश्वर्या का नाम मैं आपसे सुनती रहती हूँ। आपने कभी मुझे उससे मिलवाया नहीं है।

आशु विचार में पड़ गए प्रतीत हो रहे थे। आशु बुद्धिमान थे। उन्हें समझने में कठिनाई नहीं हुई थी, इस समय मेरा ऐश्वर्या का स्मरण करना, मेरा ऐश्वर्या एवं आशु पर संदेह करना है। आशु के मुख पर हवाइयाँ उड़ने के भाव मेरे संदेह करने की प्रतिक्रिया में हो सकते थे या चोरी पकड़े जाने के कारण भी हो सकते थे।

आशु ने सपाट स्वर में बताया था - सोनम, कुछ समय पूर्व ऐश्वर्या का ट्रांसफर अन्य प्रोजेक्ट पर काम करने के लिए बैंगलोर हो गया है। इस कारण अब आपका उससे मिलना सरल नहीं रह गया है। कोई संयोग बना तो मैं आपको उससे अवश्य मिलवा दूँगा।

मैंने कहा था - ओह्ह!

मेरे संदेह करने से आशु की मनःस्थिति ठीक नहीं लग रही थी।

मैंने उन्हें सामान्य करने का प्रयास किया - चलो छोड़ो, ऐश्वर्या से मैं नहीं भी मिली तो अंतर क्या पड़ना है।

आशु ने कहा - हाँ यह तो है मगर किसी ने आपको ऐसा गंदा ऑडियो क्यों भेजा है, इस बात से मेरा सारा मूड बिगड़ गया है।

मैंने पैंतरा बदलते हुए, शरारती ढंग से कहा था - मुझे आपका मूड ठीक करना आता है। मैं सब ठीक कर दूँगी।

मैं जैसा चाह रही थी, वैसा नहीं होता दिखाई दिया था। अगले दिन ऑफिस में अधिक काम है कहते हुए आशु, मेरे से विपरीत दिशा में करवट करके सोने का प्रयत्न करने लगे थे। तब मैं बेड से उठी थी। मैं बेड पर उनके सामने थोड़ी सी जगह में जा लेटी थी। मैंने उनका मुख अपनी दोनों हथेलियों में लेकर, उन्हें प्यार से देखा था। तब मैं बेड से गिर न जाऊँ इस हेतु आशु ने मुझे अपनी बाँहों में समेटा और रोल करते हुए मुझे बेड के बीच में ला दिया था। मेरा उपाय काम किया था। आशु एवं मैं आमने सामने करवट लिए हुए पास हो गए थे। आशु पर भी शरारत हावी हुई थी। उन्होंने कहा था - कल का काम कल और आज का काम मैं आज ही करता हूँ।

अगली भोर जागने पर मैं संतोष कर रही थी। ऑडियो के कारण मैंने अप्रत्यक्ष रूप से आशु पर संदेह व्यक्त कर दिया था। फिर प्यार की पहल करके हमारे रिश्ते पर क्षति की उत्पन्न हुई आशंका कम कर दी थी।

संदेह का उपचार किसी राज वैद्य के पास भी नहीं होता है। मैं अपनी कोशिश से कैसे इससे मुक्त हो सकती थी। मन ही मन मैं कभी आशु को क्लीन चिट देती तो कभी ऐसा मानने लग जाती कि आशु अब पूरी तरह से मेरे नहीं रहे हैं। ऐश्वर्या या कोई अन्य लड़की थी, जिससे आशु के विवाहेतर संबंध चल रहे थे। मुझे पहला संदेह ऐश्वर्या पर हुआ था। ऐश्वर्या यहाँ से जा

चुकी थी इसलिए उस ऑडियो के मिलने पर मुझे कोई और लड़की है, ऐसी शंका हुई थी।

मेरा संदेह गलत हो सकता था। मैंने इसकी जाँच करवाने के लिए पुनः डिटेक्टिव पवित्रा की सेवा ली थी। उसे ऑडियो सौंपते हुए इसकी सत्यता का पता करने को कहा था।

अब मेरे मन में आशु पर कभी विश्वास एवं कभी संदेह होता था। मेरे मन में संदेह होने पर भी मैं अपने को प्रत्यक्षतः सामान्य रखती थी। मैं आशु के साथ पूर्ववत समर्पण एवं प्रेम से दिन बिता रही थी।

इसी समय अनु दीदी सपरिवार भारत आईं थीं और पाँच दिन बाद वे हैदराबाद आने वाली थीं। उनके साथ एक सप्ताह का हमारा कन्याकुमारी, ऊटी, तिरुपति बालाजी एवं मैसूर भ्रमण का प्रोग्राम था। उसके बाद उन सहित हम सप्ताह भर को आशु के डैडी-मॉम के साथ रहने के लिए जाने वाले थे।

आशु तथा मैं इसकी तैयारी में व्यस्त रहे थे।

~~

उधर आशुतोष सकते कि स्थिति में था। उसे समझ आया था कि उसका अब तक सरल रहा जीवन, अवैध संबंध के, भ्रम आनंद में फिसलने के बाद, अत्यंत कठिन हो गया था।

वह सोचने को बाध्य हुआ था। ऐश्वर्या से संबंध में उसे सोनम से जो मिलता था, उससे अलग या अतिरिक्त आनंद नहीं मिला था। कोई अलग सुख नहीं मिला था। यह वही आनंद अनुभूतियाँ थीं जो उसे सोनम के साथ भी मिलती रहीं थीं। संबंध की तासीर एक ही थी। उस समय तृप्ति तथा कुछ दिनों के अंतराल में पुनः अतृप्ति उत्पन्न होती थी। अतृप्ति में पुनः संबंध की कामना उत्पन्न होती थी।

वह सोच रहा था मरीचिका में मृग के जैसे भटकने वाले अन्य बहुत से पुरुषों से अलग रहा वह, कैसे उन जैसा बन गया था।

आशुतोष अवैध संबंध के माया जाल में फँसने को एक दुर्घटना मान रहा था। जिसमें उसकी गलती 10% से अधिक नहीं थी। उसे ऐश्वर्या पर दोष रखना भी उचित नहीं लग रहा था। ऐश्वर्या अपने काम में बहुत अच्छी थी। पहली बार के संबंध के समय उस पर नशे का प्रभाव रहा था। जिससे उसने अपने पर नियंत्रण खो दिया था। अन्यथा वह ऐसी लड़की थी जो 24 वर्ष की होने तक भी सच में कुँवारी (Virgin) थी।

वह समझ रहा था कि ऑडियो में रिकार्डेड स्वर ऐश्वर्या और उसका ही था। वह सोच रहा था कि ऐश्वर्या से उसके संबंध, सभी चार अवसर पर अत्यंत गोपनीय रूप से और अकस्मात हुए थे। किसी के द्वारा इसकी रिकॉर्डिंग करना कैसे संभव हुआ था। ऑडियो होने से उस स्थल का दृश्य नहीं था, जहाँ इसे रिकॉर्ड किया गया था। उसे संदेह पुणे के होटल स्टाफ पर हुआ था। उसे विश्वास नहीं हो रहा था पाँच सितारा होटल में, ऐसी निम्न स्तरीय ब्लैक मेलिंग वाली हरकत करने वाला कोई कैसे हो सकता था। बहुत सोचने पर भी उसे समझ नहीं आया था।

जिसके पास यह ऑडियो रिकॉर्डिंग है, उसके पास वीडियो भी हो सकता था। ऑडियो को लेकर उसने किसी प्रकार सोनम को समझा लिया था। यदि कोई वीडियो भी सोनम तक पहुँचा दिया गया तो उसका समृद्ध एवं सुखी परिवार का सुख नष्ट हो जाएगा।

उसे यह भी लग रहा था कि जिसके पास इसका वीडियो है यदि वह ब्लैक मेलर है तो वह ऐश्वर्या को भी ब्लैक मेल कर सकता था।

उसे सोनम सहित ऐश्वर्या भी निर्दोष लग रही थी। दोनों ही का सुखी जीवन उसके फिसल जाने से आगे सुखी रह सकेगा यह सुनिश्चित नहीं रह गया था।

उस रात जब सोनम सो चुकी थी तब वह अनिद्रा की अवस्था में अशांत लेटा रहा था। वह पता करना चाहता था कि यह रिकॉर्डिंग किसने भेजी है। उसे यदि पता चले तो वह ब्लैक मेलर को मुँह माँगी राशि देकर इससे पीछा छुड़ा लेना चाहता था।

अगले दिन ऑफिस के बाद आशुतोष एक प्राइवेट डिटेक्टिव से मिला था। उसे इस काम के लिए नियुक्त किया था। उसे वह मोबाइल नंबर दिया था जिससे सोनम के मोबाइल पर ऑडियो भेजा गया था।

जो हो चुका था उसकी बुरी परछाई आशुतोष अपने परिवार पर नहीं पड़ने देना चाहता था। वह ऐश्वर्या को अपने से दूर पहले ही भेज चुका था। अब वह ऐश्वर्या के साथ फिर कोई भूल नहीं करेगा, इसे लेकर दृढ़ प्रतिज्ञ था। सोनम के अतिरिक्त ऐश्वर्या या किसी अन्य युवती को अपने मन पर हावी नहीं होने देने का संकल्प कर चुका था।

अनु दीदी आने वालीं थीं इसलिए आशुतोष ने सोनम से कहा था - कल रविवार हम चलकर अपने तथा दीदी के परिवार के लिए कुछ खरीदारी करते हैं।

सोनम ने कहा था - हाँ आशु, यह सही है। हमें डैडी-मॉम से मिलने भी जाना है। हमें उनके तथा मेरी मम्मी-पापा के लिए भी कुछ उपहार लेने चाहिए।

रविवार हम बच्चों सहित शॉपिंग के किए निकले थे। आशु ने यह सोनम पर छोड़ा था कि उन्हें कहाँ कहाँ जाना है। सोनम के कहने पर लंच, राजस्थान रेस्टोरेंट में किया था। बच्चों के मनोरंजन के लिए हुसैन सागर में नौका विहार किया था। जूलरी शॉप एवं मॉल में बहुत सारी शॉपिंग की थी।

मॉल से लौटते हुए रात हो गई थी, समय 7.30 हुआ था। आशुतोष एवं सोनम पैकेट्स से लदे हुए लिफ्ट में थे।

लिफ्ट में ऐश्वर्या पहले से थी, आशुतोष चौंक गया था। ऐश्वर्या ने उसे अनदेखा किया था। आशुतोष ने ही पूछा था - हाय ऐश्वर्या, कैसी हो? आप इनसे मिलो यह मेरी पत्नी सोनम और ये हमारे दो प्यारे बच्चे हैं।

एपिसोड 25

अनु दीदी आई थीं। उनके भी एक बेटा एक बेटी थी। उनका बेटा अथर्व 10 वर्ष का हुआ था। जबकि उनकी बेटी यजु हमारी बेटी आयुषी की उम्र की अर्थात् 6 वर्ष की थी। मेरा बेटा अयान उनमें सबसे छोटा 3 वर्ष का था। अनु दीदी के बेटे-बेटी को हमारे बच्चे बहुत प्रिय थे। अथर्व बड़ा होने से बाकी तीन बच्चों का अच्छा ध्यान रख लेता था। सभी बच्चे मिलकर आनंद से रहते थे।

हम चारों भी कंपनी एन्जॉय करते थे। अभिजीत वैसे तो कम बोलने वाले थे लेकिन जब जब हमसे मिलते बहुत बोलते और हर बात में, हँसने की बात निकाल कर अच्छा हास-परिहास करते थे।

कन्याकुमारी में हमने सुंदर समुद्र तट पर बहुत समय बिताया था। अचानक आई बरसात में हम सबने भीग भी लिया था। फिर वस्त्र बदल कर सभी थानुमलय मंदिर के दर्शन को गए थे। रात होटल में एक सूट में अभिजीत और आशु ड्रिंक करने लगे थे। तब दूसरे सूट में चारों बच्चे, अनु दीदी और मैं थी। अनु दीदी ड्रिंक लेतीं थीं लेकिन मैं नहीं पीती थी इसलिए उन्होंने कहा था - मैं, अभि और आशु का नहीं, सोनम का साथ दूँगी।

बच्चे खेल में मग्न हुए तब हम सोफे पर बैठकर बात करने लगे थे।

मैंने कहा था - दीदी आप भारत आती हो तो मुझे बहुत अच्छा लगता है। आपने आशु की ही नहीं, मेरी भी बड़ी बहन (यदि कोई होती) जैसा स्नेह

हमेशा दिया है। आप एवं रजनीत नहीं होतीं तो शायद चाहकर भी मैं आपके परिवार का हिस्सा नहीं बन पाती।

अनु दीदी ने बाकी बात अनसुनी की थी। भारत आने वाली बात पर कहा था - सोनम, मैं विचार कर रही हूँ कि यजु के आठ वर्ष के होने के बाद हम भारत लौट आएं। तब तक अथर्व 12 का हो जाएगा।

मैंने पूछा - दीदी आप ऐसा क्यों सोच रहीं हैं? जो यहीं रह रहे हैं, वे लोग कैलिफोर्निया जाने के लिए बावले (Crazy) होते हैं। आप वहाँ रह रहीं हैं तो वापस भारत लौट आना चाहती हैं।

दीदी ने बताया - सोनम, वहाँ की संस्कृति में किशोरवय बच्चों का लालन-पालन मुझे कठिन प्रतीत होता है। वहाँ लड़के-लड़कियों में बहुत खुलापन होता है। मैं इधर की संस्कृति में पली बड़ी हुई हूँ। मुझे बच्चों के लिए वैसा खुलापन अच्छा नहीं लगता है।

मैंने पूछ लिया - क्या भारतीयों के बच्चे भी वहाँ पर वैसा ही करने लगते हैं?

दीदी ने बताया - हाँ सोनम, यह मानव स्वभाव है। हम अधिकतर वही सब करने लगते हैं जो हमारे आसपास सब कर रहे होते हैं। वहाँ उसे अच्छा ही माना जाता है। पेरेन्ट्स के लिए उस सब से, अपने बच्चों को दूर रख पाना कठिन होता है।

मैंने कहा - दीदी, आज यहाँ भी काफी कुछ बदल गया है। चार वर्षों में यहाँ भी बहुत कुछ होने लगेगा।

दीदी ने कहा - हाँ सोनम मुझे पता है। फिर भी जितना आगे के चार वर्षों में वहाँ बदलेगा, उसकी तुलना में यहाँ का परिवर्तन कम ही होगा। वहाँ तो टीन होने के साथ ही बच्चे सेक्स करने को लालायित होते हैं। बिरले ही होते हैं, जो भारतीयों की तरह एक के प्रति निष्ठ हों।

मैंने पूछा - वहाँ पेरेन्ट्स रोकते नहीं हैं या बच्चे उनकी सुनते नहीं हैं?

दीदी ने बताया - दोनों ही बातें देखने में मिलती हैं। बहुत से पेरेन्ट्स इसमें बुराई नहीं देखते हैं। आप समझो, पेरेन्ट्स की बच्चे तब ही तो सुने ना, जब पेरेन्ट्स स्वयं जो कहते हैं वैसा करते दिखें। अनेकों के वहाँ डिवोर्स हो जाते हैं। बच्चे अन्य माँ या पिता के साथ पल रहे होते हैं।

मैंने पूछा - तब तो भारतीय मर्यादा में सभी का रहना कठिन होता होगा?

दीदी ने बताया - बिलकुल, दूर क्यों जाएं अभिजीत को ही देखो जिस तिस से संबंध के लिए आतुर रहते हैं।

यह सुनकर मुझे दुःख हुआ। मैंने साहस करके प्रश्न किया - इसका प्रभाव आप पर क्या होता है? क्या आप भी प्रतिक्रिया में ऐसा ही करने की नहीं सोचती हैं?

दीदी ने बताया - नहीं! एक भारतीय पत्नी की तरह रहते हुए मैं इसमें नहीं पड़ती हूँ।

अब आशु पर अपने संदेह का मुझे स्मरण आया था। मैंने पूछ लिया - आप जीजू को यह करने के लिए मना नहीं करती हैं?

अनु दीदी ने कहा - मना करती थी, प्रभाव नहीं पड़ता दिखा तो कहना छोड़ दिया।

मैंने पूछा - आपको यह बुरा तो लगता होगा?

दीदी ने कहा - पहले बुरा लगता था। फिर मैं वहाँ जैसा सोचने लगी कि यह भूख भूख का अंतर है। अभिजीत की भूख है अगर एक मुझ से से तृप्त नहीं होती तो वे दूसरी किसी से मिटा लें तो इसमें मेरा क्या जाता है। मैं प्रकट में इसे इश्यू नहीं बनाती हूँ तो समझो मैं अपने बच्चों पर, उनके सगे डैडी-मॉम का साया सुनिश्चित कर रही हूँ।

यह सब सुनकर मुझे दीदी महान लग रहीं थीं। मैं संशय में थी, आशु के पीछे डिटेक्टिव लगा कर क्या मैं ठीक कर रही हूँ। विचार करने की यह भी तो एक शैली है।

फिर भी मैंने कह दिया - दीदी अगर आशु ऐसा करें तो मुझे सहन नहीं होगा।

दीदी ने तब इसका भी समाधान कर दिया था। उन्होंने बताया - सोनम, आपने बचपन से सदा ही, अपने मम्मी-पापा को एक दूसरे का निष्ठ देखा है इसलिए आपके लिए आशु यदि ऐसा करे तो सहन करना कठिन होगा। मैंने जब में 16 वर्ष की हुई थी तब अपनी मॉम को व्यथित होते देखा था। तब उनसे कारण पूछा था। मॉम ने बताया था कि मेरे पापा दूसरे शहर में अपनी एक रखैल (Kept) रखते हैं। मॉम ने बताया था उनके लिए यह विकट यंत्रणा (Agony) थी। फिर भी हमारे वास्ते और समाज में मान बना रहे इस हेतु वे इसे सहन करती थीं/हैं।

मैंने पूछा था - जीजू के ऐसे रसिया (Sensuous) होने की बात क्या आशु जानते हैं?

दीदी ने हँसकर पूछा था - सोनम क्या व्यभिचारी आदमी के लिए साहित्यिक शब्द रसिया होता है? (फिर उन्होंने गंभीर होकर कहा था) - सोनम, आशु छोटा होने से सबका लाड़ला रहा है। वह मेरा भी लाड़ला भाई है। मॉम ने अपनी व्यथा मुझसे तो कही थी मगर मुझे आशु से बताने को मना किया था। मैंने भी आपको तो बता दिया है मगर मैं भी यही चाहूँगी कि आप आशु को यह सब नहीं बताना। डैडी या जीजू के ये कारनामे कोई गौरव करने की बात तो नहीं है। अपने प्रिय भाई को व्यर्थ ग्लानि में पड़ते देखना, मेरे दुःख को और बढ़ाएगा।

मैं सोचने लगी थी दीदी अपना यह दुःख शायद किसी से नहीं कहतीं हैं। उन्होंने मुझे क्यों यह सब बताया है।

मैंने पूछा - दीदी, आपने मुझे यह सब बताया है। क्या आपका बताने का आशय, जीजू से मुझे सावधान करने का है?

दीदी ने फीकी मुस्कान सहित कहा था - हाँ सोनम आप ठीक समझ रही हो। वैसे अभिजीत अच्छे हैं मगर जब उन पर ड्रिंक्स का प्रभाव होता है तब आपका थोड़ा सावधान रहना अच्छा होगा। वहाँ गोरी औरतों के लिए यह सामान्य बात है मगर मैं नहीं चाहती कि अभिजीत आप जैसी अच्छी लड़की पर, अपनी डर्टी ट्रिक्स परखने की कोशिश करें।

फिर दीदी उठकर बच्चों में चलीं गईं थीं। मैं सोचने लगी थी। मैं ऐसा बहुत कुछ सुनती - पढ़ती थी मगर अपने ही परिवार में यह सब रहा या हो रहा है, इसकी मुझे कल्पना नहीं थी। इन अनाचार में लिप्त पतियों, अभिजीत को दीदी, या आशु के डैडी को उनकी मॉम सहन करती रहीं थीं/हैं। इतने वर्षों के साथ में मुझे जरा भी भनक नहीं हुई थी। कारण यह था कि अंदर की दशा से भिन्न मॉम या अनु दीदी, बाह्य रूप से इसे किसी के सामने प्रकट नहीं करतीं थीं।

यह सब जानकर मेरे मन में डैडी जी एवं जीजू का आदर कम हुआ था। फिर भी अनु दीदी की बातें सुनने के बाद मैंने यही संदेश ग्रहण किया था कि सबके सामने मुझे दोनों का पूर्ववत आदर करना था। यह सुनिश्चित करना था कि उनका सब में जो मान और प्रतिष्ठा है वह बनी रहे। दीदी ने मुझे विश्वासपात्र मानते हुए सहज ही सब बता दिया था।

कैलिफोर्निया में 12 वर्ष रहने के बाद उन्होंने वहाँ की बहुत सी आधुनिक बातें ग्रहण कीं थीं किंतु अपनी मर्यादाओं का पालन किया था।

जब तक मुझे यह पता नहीं था, अभिजीत और आशु में जीजा-साले वाले प्रेम को देखकर मुझे प्रसन्नता होती थी। दीदी के बताने के बाद मुझे भय लग रहा था। जीजू का अधिक साथ करने से, आशु पर उनका प्रभाव न आने लगे। अगर ऐसा हो तब भी मैं आशु के बिना रह तो नहीं सकती थी मगर मेरी कहानी भी उन मन ही मन घुटती पत्नियों जैसी हो जाने वाली हो जाती, जो स्वयं पतिव्रता होतीं हैं मगर उनके पति विवाह के समय दिए सात वचनों का पालन नहीं करते हैं।

यह विचार आते ही मैंने दीदी से कहा - दीदी मैं इन्हें देख कर आती हूँ, डिनर लेने का समय हो रहा है।

अनु दीदी ने सहमत किया था। मैं दूसरे सूट के दरवाजे पर गई थी। मेरे पास की थी। मैंने डोर स्वयं ही खोल लिया और भीतर गई थी। वहाँ देखा आशु ने कम पी थी। वे नशे में नहीं दिख रहे थे। जीजू अधिक पिए हुए प्रतीत हो रहे थे। वे सोफे पर पसरे हुए थे।

मुझे देखकर उन्होंने नशीले स्वर में कहा - सोनम क्या तुम इस अमृत को नहीं चखती हो? आओ आज मैं अपने हाथों से तुम्हारे लिए पैग बनाता हूँ। एक बार पी लोगी तो बार बार पीने को तुम्हारा मन करेगा।

अगर मैंने आज दीदी से नहीं जाना होता तो इसे सामान्य मजाक जैसे ही लिया होता लेकिन जीजू की वास्तविकता जान लेने के बाद, मुझे उनकी नीयत अच्छी नहीं लगी थी।

मैंने कहीं की बात कहीं ले जाते हुए उत्तर दिया था - जीजू इतने बरस हुए हैं, मेरे पर तो एक ही नशा चढ़ा रहता है। मुझे इस मदिरा के नशे की आवश्यकता ही नहीं है। उस नशे पर यह नशा चढ़ ही नहीं सकता है।

जीजू ने कहा - वाह सोनम, हमें भी तो बताओ वह नशा कौनसा है, हम भी वह करके देखना चाहेंगे।

मैंने कहा था - जीजू यह आशु के प्यार का नशा है। अगर आपने नहीं किया हो तो आप भी अनु दीदी के प्यार के नशे को अनुभव करके देखना।

आशु मुझे प्यार से देख रहे थे। अभिजीत जीजू का नशा हिरन होते लगा था। उन्होंने बात बदलते हुए कहा - आप सब यदि डिनर के लिए रेस्टोरेंट जा रहे हो तो मेरे लिए रूम सर्विस में डिनर सर्व करने के लिए कह देना। अभी मुझे चलने में आलस आ रहा है।

एपिसोड 26

पहली बार मिलने के दिन से ही अनु दीदी मुझे बहुत प्यारी लगती थीं। उन्हें ऊपरी रूप से देख कर किसी को आभास नहीं होता था कि उनके जीवन में कोई दुःख भी है। उनसे, मुझे एवं आशु को मिलते गहन स्नेह दुलार का अनुभव होता था। मैं उनकी भक्त हो गई थी।

कन्याकुमारी के बाद जब हम ऊटी में थे। रोज गार्डन में दीदी के साथ मैं, आशु-अभिजीत और बच्चों से कुछ पीछे चल रही थी। तब पवित्रा का कॉल आया था। उसने कहा - मैम मैं आपसे मिलकर कुछ बताना चाहती हूँ।

मैंने उससे कहा था - अभी 15 दिन हम हैदराबाद से बाहर हैं। मैं वापस हैदराबाद आने पर आप से बात करूँगी। क्या कुछ बहुत विशेष या गंभीर तो नहीं है?

उसने कहा था - नो मैम, 15 दिन प्रतीक्षा की जा सकती है। तब तक सब कुछ और क्लियर भी हो जाएगा।

मैंने कहा था - थैंक्स!

कॉल पर मैं अनु दीदी के साथ चलते हुए ही बात कर रही थी। उन्होंने यह किस बारे में है, कुछ नहीं पूछा था। मेरा एक मन हुआ था कि अपने संदेह के बारे में उनसे बताऊँ। मेरे संदेह अनुसार यदि आशु अवैध संबंधों में लिप्त भी हुए हैं तब भी अभिजीत जीजू एवं अपने डैडी की तुलना में आशु बहुत सज्जन

ही कहे जाएंगे। मैं दीदी को अपने संदेह की बताकर उनके दुःख को बढ़ाना नहीं चाहती थी। मैं सोच रही थी अगर मैं उन्हें यह बताऊँ तो उनका पुरुषों पर से विश्वास उठ जाएगा। उनके तीन सबसे करीबी पुरुष अर्थात् डैडी, भाई एवं पति सभी रसिया सिद्ध होंगे। आशु के कारण अभी वे यह समझती होंगी, दुनिया में बहुत से अच्छे पुरुष भी हैं। उनकी यह समझ मिथ्या सिद्ध होने से वे और अधिक अवसाद में पड़ जाएंगी। मैंने इस विचार को त्याग दिया था।

हमने अपनी योजना अनुसार सभी स्थानों का भ्रमण किया था। फिर सप्ताह भर का समय अपने गृहनगर में सब के बीच सानंद बिताया था। यह साथ का सुंदर समय पलक झपकते सा बीत गया था।

हम अनु दीदी, जीजू एवं बच्चों को कैलिफोर्निया के लिए विदा कर रहे थे। मैंने अलग होकर उनसे बात की थी। मैंने कहा था - आज के पहले दीदी आप जब भी कैलिफोर्निया के लिए रवाना हो रही होतीं थीं तब मैं यह सोचती थी, आप दुनिया के स्वर्ग में जा रही हैं।

अनु दीदी ने कहा था - सोनम, स्वर्ग सब जगह है और नहीं भी है। अपने घर को हम स्वर्ग बना सकें तो कैलिफोर्निया और हैदराबाद दोनों ही हमें स्वर्ग लग सकते हैं। यह मेरी ही कमी है, मैं अपने घर को स्वर्ग नहीं बना पाई।

मैं भावुक होकर रो पड़ी थी। अनु दीदी जैसी अच्छी लड़की के जीवन में यह दुःख कदापि नहीं होना चाहिए था। मेरे रोने का एक कारण यह भी था कि मैं सोच रही थी मेरा अब तक स्वर्ग रहा घर, क्या आगे भी मैं स्वर्ग बनाए रख पाऊँगी!

दीदी ने मुझे रोते देखा तो हँसते हुए कहा था - सोनम, क्या मुझे रुलाना चाहती हो! आप हृदय पर लेकर सोचना छोड़ो, नहीं तो जीना कठिन होगा।

दीदी ने अपने हैंकी से मेरे अश्रु पोंछे थे। आशु ने यह देखा तो पूछा - दीदी, सोनम इतनी भावुक क्यों हो रही है?

दीदी ने हँसकर कहा - तुम्हारी शिकायत कर रही है, कह रही है आशु कंजूस हैं, मुझे एक बार ही कैलिफोर्निया ले गए हैं।

आशु ने पूछा - फिर आपने सोनम को कैसे चुप कराया है? मुझे भी बताओ ताकि कभी मेरे सामने यह ऐसे रोए तो मैं चुप करा सकूँ।

दीदी ने कहा - मैंने कहा है आशु को कंजूस रहने दो, इस बार कैलिफोर्निया की टिकट मैं बुक करा के भेजूँगी।

अब तक सभी हमारे आस पास आ गए थे। सब हँसने लगे थे। तब मैं सोच रही थी भगवान ने मेरे जीवन में जिन्हें मुझसे मिलवाया है उसमें सर्वोत्कृष्ट व्यक्ति अनु दीदी हैं, आशु भी उनके बाद आते हैं।

दीदी के जाने के बाद, हम सब अपनी अपनी पूर्ववत दिनचर्या में रहने लगे थे। मैंने पवित्रा को एक रेस्टोरेंट में मिलने बुलाया था। वह आई थी। उसने बताया था - जो ऑडियो रिकॉर्डिंग आपको भेजी गई है वह फैक नहीं है।

मैंने पूछा - यह कहाँ रिकॉर्ड हुई है कुछ पता चला है?

उसने बताया - यह पुणे के उस होटल के रूम की हो सकती है, जिसमें टूर पर रहने के समय में, ऐश्वर्या एवं आशुतोष सर ने दो रात स्टे किया था।

मैंने सर्द स्वर में पूछा था - यह आप किस आधार पर कह रहीं हैं?

पवित्रा ने बताया था - आप अगर इस ऑडियो को ध्यान से सुनें तो उसमें कुक्कू क्लॉक की कुक्कू के, दो बार कुहुकने का स्वर सुनाई दे रहा है। इसका अर्थ इस रिकॉर्डिंग का समय दो बजे का है। ऐसी कुक्कू क्लॉक उस होटल के सभी सूट में लगी हुईं हैं। फिर भी ऐसा ही हो यह आवश्यक नहीं है। ऐसी कुक्कू क्लॉक कई धनी लोगों के घर में भी लगी होती हैं।

मैंने विचारते हुए पूछा - वह मोबाइल नंबर किसका है, इसका कुछ पता चला है?

पवित्रा ने बताया - इस नंबर की सिम प्रियांशी कुमारी के नाम जारी हुई है। उस सिम का प्रयोग अभी नहीं किया जा रहा है।

मैंने पूछा - मोबाइल रिकॉर्ड में प्रियांशी का पता भी होगा, क्या आपने उसे ढूँढने का प्रयास किया है?

उसने बताया - मैम एड्रेस पंचकुला का है। मैंने पंचकुला जाकर पता किया है, प्रियांशी कुमारी वहाँ की एक सीधी सादी गृहिणी है। उसने मुझे बताया है, एक एजेंट से उसे इस नंबर की सिम मिली थी। तब काम नहीं करने से एजेंट ने उससे वापस लेकर उसे दूसरी सिम दे दी थी। अतः यह नंबर उसके द्वारा प्रयोग नहीं किया जा रहा है।

मैंने कहा - ओह्ह, फिर तो वह किसका मोबाइल है यह जानना कठिन है।

पवित्रा ने कहा - जी हाँ, मैम! मेरे पास आपको बताने के लिए एक और जानकारी है।

मैंने कहा - वह भी बताओ।

पवित्रा ने बताया - मैम, आशु सर ने भी एक डिटेक्टिव की सेवा ली है।

यह सुनकर मेरे कान खड़े हुए थे। मैंने पूछा - क्या वह मेरे पीछे लगाया गया है? क्या वह डिटेक्टिव यह जानता है कि आप मेरे लिए काम कर रही हो?

उसने बताया - नहीं मैम, डिटेक्टिव नहीं जानता कि मैं आपके लिए काम कर रही हूँ और ना ही वह आपके पीछे लगाया गया है। वास्तव में वह भी इसी ऑडियो एवं इसी मोबाइल नंबर की जाँच हेतु लगाया गया है। मैंने जिस सोर्स से ऑडियो की जाँच करवाई है वह डिटेक्टिव मेरे पहले ही, उससे इसके संबंध में जानकारी प्राप्त कर चुका है। साथ ही वह भी प्रियांशी कुमारी से सिम की जाँच करते हुए मुझसे पहले पंचकुला पहुँचा था।

मुझे इस संबंध में आगे जाँच की आवश्यकता नहीं लग रही थी । मैंने तब पवित्रा को उसके दिए बिल अनुसार भुगतान कर दिया था। मेरे मस्तिष्क में अवैध संबंधों के बारे में समझने की उत्सुकता हुई थी। अब मैंने उसे डैडी जी के विवरण देकर उनकी रखैल का पता करने एवं उस महिला की कहानी निकालकर लाने का काम सौंपा था।

~~

अनु दीदी के बताने के बाद मैं इस निष्कर्ष पर पहुँची थी कि दुनिया की बुराइयों से बचने या आशु में बुराई आए इससे उन्हें बचाने के लिए एकमात्र सार्थक उपाय यही है कि मैं अपने में कमियों को पहचानूं और उन्हें दूर करूँ। ताकि आशु मेरे अतिरिक्त किसी और लड़की या युवती के फेर में नहीं पड़ें।

मैं अपने संदेह के बारे में यह सोचने लगी थी कि अगर यह सच भी है तब भी आशु, अभिजीत जीजू या अपने डैडी की तुलना में बहुत भले पति हैं। अगर आशु ने मुझे धोखा भी दिया है तब भी मुझे उन्हें क्षमा करना चाहिए और प्रयास करना चाहिए कि वे इन चक्करों से बाहर निकल कर सिर्फ मेरे और परिवार में सुख प्राप्त कर सकें।

यह मेरे लिए एक बैडमिंटन मैच की तरह हुआ लग रहा था। जिसमें मुझे प्रतिद्वंदी खिलाड़ी पर नियंत्रण उसकी कमजोरी का लाभ उठाकर नहीं, अपने अधिक निपुण खेल से करना था।

मैंने हैदराबाद के सेक्स थेरेपिस्ट के बारे में पता किया था। फिर मैंने एक थेरेपिस्ट मलीना से मिलने के लिए अपॉइंटमेंट लिया था।

मलीना ने मुझसे पूछा था - आपके पति के साथ क्या आप को आत्मीयता (Intimacy) समस्या लगती है?

मैंने कहा था - मेरे पति दुनिया में जिनको सबसे अधिक चाहते हैं उनमें सर्वप्रथम मैं, फिर हमारे बच्चे और उसके बाद, उनकी मॉम, डैडी और बहन

आते हैं।

मलीना ने कहा था - इंटिमसी का भारत में यह क्रम सबसे अधिक देखा जाता है और यह स्वाभाविक भी है। तब क्या अपने पति से आपको या आपसे आपके पति को यौन तृप्ति नहीं मिल पाती है?

मैंने बताया था - ऐसा भी नहीं है। वे जितना सुख प्रदान करते हैं मुझे उससे अधिक कुछ नहीं चाहिए होता है। मैं विवाह के प्रथम दिन से संबंध में सक्रियता से हिस्सा लेती हूँ। इससे मुझे कभी नहीं लगता कि उन्हें भी कोई इससे अधिक की अपेक्षा होती है।

मलीना ने पूछा - आपमें संबंध की आवृत्ति (Frequency) कितनी होती है?

मैंने लजाते हुए बताया था - हमारा विवाह हुए नौ वर्ष हुए हैं। हमारे दो बच्चे हैं। गर्भावस्था एवं प्रसव के बाद जितना और जैसा डॉक्टर ने बताया था, उस समय में हमारी रिलेशन की आवृत्ति कुछ कम रही थी। बाकी समय में लगभग वह उतनी ही होती है जितनी विवाह के आरंभिक समय में थी।

मलीना ने पूछा - अर्थात् सप्ताह में कितनी बार?

मैंने बताया - सामान्यतः चार से पाँच बार तक।

मलीना ने पूछा - क्या आप या आपके पति इस हेतु कोई ड्रग वगैरह कुछ लेते हैं?

मैंने बताया - कभी नहीं! हम दोनों ने इसकी आवश्यकता कभी अनुभव नहीं की है।

मलीना ने कहा - फिर तो मुझे लगता है, आपको मेरी कॉउंसलिंग की आवश्यकता ही नहीं है।

मैंने कहा - कुछ दिनों से मुझे संदेह होता है कि उनके एक लड़की के साथ कुछ बार अवैध संबंध स्थापित हुए हैं।

मलीना ने विचार किया फिर कहा - यह मर्यादा की दृष्टि से अनुचित है मगर जिनके सम्पर्क में हम होते हैं, उनसे कभी कभी अनायास संबंध का हो जाना असामान्य बात नहीं है। अगर आपके पति के कुछ बार ऐसे संबंध हुए हैं तो इसका अर्थ कदापि यह नहीं कि उनका प्यार आपके लिए कम हुआ है।

मैंने कहा - मगर मुझे यह कल्पना असहनीय हो जाती है।

तब मलीना ने कहा - मेरा परामर्श यह है कि जिस दिन आपका संदेह, सच होने की पुष्टि होती है, आप साहस जुटा कर अपने पति से आपत्ति कीजिए। उन्हें जब यह पता चलेगा कि उनके अवैध रिश्ते आप को पता चल गए हैं तब वे उसे समाप्त कर लेंगे। उन्हें डर रहेगा कि आप भी किसी से अवैध रिश्ते में गईं तो उन्हें आपको रोकने का नैतिक अधिकार नहीं रहेगा।

एपिसोड 27

7 अक्टूबर 2019

अनु दीदी के साथ बिताए दिनों में, मेरा मन उनके प्रति सहानुभूति एवं प्रेम से ओतप्रोत रहा था। मैं आशु पर संदेह को लगभग भूली हुई थी। आशु पर मेरा संदेह ही था जबकि यह दीदी का कटु यथार्थ था। उनके पति के अवैध संबंध, एक से नहीं अनेकों के साथ थे। मॉम भी, डैडी के अवैध रिश्ते को लंबे समय से सहन कर रहीं थीं।

मेरे मन पर बीत रही जो मुझे असहनीय लगती थी, उसकी तुलना में दोनों की मानसिक पीड़ा कितनी अधिक होगी, मुझे इसकी कल्पना थी।

ऑडियो रिकॉर्डिंग के तरह की संदेहजनक सामग्री मुझे फिर कोई नहीं मिली थी। मुझे वह किसी सिरफिरे के द्वारा मेरे जीवन में विघ्न डालने की एक क्षणिक कोशिश लगने लगी थी। जो अनजान विघ्नकर्ता के मन में किसी क्षण आई थी फिर स्वतः चली गई थी।

मैं मलीना की बातों के बारे में सोच रही थी, जिसने अंत में अवैध संबंध को एक सामान्य बात कह दिया था। अवैध रिश्ते किसी सेक्स थेरेपिस्ट की दृष्टि में तो सामान्य हो सकते थे किंतु उस पत्नी के लिए जिनके पति इनमें लिप्त हो जाते हैं, के जीवन को असामान्य बना देने वाले होते हैं। मलीना का इन पर क्या वश हो सकता था, मलीना का दोष भी क्या था। वह तो जो हो चुका है, उसे सामान्य प्रतिपादित करके मेरे मन को शांत करने की कोशिश ही कर रही थी।

मुझे अगस्त 2019 की घटना याद आई थी -

मॉल की लिफ्ट में ऐश्वर्या मिली थी और आशु ने उसे मुझसे मिलवाया था। ऐश्वर्या का मिलने तरीका गरिमामय था। उसने हँसकर मुझसे हाथ मिलाया था साथ ही गले भी मिली थी। उसने कहा था - वाह सोनम जी, मेरा दिन बन गया। मैं उस भाग्यशाली युवती से मिल रही हूँ जो आशुतोष जैसे मेरे महान बॉस की पत्नी है।

आशु ने कहा था - ऐश्वर्या यदि कोई विशेष प्रोग्राम न हो तो आप हमारे घर चलो। आज का डिनर हम साथ लेते हैं।

ऐश्वर्या ने मुझे ही संबोधित किया था। उसने असमर्थता बताई और कहा था - सोनम जी, आपके साथ कुछ घंटे बिताना मेरे लिए अत्यंत हर्ष का विषय होता परन्तु अब मेरी फ्लाइट का समय हो रहा है। पहले इसमें समय था इसलिए मैं मॉल आ गई थी। मुझे 12-13 अक्टूबर को फिर हैदराबाद आना है। मेरी कजन की 12 को एन्गेजमेंट है। उस समय कुछ घंटे मैं आपसे भेंट के लिए निकाल लूँगी।

मैंने उसकी फ्लाइट को देखते हुए भेंट संक्षिप्त रखने के विचार से कहा था - ठीक है ऐश्वर्या, तब हमसे मिलना नहीं भूलना।

ऐश्वर्या ने कहा 13 अक्टूबर रविवार है। आप एवं बॉस का अवकाश होगा तब दिन में कुछ घंटे हम अवश्य मिल सकेंगे।

विदा लेते हुए ऐश्वर्या ने झुककर हमारे दोनों बच्चों को स्नेह से चूम लिया था। अपने पर्स में से निकाल कर दोनों को एक एक चॉकलेट दी थी। फिर बड़े ही मधुरता से बाय सोनम जी, बाय बॉस कह कर तेज कदम बढ़ाते हुए चली गई थी।

~~

8 अक्टूबर 2019

मैंने आशु से कहा था - आशु सुनिए इस रविवार ऐश्वर्या हैदराबाद में होगी। आप कॉल करके उसे लंच साथ करने का आमंत्रण दे दीजिए।

आशु ने आश्चर्य से मेरा मुख निहारा और कहा था - आपने इस बात पर बड़ा ध्यान रखा हुआ है। मुझे यह औपचारिकता वश कही गई बात लगी थी।

मैंने हँसकर पूछा था - हम उसे औपचारिकता से आगे ले जाएं तो बुरा क्या है?

आशु ने शुष्क स्वर में कहा था - हाँ इसमें बुरा तो कुछ नहीं है।

फिर आशु ने मोबाइल पर ऐश्वर्या को कॉल मिला कर मेरी ओर बढ़ा दिया और कहा था - यह लीजिए, ऐश्वर्या से आप ही बात कर लीजिए।

इस बीच में ऐश्वर्या कॉल पर आ चुकी थी और उसने आशु की बात सुन ली थी। मेरे हेलो कहते ही उसने कहा था - दुनिया की सबसे भाग्यशाली युवती, सोनम जी! आप से बात करना मुझे कितना अच्छा लग रहा है, मैं बता नहीं सकती।

मैंने कहा था - धन्यवाद ऐश्वर्या, हम में अधिक बातें हो सकें इस हेतु ही मैं आशु को याद दिला रही थी कि इस 12 को आप हैदराबाद आने वाली होंगी।

ऐश्वर्या ने कहा - वाह जी! कितनी अच्छी बात है। आप भूली नहीं हैं।

मैंने हँसते हुए कहा - आप हमारे लिए समय निकाल लीजिए और 13 को लंच हमारे घर पर ही कीजिए।

ऐश्वर्या ने कहा था - अहो भाग्य! ठीक है, मैं उस दिन 11 से 2.30 का समय अपनी भेंट के लिए रख लेती हूँ।

मैंने कहा - आप अपनी लोकेशन बता दीजिएगा, आशु आप को पिक कर लेंगे।

ऐश्वर्या ने कहा - नहीं सोनम जी, मैं बॉस को कष्ट नहीं दूँगी। आप एड्रेस भेज दीजिएगा मैं स्वयं पहुँच जाऊँगी।

मैंने कहा था - ठीक है, टेक केयर, बाय ऐश्वर्या, गुड डे।

13 अक्टूबर 2019

समय की पाबंदी से ऐश्वर्या ग्यारह बजे ही हमारे घर आ गई थी। यह दूसरों के लिए अचरज की बात हो सकती थी कि जिस लड़की से आशु के अवैध संबंध होने का मैं संदेह करती थी, मैंने उसकी आवभगत के लिए उस सबेरे जल्दी उठकर, नाना प्रकार की भोज्य सामग्रियाँ बनवाई थीं।

ऐश्वर्या ने भी आत्मीयता प्रदर्शित करने में अपनी तरफ से कोई कमी नहीं छोड़ी थी। वह मेरे लिए एक सुंदर टॉप और बच्चों के लिए चॉकलेट गिफ्ट लेकर आई थी। यह अवश्य ही आश्चर्य की बात थी, वह आशु के लिए कुछ नहीं लाई थी। सामान्यतः ऐसे समय में मजाक करने से नहीं चूकने वाले आशु ने ऐश्वर्या से कुछ नहीं कहा था। खाना-पीना कर चुकने के बाद जब आशु बच्चों के साथ खेल रहे थे तब ऐश्वर्या और मैं सोसाइटी में टहल के लिए निकले थे। यहाँ बात ऐश्वर्या ने आरंभ की थी। ऐश्वर्या ने मुझे अचंभित करते हुए पूछा था - सोनम जी, आप डिटेक्टिव की सेवा पर धन क्यों व्यर्थ कर रहीं हैं?

हक्का बक्का मैं समझ नहीं पाई थी, मैं इसका क्या उत्तर दूँ। तब ऐश्वर्या ने ही बताया था - प्रियांशी मेरी रिश्ते में बड़ी बहन होती हैं। उनसे मुझे ज्ञात हुआ है कि आपकी पवित्रा पंचकुला में उन तक पहुँची थी।

मुझे कुछ कुछ समझ आ रहा था। सदमे से मेरा मुँह खुला रह गया था, मैं कुछ बोल नहीं पा रही थी। मैं ऐश्वर्या के मुख को आश्चर्य से निहार रही थी।

ऐश्वर्या ने आगे बताया था - अपने मनोरंजन (Fun) के लिए वह ऑडियो मेरी ही रिकॉर्ड की हुई थी। बॉस पर आए गुस्से में मैंने वह आपको भेज दी थी।

मैं सोच रही थी यह ऐश्वर्या कैसी लड़की थी, मेरे पति के साथ अवैध संबंध

की बात मुझे स्वयं ही बताने का दुस्साहस कर रही थी। ऐश्वर्या के मुख पर ऐसे भाव थे जैसे वह निर्णय कर चुकी थी, उसे मुझसे कुछ छुपाना नहीं था। अभी वक्ता वही थी स्तब्ध मैं एक श्रोता ही रह गई थी।

ऐश्वर्या ने फिर कहा था - सोनम जी, मैं यह सब बताने का दुस्साहस इस विश्वास से कर रही हूँ कि आप बीच सड़क पर मेरे बाल नहीं खींच लेने वाली हैं, नोच कर मेरा मुखड़ा नहीं बिगाड़ देने वाली हैं।

अब तक मैं सदमे की हालत से थोड़ा उबर गई थी। क्रोध मुझे ऐसा ही आ रहा था, मैं ऐश्वर्या के बाल खींचकर उसे भूमि पर पटक दूँ और मिज़ुनो रैकेट से मार मार कर उसकी शक्ल बिगाड़ दूँ।

मेरा बैडमिंटन खेलने का ढंग ऐसा था कि आक्रामक (Aggressive) हो रहे प्रतिद्वंदी के विरुद्ध, मैं रक्षात्मक खेल कर अपने को मैच में बनाए रखने का प्रयास करती थी। यहाँ मैंने वही किया था। मैंने स्वर संयत रखते हुए कहा था - ऐश्वर्या मुझे सब सच सच बताओ।

ऐश्वर्या ने बताना आरंभ किया था - सोनम जी, दोष बॉस का नहीं था। संस्कारों में लालन पालन होने से मैं भी एक अच्छी लड़की थी। जॉब में आने के बाद टीवी पर मैं यूएस शो देखने लगी थी। मैंने देखा पाश्चात्य देशों में विवाह के पहले बल्कि टीन ऐज में वर्जिनिटी खोने को भी सेलिब्रेट करने का अवसर माना जाता है। मैंने 24 वर्ष तक अपना कौमार्य बचाए रखा था। मैं आशुतोष बॉस से प्रभावित थी। मैंने आउटिंग से लौटते हुए उन्हें अकेले में अपने घर में पाया तो मैंने ही उन्हें मुझ पर सब कुछ करने के लिए उकसाया था।

अगली बार भी मैं ही उन्हें अपने फ्लैट में जोर देकर ले गई थी। जब हम पुणे टूर पर गए थे, हम होटल में अलग अलग सूट में ठहरे थे। तब भी दो देर रातों में, मैं ही उनके सूट में गई थी। मैंने वहीं बॉस से छुपाकर वह ऑडियो रिकॉर्ड की थी।

अब पहली बार मैंने कहा था - ठीक है आप अकेली थीं। आप अपनी वर्जिनिटी खोना चाहतीं थीं मगर आशु ये कैसे भूल सकते थे कि वे विवाहित हैं, यही नहीं दो बच्चों के पापा भी हैं।

ऐश्वर्या ने कहा - मैं सोचती हूँ कोई ऐसा व्यक्ति जिससे आप किसी कारण से प्रभावित हैं यदि अकेले में आप पर हावी हो जाए तो आप अनायास अपने पर नियंत्रण खो सकती हो। उन कमजोर पलों में आप भूल सकती हो कि आप दो बच्चों की माँ हो और पतिव्रता पत्नी हो।

मैंने संदेह व्यक्त करते हुए पूछा था - ऐश्वर्या क्या यह सब मुझसे कहने के लिए, आशु ने आपको निर्देशित किया है? आप आशु के अवैध संबंध का बचाव ऐसे कर रही हो जैसे कि किसी क्लाइंट के सामने कंपनी के हित रक्षा में जुटी हो। अगर आशु को आप इतना निर्दोष मान रहीं थीं तो फिर वह ऑडियो भेज कर आपने क्यों हमारे सुखद दांपत्य में, उथल-पुथल मचाने का प्रयास किया था?

ऐश्वर्या ने कहा - आशुतोष बॉस ने यह करने के लिए मुझे निर्देशित नहीं किया है। आपसे यह कन्फेस मैं पाश्चात्य नारी के साहस की समर्थक होते हुए कर रही हूँ। आप और मेरी उम्र में 10 वर्ष का अंतर होने से हम में लगभग एक जेनरैशन का अंतर है। आप पुराने तरह से विचार करने वाली हैं जबकि अपने नए विचारों में अपने चहेते पुरुष से सेक्स करने को मैं सामान्य तरह से लेती हूँ।

मैंने तीव्र प्रतिक्रिया देते हुए कहा - ऐश्वर्या इसका अर्थ क्या यह नहीं है, आपको जितने भी पुरुष अच्छे लगेंगे, उतने सब के साथ सोना आपके लिए सामान्य बात होगी?

ऐश्वर्या ने शांति से कहा - ऐसा भी नहीं है। आपकी जानकारी के लिए और यदि आप इस पर विश्वास करें तो मैं यह बताना चाहती हूँ कि अब तक के मेरे जीवन में आशुतोष बॉस ही एकमात्र पुरुष हैं। मेरी परामर्श आपके लिए

यह है कि यदि आप हमारे संबंध से कुढ़ रही हो तो स्वयं भी एक अन्य पुरुष से कुछेक बार संबंध कर लो। आप की हमसे अभी हो रही शिकायत मिट जाएगी।

मैंने कहा - तो सुनो ऐश्वर्या, आपकी जानकारी के लिए मैं भी आपको बताती हूँ, तथाकथित पिछली जेनरैशन की मैं, इस रूप में आशु को ही एकमात्र पुरुष जानती हूँ। आपके परामर्श पर भी मेरी कोई योजना अन्य किसी पुरुष के साथ अवैध संबंधों में लिप्त होने की नहीं है। आप तो मुझे यह बताओ कि क्या मुझे आपने वह ऑडियो हमारे वैवाहिक जीवन में अशांति उत्पन्न करने के उद्देश्य से भेजी थी?

ऐश्वर्या ने बताया - वैसे तो मैं बहुत परिपक्वता से विचार करने वाली लड़की हूँ। मुझे बॉस ने बैंगलोर ट्रांसफर करवा दिया था। उन्होंने मेरे पूछने पर झूठ कहा था, यह उनके बॉस ने किया है। तब मुझे गुस्सा आ गया था और आप पर क्या प्रभाव पड़ेगा सोचे बिना मैंने वह आपको भेज दिया था। बाद में शांत होने पर मुझे इसका पछतावा भी रहा है। आपकी गृहस्थी में मेरे कारण उत्पन्न संभावित संकट के लिए मैं क्षमा चाहती हूँ।

मैंने कहा - एक विवाहित पुरुष को अपने मनोरंजन के लिए प्रयोग करना आपका ऐसा दुष्कृत्य है जिसे मैं क्षमा नहीं कर सकती हूँ।

ऐश्वर्या ने कहा - शायद शांत और सुलझी तरह से विचार करने पर आप मुझे क्षमा कर पाएंगी। हम में हुई ये बातें, मैं अपने तरफ से बॉस को कभी नहीं बताऊँगी। अब मुझे चलना होगा। मेरी फ्लाइट साढ़े सात बजे की है। उसके पूर्व मुझे अपनी कजन से मिलना और विदा भी लेनी होगी।

ऐश्वर्या मेरे मन समुद्र में ज्वार भाटा मचा कर चली गई थी।

एपिसोड 28

मैं ऊपर से संयत दिखने की कोशिश कर रही थी किंतु मेरा 'मन समुद्र' सुनामी आने जैसा अशांत था। मुझे लग रहा था मेरे भीतर की सुनामी यदि बाहर निकली तो सब तरफ विनाश मचा देगी। मेरे उन पति देव ने मुझे छला था, जिनके बारे में मेरा विश्वास था कि मेरे सामने कुछ भी उनका निजी, निजी नहीं रहता है। आशु ने ऐसा निंदनीय कांड किया और मुझसे छुपाते रहे थे।

ऐश्वर्या से अपनी हुई बात के बारे में मैंने आशु से कुछ नहीं कहा था। कुछ ही दिन में आशु ने मेरे व्यवहार में परिवर्तन को भाँप लिया था। उन्होंने मुझसे कहा था - ऐश्वर्या को घर बुलाने का विचार आपका ही था। जिस दिन से वह गई है, मुझे आप बदली बदली सी लग रही हो। उसकी कोई बात आपको अच्छी नहीं लगी है क्या?

मैंने अपने को सामान्य दिखाने की चेष्टा करते हुए कहा था - नहीं ऐसी कोई बात नहीं है। ऐश्वर्या बहुत समझदार और अच्छी लड़की है।

मेरे शब्द अच्छे होते थे मगर व्यवहार में रुखाई बनी रहती थी। चार और दिन निकले थे, तब रात को आशु ने मेरे बिना पूछे ही बताया - सोनम, एक दुःस्वप्न जैसे एक रात मेरे ऐश्वर्या से संबंध बन गए थे। अगर मैं उसी रात आपसे बता देता तो अच्छा रहता।

मैं चुप रही थी। मुझे व्यथित समझकर आशु ने एक्सप्लेन करने की कोशिश की थी - जल प्रवाह थोड़े समय भटक कर जिस मार्ग पर बह लेता

है, उफान आने पर वह पुनः उस मार्ग पर बहने लगता है। मैं आपको पहली बार ही बता देता तो एक इंजीनियर की तरह आप उस मार्ग को बंद कर देतीं। मैंने और तीन बार यह भूल की थी। मुझे बच्चों एवं आपकी सोचते हुए ग्लानि होती थी। मैं स्वयं इंजीनियर हूँ। भूल हो चुकने के बाद मैंने वह बुरा मार्ग स्वयं अवरुद्ध करने के लिए ऐश्वर्या को ट्रांसफर करा के अपने से दूर भेज दिया था।

मैंने कहा - मैं अपने परिवार के लिए आधुनिका की तरह विचार करने की कोशिश कर रही हूँ, आपके अवैध रिश्ते को भूल नहीं सिर्फ आपकी क्षुधा पूर्ति मान कर तूल नहीं देना चाहती हूँ।

आशु ने मुझसे क्षमा याचना करते हुए बताया था - सोनम, अपनी इस भूल पर मैं पश्चाताप करते रहता हूँ। भूल को तो बदला नहीं जा सकता है। भूल सुधार ही कर सकता हूँ। मैंने दृढ़ निश्चय कर लिया है कि इस तरह की भूल अब कभी नहीं करूँगा।

शिकायत मुझे थी, आशु ने मुझसे झूठ बोला था। मैं आहत थी अपने को सामान्य बताते हुए, मैंने आशु की तरह ही झूठ बोला था - आप अब पश्चाताप करते हैं, पहले ही ऐश्वर्या को अपने से दूर कर लिया है। मुझे आपसे कोई शिकायत नहीं रही है। हम मनुष्य हैं भूल हम से हो जाती है।

मैं कहना चाहती थी 'जिस दिन ऐश्वर्या का विवाह होगा, वह अपने पति को उस रूप में नहीं मिलेगी जैसे मैं आपको मिली थी'। पश्चाताप में डूबे आशु से यह कहना मैंने उस समय अनुचित समझ कर स्थगित कर दिया था।

इस वार्तालाप के बाद एक रात मैं स्मरण कर रही थी। अनु दीदी के विवाह वाली रात्रि, पापा ने अपनी उपेक्षा अनुभव की थी। उनके स्वाभिमान का विचार करके मैंने मोबाइल की सिम तोड़ दी थी। उसके बाद आशु कंपनी कार्य के लिए वाशिंगटन जाने के लिए, बिना मुझसे मिले वापस हैदराबाद लौट गए थे। मेरे मोबाइल में सिम नहीं थी। आशु का मुझसे कॉल पर बात करना संभव

नहीं हुआ था। मैंने मम्मी से कह दिया था, आशु का कोई कॉल आए तो ना बात करने के लिए मुझसे कहें और ना ही वे कॉल रिप्लाई करें।

बीस दिनों तक आशु मुझसे बात नहीं कर पाए थे। इन बीस दिनों में मेरी हुई दुर्दशा से पापा और मम्मी सदमे में थे। मैंने बैडमिंटन खेलना छोड़ दिया था। कॉलेज में उस समय वार्षिक सांस्कृतिक कार्यक्रम के कारण क्लासेस नहीं लगती थी। मैं घर के बाहर नहीं निकल रही थी। घर तो बाद में था, मुझे कमरे के बाहर निकलना भी कठिन लगता था। मैं दिन भर बिस्तर में पड़ी रहती, सर्दी का मौसम था। मैं नहाने में भी हिचकती थी। मम्मी बहुत जोर देतीं, मैं पहले तो भूख नहीं है कहती, फिर जब खाने तैयार होती तब दुगुनी मात्रा में भोजन करती थी।

पापा उस रात रो लेने के बाद, अनु दीदी के विवाह की अपनी अप्रियता मन से निकाल चुके थे। मैंने ताव खाकर जो निर्णय लिया था उसकी तपन में मेरा अंत:करण बुरी तरह झुलस गया था। पापा और मम्मी समझ गए थे मैं अवसाद के सागर में गोते खा रही हूँ।

पापा ने मुझे समझाते हुए कहा था - मेरी थोड़ी सी व्यथा के लिए तुम्हारा यूँ ओवर रिएक्ट करना ठीक नहीं है। इस सब में आशु का कोई दोष नहीं है।

मैंने कहा था - पापा, एक बार मुझे यह झेल लेने दीजिए। इसके बाद जब मैं इस दशा से उबर जाऊँगी तब सब सरल हो जाएगा। वास्तव में आशु के परिवार और हम में जो अंतर है उससे हमारा जुड़ना, आपके लिए कभी भी आसान नहीं रहेगा।

पापा ने समझाया था - सोनम, तुम मेरी बात करती हो, मेरे लिए इससे महत्वपूर्ण और कुछ नहीं कि मेरी बेटी, आशु जैसे योग्य लड़के के साथ उसके धनवान परिवार में सुखी रहे।

मैंने बताया था - पापा, मेरे लिए आपका स्वाभिमान सर्वोपरि है।

पापा और मम्मी मुझे मना मना कर हार जाते थे। दिन प्रतिदिन मैं स्वयं से हार रही थी। फिर मेरी मनोदशा इतनी बिगड़ी कि आशु के बिना जीने से, मुझे मरना अच्छा प्रतीत होता था। मैं आत्महत्या करने के तरीके पर विचार करने लगी थी।

जनवरी 2008

अपने इस विचार को मैं मूर्त रूप देती उसके पूर्व ही इक्कीसवें दिन रजनीत मेरे घर आई थी। रजनीत का आना, मम्मी-पापा के लिए आशा की किरण थी।

रजनीत ने मेरी दुर्दशा देख कर मेरे अनकहे सब समझ लिया था। मैं बिस्तर पर जिन कपड़ों में पड़ी थी उसी दशा में उठा कर, उसने बलपूर्वक मुझे अपनी कार में बैठाया था। मुझे कार में शहर से दूर एक सरोवर के किनारे ले आई थी। चालीस मिनट के रास्ते में रजनीत ने मुझसे कुछ नहीं कहा था।

रजनीत ने वहाँ मेरा हाथ पकड़कर कार से उतारा था। डिक्की में से टू फोल्ड 5'x7' की चटाई लेकर उसे एक वृक्ष के नीचे भूमि पर बिछाया था। उस पर 70% भाग में धूप आ रही थी। जब वह मुझे उस पर ऐसे लिटाने लगी जैसे मैं कोई छोटी बच्ची हूँ तब मुझे अनायास हँसी आ गई थी। रजनीत फिर भी गंभीर बनी रही थी। मेरे साइड में वह भी हाथ पैर फैलाकर तथा आँख मूँदकर लेट गई थी।

अब मुझसे चुप रहते नहीं बना था। मैंने पूछा - रजनीत, चाहती क्या हो?

रजनीत को जैसे यही प्रश्न चाहिए था। उसने कहा - सोनम मुझसे नहीं पूछो तुम बताओ, चाहती क्या हो?

कुछ देर हम में से कोई कुछ नहीं बोला था। फिर रजनीत ने बताया - आशु ने मुझे कॉल करके कहा है कि मैं जाकर तुमसे मिलूँ। बीस दिन से आशु कॉल करता रहा है, तुम्हारा मोबाइल स्विच ऑफ मिल रहा है। उसने तुम्हारी मम्मी के नंबर पर भी कॉल किया है उस पर भी उसे आंसर नहीं मिलने से वह

अधमरा हुआ जा रहा है। अब तुम मुझे बताओ ये अचानक तुम्हें हुआ क्या है?

मैं रोने लगी थी। रजनीत ने मेरा सिर अपनी छाती पर रख लिया था और स्नेह से मेरे माथे पर थपकी देने लगी थी। उसके स्नेह ने मेरे मन समुद्र में आई सुनामी को शांत किया था। मेरे मन में जीने की ललक फिर उत्पन्न हुई थी। मैंने कहा था - रजनीत इन 20 दिनों में मैं भी अधमरी हुई हूँ।

रजनीत ने कहा था - मैं कुछ भी नहीं पूछूँगी। तुमसे यही कहूंगी कि सोनम सुखी होने की जितनी स्वयं तुम्हारी अभिलाषा है, तुम्हें सुखी देखने की उतनी ही अभिलाषा आशु, अनु दीदी एवं मेरी भी है। तुम्हें स्वयं अपने लिए ही नहीं हम सभी का विचार करते हुए अपने को समर्थ एवं योग्य बनाए रखना है। हम में से कोई नहीं जानना चाहेगा कि तुम किस कारण से परेशान हो एवं क्यों हम सबसे सम्पर्क तोड़ कर रही हो। हम यही चाहेंगे कि अपनी परेशानी हल करने में, हमसे तुम जो भी चाहोगी हम सब वह करने के लिए सदा तत्पर रहेंगे।

मैंने कहा था - मेरे परेशानी का कारण तुममें से कोई नहीं, मैं स्वयं हूँ। अपनी परेशानी से मैं स्वयं मुक्त हो जाऊँगी।

रजनीत ने कहा - सोनम आशु से अपने को दूर करना, तुम्हारी परेशानी कम नहीं करेगा। आज मैं तुम्हारी जो दशा देख रही हूँ, वह आशु को अपने से दूर करने की कोशिश का परिणाम है। तुम आगे से ऐसा कभी नहीं करना। मैं आशु को तुम्हारी इस दुर्दशा का विवरण नहीं कहने जा रही हूँ। मैं उसे बता रही हूँ कि तुम्हारे मोबाइल की सिम काम नहीं कर रही है। जैसे ही वह ठीक होगी, सोनम तुमसे बात कर लेगी। जितनी शीघ्र तुम उसे कॉल पर बात कर सको कर लेना। यह तुम्हारे स्वयं के लिए ही नहीं, हमारे आशु के लिए भी अच्छी बात होगी। मैं आज नहीं कहूँगी कि तुम अपने ह्रदय की बात मुझे बताओ। जिस दिन तुम्हारे मन पहले जैसा प्रफुल्लित हो जाए तब चाहो तो मुझे बता देना। मेरा विश्वास करो मैं तुम्हारी हर संभव सहायता करने के लिए हमेशा उपलब्ध रहूँगी।

उस समय मुझे जो चाहिए था, मिल गया था। मैं अवसाद से मुक्त हुई थी। तीन दिन में ही नई सिम एक्टिवेट होने पर मैंने आशु से ऐसे बात की थी जैसे कुछ हुआ ही नहीं था।

दिसंबर 2019

आशु ने ऐश्वर्या से संबंध किए थे, यह मैं भुला नहीं पाती थी। आशु के चाहने पर अपनी देह समर्पित कर देती थी। मन में पहले वाला उत्साह नहीं बचा था। मुझ पर अवसाद दिन प्रतिदिन अधिक हावी होते जा रहा था। बैडमिंटन कोचिंग का भी काम अपने सहायक अतुल के भरोसे छोड़ दिया था। परिवार एवं बच्चों में उदासीन भाव से अपने कर्तव्य निभाती थी। यह एक बार पहले हुआ था, अब पुनः मेरे साथ हो रहा था, मैं जीना नहीं चाहती थी। अपने दो बच्चों के भोले मुख देखती तो मरने से भी डरती थी।

पिछले अनेक वर्षों से मैं अपनी सभी उलझन या छोटी बड़ी समस्या, आशु से ही कहने लगी थी। जब आशु की तरफ से ही मैं निराश हुई तब मैं आशु से अपनी दशा कैसे कह सकती थी।

मेरे पापा जिन्होंने मेरा हमेशा मनोबल बढ़ाया था, वे अब उतने स्वस्थ नहीं रहते थे। वे मुझे सुखी और आनंद में देख कर प्रसन्न रहते आए थे। उनकी अस्वस्थ दशा में अपना दुख बताकर, मैं उनकी कठिनाई नहीं बढ़ाना चाहती थी। कहीं भी आशु का इम्प्रेशन बिगड़े यह भी मैं नहीं चाहती थी।

ऐसी मनोदशा में मुझे रजनीत बहुत याद आती थी। रजनीत अपने पति बच्चों के साथ व्यस्त रहती थी। हम में मोबाइल पर बात भी कम ही हो पाती थी। मैं अपने मन की दशा, मोबाइल पर नहीं कहना चाहती थी। मेरी तीव्र इच्छा होती, मैं रजनीत से जाकर मिलूँ। शायद पूर्व की तरह रजनीत ही मुझे इस अवसाद से बाहर निकाले।

मेरी उदासीनता देख कर आशु चिंता करते थे। उन्होंने उसे दूर करने का उपाय, बदलाव में देखा। मार्च में एक महीने की कैलिफोर्निया ट्रिप के लिए टिकट बुक करवा लिए थे। दुर्भाग्य से कोविड का प्रकोप पूरे विश्व पर छाया था। अमेरिका का वीसा समस्या हुआ था। हमारी ट्रिप कैंसिल हो गई थी।ऐसी स्थिति में मैंने रजनीत से मिलने की इच्छा व्यक्त की थी। आशु मुझे प्रसन्न देखने के लिए हर कुछ करने को तैयार थे।

आशु ने रजनीत को सूचित किया था - हम 10 दिन के लिए आपके अतिथि बनने आ रहे हैं।

17 मार्च 2020 को सुबह चार बजे हम अपनी कार में थे। रजनीत सेना में अपने कर्नल पति के साथ गोवा में रहती थी। आशु हाईवे पर कार गोवा की दिशा में दौड़ा रहे थे।

आगे सोनम ने क्या लिखा, आप जानना चाहेंगे?

इस हेतु आप फेसबुक पेज जिसकी लिंक यह है, में लिख सकते हैं - https://www.facebook.com/profile php?id=100090174666996)

www.ingramcontent.com/pod-product-compliance
Lightning Source LLC
LaVergne TN
LVHW060618051026
849519LV00002B/659

* 9 7 8 9 3 9 0 2 6 7 7 2 9 *